MULHER EM QUEDA

Obras da autora publicadas pela Galera Record:

***Série* Hopeless**
Um caso perdido
Sem esperança
Em busca de Cinderela
Em busca da perfeição

***Série* É assim que Acaba**
É assim que acaba
É assim que começa

***Série* Talvez Um Dia**
Talvez um dia
Talvez não
Talvez agora

***Série* Slammed**
Métrica
Pausa
Essa garota

***Série* Nunca Jamais**
Nunca jamais
Nunca jamais: parte 2
Nunca jamais: parte 3

O lado feio do amor
Confesse
Novembro, 9
Tarde demais
As mil partes do meu coração
Todas as suas (im)perfeições
Verity
Se não fosse você
Até o verão terminar
Layla
Uma segunda chance
Mulher em queda

COLLEEN HOOVER

MULHER EM QUEDA

Tradução
Priscila Catão

2ª edição

Galera
RIO DE JANEIRO
2026

PREPARAÇÃO
Leandro Tavares

REVISÃO
Beatriz Seilhe
Paula Prata

DIAGRAMAÇÃO
Abreu's System

CAPA
Caroline Johnson

TÍTULO ORIGINAL
Woman Down

CIP-BRASIL. CATALOGAÇÃO NA PUBLICAÇÃO
SINDICATO NACIONAL DOS EDITORES DE LIVROS, RJ

H759m

Hoover, Colleen, 1979-
Mulher em queda / Colleen Hoover; tradução Priscila Catão. – 2. ed. – Rio de Janeiro: Galera Record, 2026.

Tradução de: Woman down
ISBN 978-65-5981-701-6

1. Ficção americana. I. Catão, Priscila. II. Título.

25-101000.0

CDD: 813
CDU: 82-3(73)

Carla Rosa Martins Gonçalves – Bibliotecária – CRB-7/4782

Texto revisado segundo o Acordo Ortográfico da Língua Portuguesa de 1990.

Direitos exclusivos de publicação em língua portuguesa somente para o Brasil adquiridos pela
EDITORA GALERA RECORD LTDA.
Rua Argentina, 120 – Rio de Janeiro, RJ – 20921-380 – Tel.: (21) 2585-2000,
que se reserva a propriedade literária desta tradução.

Impresso no Brasil

ISBN 978-65-5981-701-6

Seja um leitor preferencial Record.
Cadastre-se e receba informações sobre nossos lançamentos e nossas promoções.

Atendimento e venda direta ao leitor:
sac@record.com.br

EDITORA AFILIADA

A Lauren Levine. Sem você, o ali não estaria mais ali.

Caros leitores,

Talvez alguns de vocês se lembrem do conto "Saint", da antologia *One More Step*, de anos atrás. Para aqueles que não se lembram, vocês estão prestes a conhecê-lo de um jeito bem mais amplo.

A antologia está fora de catálogo, mas alguns de vocês nunca pararam de me pedir mais da história. Por algum motivo, aquele conto permaneceu vivo no coração de vocês, mesmo sem estar disponível de maneira oficial. Como escritora, não há nada mais inspirador para mim do que um leitor dizer que quer ver mais dos personagens que criei.

Eu queria dar a esses personagens o espaço que eles mereciam e desenvolver de verdade o mundo que apresentei de maneira tão breve em "Saint".

Peguei o conto que alguns de vocês leram e me dediquei de corpo e alma a expandi-lo. Faz três anos que não lanço um livro, desde *É assim que começa*. Não por ter passado três anos reescrevendo "Saint", e sim porque estou fazendo outras coisas além de escrever. E, sendo bem sincera, eu precisava me distanciar um pouco de uma carreira que começou a parecer mais estressante do que o normal.

Entretanto, isso mudou quando mergulhei de novo nesta história. Escrever este livro me devolveu a alegria que senti ao escrever o conto original. Mudei o título e alguns nomes de personagens e de lugares, incluí cenas, acrescentei e mudei personagens, e até inclui algumas reviravoltas aqui e ali que não cabiam no conto. Eu queria que quem já o tivesse lido pudesse ter a experiência de um livro inteiramente novo e diferente, mas com a história e o estilo do conto como base. Enquanto dava vida à história neste novo formato mais completo, eu de verdade curti cada segundo.

Só peço, por favor, que lembrem que, embora os escritores se inspirem na própria vida e alguns dos temas possam até refletir minha história de certas maneiras, este livro não é de jeito nenhum uma réplica da minha jornada ou da minha moralidade nem um reflexo do que sinto a respeito dos meus colegas e/ou desse ramo. É apenas uma aventura divertida pela qual os personagens me levaram e nada mais. Por favor, imploro a vocês que não tentem estabelecer qualquer ligação entre minha vida pessoal e esta história, pois não há nenhuma. Sou apenas uma escritora escrevendo sobre outra escritora, e de maneira alguma estou defendendo o comportamento e/ou os pensamentos da personagem.

Foi uma alegria pensar em "Saint" de um jeito novo. Espero que vocês estejam prontos para ficar zonzos e curtir esta aventura divertida, sexy e, às vezes, sombria!

Com muito amor,
Colleen Hoover

Um

— Olá, olá! Aqui é a Kellie. Sua terapeuta literária especialista em todo tipo de treta. Bem-vindos de volta ao *E agora, leitores?*, podcast no qual a gente disseca com carinho o seu babado literário predileto e zomba dele um pouquinho também.

— E eu sou o Micah, seu sommelier de fofocas literárias e, às vezes, televisivas.

— *Sommelier*? — Kellie ri. — Mas você nem toma vinho.

— Quem é que precisa de álcool se a treta de hoje já deixa qualquer um zonzo?

— Uh, adorei a provocação — acrescenta Kellie.

— Hoje não vai ser só provocação. Vai ser destruição total. Vamos falar de Petra Rose, a queridinha dos clubes do livro e dos *mood boards* do Tumblr, cuja reputação foi por água abaixo no mundo literário.

— E, se você por algum motivo não viu nada a respeito no seu feed ou estava ocupado demais, sei lá, *respirando*: a internet se virou *completamente* contra a autora que antes era reverenciada. E foi pesado — diz Kellie.

— Pesado mesmo. A autora best-seller em vários países de *Uma coisa terrível*...

— Esse deve ser o pior título para um livro de todos os tempos — interrompe Kellie.

— É verdade — diz Micah. — É como se ela estivesse pedindo essas críticas. *Implorando* por elas. Enfim, o romance basicamente provocou mil debates entre #TimeAsh e #TimeCaleb, e foi palco da maior disputa entre fãs, da melhor maneira possível. Até não ser mais. Kellie, quer ter a honra de fazer uma breve recapitulação antes de anunciarmos nosso convidado surpresa?

— Bem, ela não vai ser breve, mas será um prazer. Vamos recapitular para quem está por fora. *Uma coisa terrível*, pelo padrão dos leitores, não é um livro tão ruim assim. É um romance muito emotivo e lindamente desenvolvido, sobre Elise e sua jornada pelo amor, pelo trauma e pela identidade, com uma pitada de diversão. É um romance realista que conta com um pouquinho de tudo. O maior choque é que um livro sem qualquer dragão ou feiticeiro tenha feito tanto sucesso. Mas isso aconteceu não apenas por ele ser um romance sexy e barato. Os personagens tinham desenvolvimento e complexidade moral, ou seja, TUDO para quem curte fanfic.

— Já deu para entender. Você gostou. Agora fale logo da melhor parte — diz Micah.

— Era meu livro preferido — diz Kellie na defensiva.

— Ele ainda pode ser seu livro preferido.

— Não depois disso tudo — retruca Kellie. — Tá, tem um triângulo amoroso. Elise, Ash e Caleb. Só mesmo quem passou cinco anos fazendo trilha no meio do mato é que não viu pelo menos um meme sobre Ash e Caleb. Tinham fóruns inteiros no Reddit dedicados a esse cabo de guerra de emoções. Mas aí... aí veio a adaptação para o cinema.

Micah solta um gemido.

— Chamar aquilo de adaptação é exagero. Mas a adaptação era promissora e o orçamento era grande. Houve muita expectativa em torno do filme, e o estúdio e a autora, estranhamente, estavam quietos. A gente não ficava sabendo nem das atualizações no elenco, tirando dois dos protagonistas. Ninguém mencionava nosso querido personagem Caleb. Quando divulgaram o trailer, ele tinha sumido. Simplesmente *puf*. Foi o suficiente para o quase estopim de uma guerra. Mas, mesmo assim, as pessoas foram assistir ao filme, apesar das preocupações iniciais que se espalharam pelo TikTok — diz Kellie.

— E das preocupações discutidas neste podcast — completa Micah. — Você falava delas todo santo dia.

— Tá bem, eu era do Time Caleb. Enfim. Eles TIRARAM o personagem. Tiraram todo o triângulo. Reestruturaram a história para que falasse só de Ash e de sua conexão com Elise. Os fãs não ficaram nada contentes. Nem mesmo os fãs do Time Ash, pois o que eles iriam fazer com todos os produtos que a autora tinha vendido a eles? Depois do horror que foi o filme, o Time Ash nem fazia mais sentido. Usar uma camiseta com #TimeAsh escrito fazia parecer que você não era do time da Elise, quando *todos* nós éramos do time da Elise. Nós fomos traídos, Micah. TRAÍDOS.

— Pois é, foi traição no nível gritando-na-chuva-toda-coberta-de-manchas-de-vinho-tinto — diz ele.

— Não quero falar daquela noite. Eu estava chateada.

Os dois riem.

— Tá bem, tá bem — diz Kellie. — Todos nós sabemos como Hollywood funciona e que a maioria dos autores não tem qualquer influência nas adaptações. Alguns poucos têm essa sorte, mas, a maioria, não. E no começo Petra adotou a clássica tática do "não foi culpa minha". Ela postou no Instagram algo do tipo: *E aí, pessoal, eu não tive nenhum controle no processo criativo. Fiquei tão chocada quanto vocês.*

— E, sinceramente, a gente acreditou mesmo nela — diz Micah. — Por, tipo, cinco segundos. Até... *coloquem uma trilha sonora dramática aqui*... vazar uma conversa antiga entre Petra e um dos produtores. Ela não só sabia da mudança como também *gostou* dela.

— Isso, e o que foi mesmo que ela disse na conversa? — pergunta Kellie.

— Tenho a mensagem aqui, vou ler — responde Micah. — "Você tem razão, muita gente está dizendo que o personagem não é verossímil, então por mim tudo bem cortá-lo. Talvez o filme fique melhor sem Caleb e o triângulo amoroso."

— A frase "melhor sem Caleb" fez as pessoas surtarem — afirma Kellie. — Tipo, *melhor*? *MELHOR*? Não dá para simplesmente apagar metade de uma comunidade inteira de fãs e dizer que você estava apenas descartando o que não servia mais!

— A revolta foi imediata — diz Micah. — TikTok, Reddit e X, *antes conhecido como Twitter, mas, na real, continua sendo Twitter*, foram dominados pelas hasthags #CancelemPetra, #UmaAdaptaçãoTerrível e #UmaAutoraTerrível. E é por isso que digo que *Uma coisa terrível* é o pior título de livro de todos os tempos. É fácil demais zombar dele.

— Fácil demais mesmo — diz Kellie. — E agora tem fãs literalmente queimando seus exemplares de *Uma coisa terrível*. Estamos no meio de uma verdadeira rebelião literária. Os leitores se sentem pessoalmente traídos, *assim como eu*. Ela mentiu pra gente. Preferiu a indústria cinematográfica à intimidade que fez seus livros serem importantes e aos fãs que fizeram dela uma estrela. Ela apagou tudo o que nos fez amar o livro para início de conversa. E depois botou a culpa em algumas poucas críticas que recebeu, apesar dos milhares de leitores que elogiavam o livro.

— Nossa. Isso foi tão comovente quanto o monólogo do Caleb no Capítulo 28.

— Nem fale desse monólogo, Micah, senão vou terminar chorando de verdade.

— Foi mal. Mas é que é um monólogo tão bom. Teria sido ótimo VÊ-LO NO TELÃO DO CINEMA, Ô POVO DE HOLLYWOOD QUE ESTÁ ME OUVINDO!

— Não tem povo algum de Hollywood ouvindo a gente, Micah. Temos dois mil assinantes.

— Dois mil assinantes fiéis que nunca trairiam a gente como Petra traiu os próprios leitores.

— E veja só o que aconteceu com ela. Ela levou mais em conta os poucos que eram irrelevantes, e agora até seus fãs mais fiéis lhe deram as costas. Ela traiu a todos nós. Fico até me perguntando: será que Petra Rose sequer acredita nos personagens ou será que ela tem vergonha da própria escrita?

— Bem, ela anda calada — diz Micah. — Faz quase um ano que não posta nada nas redes sociais, tirando o grupo do seu fã-clube.

— Que, pelo que ouvi por aí, tem diminuído. Mas nem tenho como saber, faz seis meses que saí dele — brinca Kellie.

— Tomara que esse silêncio seja um sinal de que ela está estudando para ser capaz de escrever um enredo no qual de fato *acredita*. E isso é uma insanidade quando pensamos que tem gente que faz tatuagens de frases dos livros dela.

— Por falar nisso, vi vídeos de gente removendo essas tatuagens — diz Kellie.

— Que pena. Antes a gente a citava, e agora a gente simplesmente... a *odeia*.

— *Odiar* é uma palavra forte — diz Kellie.

— Este podcast é sincero.

— É verdade. A gente a odeia. Tanto que pedimos mil favores e reagendamos três outros convidados para que o nosso convidado especial estivesse aqui hoje. Não sei por que ele topou participar do nosso podcastzinho, mas estamos agradecidos demais mesmo. Quem sabe a gente não passa a ter dois mil e um assinantes depois de hoje?

— Isso, sonhe alto — diz Micah. — Senhoras e senhores, deem as boas-vindas a ninguém mais, ninguém menos do que Allister Jones, o produtor de *Uma coisa terrível*.

— Ele ainda tem que dar algumas explicações sobre aquela adaptação, mas pelo menos tem coragem de falar do assunto. Bem-vindo, Allister!

— Muito obrigado por me receberem aqui — diz Allister. — Essa foi uma recapitulação e tanto.

Allister...

Vai.

Se.

Foder.

Desligo o podcast assim que ouço a voz dele. Meu coração está muito acelerado e o estômago, embrulhado.

Preciso parar o carro no acostamento porque estou a ponto de vomitar.

— Meu Deus.

Meus dedos tremem no volante. Levo a mão até a porta para procurar o botão que abaixa o vidro. Assim que a janela está aberta o suficiente para eu pôr a cabeça do lado de fora, inalo o ar com cheiro de pinheiro e fecho os olhos, respirando devagar até o embrulho no estômago começar a diminuir.

Não acredito que pensei que terapia de exposição me ajudaria a superar tudo.

Esses minutos ouvindo o podcast foram os piores que passei desde que vazaram minhas mensagens para Allister.

Abro os olhos e apoio a cabeça no encosto do banco. Inspiro devagar algumas vezes enquanto me esforço para não pensar no fato de que Allister deve estar indo a vários podcasts e dando várias entrevistas, ao passo que eu me vejo obrigada a me isolar num chalé encardido para me dedicar a um livro que estou tentando escrever desde que todo esse fiasco com o filme começou, só para não perder minha casa agora que as vendas despencaram.

— Você não fez nada errado — digo a mim mesma enquanto volto devagar à rodovia. — Você não fez nada errado. Você não é aquilo que o mundo pensa de você.

Tenho repetido esse mantra desde que Nora me fez prometer que eu o diria ao menos cinco vezes ao dia. Contudo, parece que estou apenas dizendo uma mentira em voz alta, então não me sinto revigorada e pronta para enfrentar o dia com disposição.

Mal tenho conseguido funcionar desde que tudo começou. Eu me sinto uma fraude. Sinto como se tudo que construí tivesse desmoronado ao meu redor, e agora estou enterrada nos escombros, e as pessoas não se dão ao trabalho de os escavar porque nem sequer querem saber se estou morrendo sufocada. Só querem saber quem compareceria ao meu funeral após eu *de fato* morrer sufocada.

Fico pensando em quem compareceria. Tenho amigos e parentes que iriam, mas percebo agora que todos os "amigos" que fiz no tempo em que estive ativa no mundo dos livros não eram amigos de verdade. Com exceção de Nora, todos praticamente sumiram. E até dá para entender. Eles estão vendo que minha reputação fez minhas vendas caírem, então qualquer demonstração pública de apoio agitaria o TikTok e faria as vendas *deles* caírem. É uma carreira, e, embora eu sempre tenha torcido para que os amigos que fiz no setor também fossem amigos fora dele, estou começando a perceber que não passamos de colegas de trabalho infelizes tentando sobreviver até a hora de se aposentar.

Já faz duas horas que estou dirigindo, as linhas brancas da rodovia se transformando numa fita infinita sob os pneus. Ainda não sei direito se estou indo ao refúgio do chalé ou fugindo do caos. Acho que é sempre um pouco dos dois, uma mistura de anseio e desespero. No entanto, nunca senti tanto essa necessidade urgente de escapar da minha vida real, de me livrar de certos aspectos dela e agregar outros como sinto agora. Meu maior desejo é mergulhar de cabeça na escrita do livro, imergir por completo, sem deixar qualquer pessoa ou acontecimento do mundo exterior atravessar as paredes da minha criação fictícia.

Minha ansiedade nunca esteve tão intensa, e escrever é mesmo a única coisa que a alivia.

Só espero que dê certo desta vez. Essa sensação de urgência, essa expectativa desesperada de que serei capaz de me redimir só vai passar se eu chegar ao chalé e me comprometer por completo.

O bloqueio criativo tem me esmagado e me sufocado exatamente desde o momento em que meu nome começou a aparecer em artigos fora da esfera literária.

É uma ironia cruel, não é mesmo? O sonho de uma pessoa de ter muita fama pode se tornar o pesadelo de outra com muita facilidade.

Meu celular vibra no porta-copos, e a tela brilha com mais uma notificação que aumenta minha ansiedade. Desativei as notificações das redes sociais depois que as críticas pesadas começaram. O mundo digital, que já foi uma plataforma para conexão, tornou-se um antagonista implacável, e o único jeito de o silenciar é me retirando dele.

Pelo menos isso significa que, quando recebo uma notificação, é de alguém que quer falar *comigo*, e não *de mim*.

O alívio me preenche ao ver o nome de Nora na tela. Deslizo o dedo para atender à ligação pelo viva-voz do carro.

— Espero que esteja me ligando para dizer que tem Adderall sobrando e vai me enviar um pouco pelo correio — digo depressa.

— Antes de tudo — diz Nora —, você não tem TDAH. Sou *eu* quem tem. E, segundo, você não precisa de remédio nenhum. O que precisa é de uma boa terapeuta e de uma boa transa. — Ela faz uma pausa. — Não comigo. Foi uma sugestão, eu não estava me oferecendo.

— Mas que droga — suspiro. — Bem, você ligou num ótimo momento.

— Por quê? Teve outro ataque de pânico?

— Eu estava ouvindo *E agora, leitores?*.

— Petra! Cacete.

Solto um gemido.

— *Eu sei.*

— É por isso que eu estava ligando. Queria que você não ouvisse o episódio de hoje.

— Mas você me disse que terapia de exposição me faria bem. Eu estava me expondo.

— Eu quis dizer se expor no sentido de voltar às redes sociais. De postar algo. Não pra você ir atrás de todo mundo que está falando mal de você e ouvir tudo. *Minha nossa.* Eu sou sua amiga, não o Satanás.

— Então você ouviu?

— Precisei desligar quando Allister Cara-de-Cu começou a falar.

— Pois é, eu também. Parei o carro no acostamento quando ouvi que ele seria o convidado. Parecia que eu ia vomitar.

— Caramba. Você está quase chegando na casa alugada?

— Estou a dez minutos de lá.

— Tem certeza de que isso é boa ideia? — A voz de Nora crepita no viva-voz.

— Isso o quê? Eu sozinha no meio do mato, tentando me recuperar depois de ter sido escorraçada pela internet inteira?

Não tiro os olhos da rodovia. Os pinheiros passam ao meu lado como um borrão, aumentando e se condensando até eu começar a ter a sensação de que eles estão ameaçando engolir meu carro.

— Não foi a internet *inteira* — diz Nora. — Foi apenas um pessoal mais barulhento com motivações financeiras.

— Ah, é. As pessoas que fizeram ameaças de morte foram só consideradas interessadas em dinheiro mesmo. Esqueci. — Sorrio mesmo sem querer.

— Elas não te conhecem. Elas ameaçaram queimar seu cachorro, Petra. Você *nem tem* cachorro.

— Exatamente. É provável que elas comprassem um filhote pra mim, enviassem para minha casa com um laço fofinho, esperassem eu me apaixonar por ele para *depois* o queimarem.

O sinal piora por um instante, e a voz dela fica robótica, depois para de vez.

— Que saco. — Pego o celular e o aproximo do painel, como se isso fosse melhorar o sinal.

— ... sério — diz ela, a voz voltando no meio de uma frase. — Você ainda tem uma carreira... mais ou menos. Você poderia escrever um post de desculpa no seu aplicativo de notas e publicar no Instagram com aquelas mãozinhas fofas de coração e, tipo, um ou dois emojis de choro.

— Não vou pedir desculpas pra gente que não sabe a história inteira e mesmo assim toma partido.

Ela suspira.

— Bem, você precisa voltar pra internet se quiser salvar sua carreira. Talvez desabafar num podcast.

— Eu consigo sair deste buraco sem me rebaixar ao nível do Allister. É por isso que vou ao chalé para escrever. Vou me vingar usando minha caneta.

Há uma longa pausa.

— Mas... você usa o notebook. Não usa caneta.

— Pareceu mais ameaçador dizer *caneta*.

— Tem razão. Vá se vingar usando sua caneta. Escreva sobre tudo o que aconteceu e publique como obra de ficção. Vai ser bom para extravasar. Ligue depois que você já tiver arrumado suas coisas lá. Tenho uma ideia.

— Não, eu odeio suas ideias — digo.

— Mas esta é boa. Prometo.

— Tá bem.

— Não ouça nenhum outro podcast. Vá ouvir The Brudi Brothers ou algo assim. Amo você.

— Também amo você.

Depois que desligamos, o podcast continua automaticamente.

— Não foi nada fácil trabalhar com ela — diz Allister.

Sinto as palavras como se elas fossem água fervente caindo em cima de gelo. Desligo o podcast de novo e me concentro na curva da estrada diante de mim.

— Também não foi nada fácil trabalhar com você, Allister Cara-de-Cu.

Eu não odeio muita gente, mas Allister está no topo da minha lista. E no fim dela. E no meio.

Ele é minha lista inteira, na verdade.

Diminuo a velocidade quando o GPS indica que logo vou precisar sair da estrada. No fim da rua em que estou entrando, vai ter um chalé à minha espera, junto de uma tela em branco, muito silêncio e com sorte tudo o que ainda dê para salvar da minha criatividade.

Dois

Se eu tiver vizinhos, talvez não dê para salvar nada da minha criatividade. Evito reservar lugares com vizinhos, mas tem uma casa na rua do meu chalé.

Acessei imagens de satélite do local antes de fazer a reserva só para garantir que não havia outro chalé por perto. Não quero ouvir crianças barulhentas gritando a qualquer hora do dia e da noite. Parecia que nessa rua inteira não havia mais nada além da propriedade onde vou me hospedar, mas tem um chalé que deve ter ficado escondido atrás das árvores quando o Google tirou as fotos, então ele passou despercebido por mim.

Meu chalé fica escondido no fim da rua de um quilômetro e meio onde estou, então é um alívio perceber que as duas construções não ficam uma do lado da outra. Tem pelo menos quinhentos metros entre ambos.

Prefiro não ter vizinhos nem carros passando. Eu me distraio com facilidade. Quanto menos pessoas eu vir, quanto menos conversas for obrigada a ter, mais vou poder me concentrar. Certa vez, programei um dos meus retiros de escrita e conheci as vizinhas antes mesmo de entrar na casa. Era um grupo de mulheres passando o fim de semana fora, e terminei bebendo com elas toda noite e sem trabalhar nada.

Nem sempre a distração é ruim, mas, desta vez, levando em conta o quanto é importante cumprir o prazo, qualquer distração seria negativa.

Esse é o motivo pelo qual solto um gemido quando me aproximo da entrada do chalé e vejo um humano. Um humano vivo, respirando, no alpendre da propriedade à qual estou chegando.

Com tantos avanços tecnológicos, não há absolutamente nenhum motivo para o anfitrião da propriedade vir me encontrar, mas aqui está ele. Nem sequer o conheço e já o acho a coisa mais irritante do mundo.

Retiro o que disse.

O formato dos corgis é irritante demais. Um corgi parece uma coisa meio... *incompleta*. É como se Deus tivesse começado a criar uma raça de cachorro e tivesse desistido no meio do caminho, deixando-os como um meio-termo esquisito. O corpo deles é comprido demais para as patinhas atarracadas, e a cabeça, grande demais para o restante do corpo. É como se eles fossem cair de cara no chão a cada passo. Sempre que vejo um, não consigo deixar de pensar que se trata de um erro cósmico andando com suas quatro patas por aí.

Se houvesse um corgi aos pés daquele cara, eu acharia que tinha morrido e ido parar no inferno.

O sorriso do homem se abre, e meio que fico esperando o rosto dele se partir ao meio por não conseguir conter tantos dentes. Seus passos animados me fazem pensar que se trata de alguém querendo agradar demais, como se ele quisesse me convencer a fazer a reserva que já paguei meses atrás.

Por que estou tão mal-humorada assim?

Ah, é. O podcast.

Relaxo o rosto enquanto paro o carro e pego o celular. Também busco meu chaveiro, o que tem o spray de pimenta. Nunca precisei usá-lo, mas quase nunca fico sozinha com desconhecidos.

Roço o polegar na latinha do spray enquanto a guardo no bolso, e o peso do metal frio é reconfortante. Estou no meio do nada, cercada por uma floresta densa que parece engolir a rua atrás de mim, e, apesar de ter certeza de que eu conseguiria acabar com esse sujeito se as coisas dessem errado, não sei se aqui alguém ouviria meus gritos de socorro.

Cadê o urso quando se precisa dele?

Pela página do anfitrião no site, sei que o nome dele é Louie Longsetter. Que tipo de nome é esse? Parece nome de personagem de série de comédia, e não o nome de alguém que vive no mundo real, com pais de verdade que disseram o nome em voz alta e pensaram: *Isso! Vai ser este!*

Acho que uma pessoa chamada Louie Longsetter nem sequer conseguiria ser perigosa.

Entretanto, o jeito como ele está parado, como se estivesse me esperando há mais tempo do que deveria, faz com que eu questione essa suposição.

Tento imaginar um assassino chamado Louie Longsetter. Quase dou risada de tão absurdo que isso seria, mas, como sou uma mulher prestes a passar semanas isolada, a ideia de que ele poderia representar uma ameaça fica na minha cabeça como algo indesejado e incômodo, como um carrapicho que não desgruda.

— Chegou na hora certa! — exclama ele, a voz animada demais, alegre demais, como se eu fosse uma convidada de honra, e não apenas mais uma hóspede. Ele desce a escada meio que dando um pulo esquisito e se aproxima de mim de uma maneira que é tanto ansiosa quanto inquietante.

Nunca vou com a cara de gente animada, odeio isso. Sei que é um defeito, mas tenho defeitos demais para me preocupar em minimizar esse.

— O GPS funcionou bem — sussurro enquanto abro o porta-malas com um pouco de urgência demais. Louie Longsetter pode até não parecer nome de assassino, mas tenho quase certeza de que já existiu um assassino em série chamado Pichushkin. Tudo é possível.

Agora Louie está ao meu lado, ele põe o braço no porta-malas e pega as alças da minha bagagem. Ele tira as duas de uma vez só e as solta de lado no cascalho, provocando um baque abafado.

Franzo o rosto, resistindo à vontade de reclamar. São malas da RIMOWA, novas, elegantes, caras e, até o momento, sem arranhão ou desgaste. Ganhei de aniversário alguns meses atrás, e esta é a primeira vez que tenho a chance de usá-las. Eu me orgulho de ter conseguido mantê-las em condições perfeitas.

Até agora.

Eu me abaixo depressa e ponho uma das malas na posição correta enquanto reprimo uma onda de irritação.

Louie, alheio a isso, imita meus movimentos e põe a outra mala para cima, mas o vejo arrastá-la enquanto ele se dirige para o alpendre. As rodas arranham no cascalho como unhas numa lousa. Estremeço, tiro a outra mala do chão e a carrego.

— Você é *a* Petra Rose, não é? A tal da escritora? — pergunta ele enquanto me olha por cima do ombro.

A tal da escritora?

Assinto e sigo logo atrás dele, me esforçando para tentar dar um sorriso educado.

— Sim, senhor. Estou aqui para me inspirar. No silêncio — acrescento.

Tem compras no banco de trás que ainda preciso descarregar, mas prefiro que ele não saiba. Só quero que ele vá embora. Queria que tivesse ido embora antes de eu chegar. É por isso que as propriedades de aluguel têm fechaduras digitais e instruções para fazer check-in sem o anfitrião.

Subimos a escada do alpendre. Eu carrego minha mala com cuidado para que as rodas não arranhem nos degraus, enquanto Louie arrasta a outra como se nem estivesse pensando nela.

— Não li nenhum livro seu — diz ele, quase em tom de desculpa —, mas minha esposa disse que acha que leu um. — Ele para no alpendre e tira um molho de chaves de bolso. — Mas nós vimos o filme. Quando contei à minha esposa que você iria se hospedar aqui, ela me fez prometer que eu te perguntaria sobre um personagem que não apareceu. Não sei do que ela estava falando. Sabe, enquanto eu caminhava até aqui, fiquei pensando numa coisa que daria um ótimo filme — prossegue ele, entregando-me as chaves.

Ai, meu Deus. Isso não.

— Minha vida — diz ele e ergue a sobrancelha como se eu devesse me impressionar. — Tive uma vida louca pra cacete. Você ganharia milhões com a história.

Tenho certeza de que não ganharia.

— Se precisar de alguma ideia… — recomeça ele, obviamente sem perceber minha expressão.

Interrompo-o, com um sorriso fino:

— Infelizmente, ficção é a única coisa que sei escrever.

Já perdi as contas de quantas vezes as pessoas se ofereceram para me contar a história de sua vida depois de descobrirem que sou escritora. Todas têm certeza de que seria o próximo grande romance norte-americano.

Talvez fosse mesmo. A minha vida que com certeza não daria um grande sucesso.

— Mas quem sabe se você ouvisse minha história… — diz ele.

— Bem, se ela é tão boa assim, você *mesmo* deveria escrevê-la — respondo, sem querer soar grosseira. — Ninguém conhece sua história melhor do que você, e você não deveria dar suas ideias de graça — digo com o tom de voz educado, mas, por dentro, só quero que ele vá embora.

— Sou disléxico — diz ele, balançando a cabeça, e então diminui um pouco o sorriso. — Muito disléxico. Não sei se deu para perceber pelos meus e-mails. Sendo bem sincero, depois que reconheci seu nome e vi que você era a escritora, fiquei meio nervoso na hora de responder. Achei que você riria dos meus erros de gramática.

— Jamais. Meu pai era disléxico e ele foi o homem mais inteligente que já conheci.

Louie sorri ao ouvir o que eu disse.

— É difícil pra cacete viver assim. Lamento que sua mãe tenha enfrentado isso.

Fico calada, pois acabei de dizer que foi meu pai. Não minha mãe. Ele tem problema de memória? Problema de audição?

Ele dá uma piscadela.

— Te peguei. Foi piadinha de disléxico.

Sorrio.

— Pois é. Me pegou mesmo.

— Minha esposa diz que eu teria sido um bom ator. Ela é atriz. Minha esposa. Mais ou menos. Bem, é difícil explicar, mas ela atua. Em documentários. Acho que dá pra dizer que ela é atriz, mas...

Ele continua falando da carreira da esposa, ou da não carreira dela, mas estou distraída demais para ouvir porque... *puta merda.*

O lado de fora do chalé não está à altura do lado de dentro.

O interior é muito mais moderno do que eu esperava: linhas simples, acabamentos suaves, como se tivesse saído de uma revista de design de interiores. A aparência rústica era apenas externa. Aqui dentro, tudo brilha.

Eu estava esperando um piso de madeira que range, talvez cheiro de pinheiro ou o almíscar reconfortante de uma lareira apagada. Contudo, em vez disso, sou recebida por superfícies elegantes, luzes fortes e uma decoração simples e minimalista que se costuma ver em lofts urbanos. O piso de concreto polido brilha sob as luzes embutidas que criam uma iluminação clínica. As paredes são de um branco frio e esterilizado, e nelas há grandes pinturas abstratas com molduras caras, tudo escolhido a dedo, intencional demais para um lugar assim.

Os chalés tradicionais têm seu charme. Você se entoca neles e fica ouvindo apenas o crepitar da lareira e um ou outro barulho da vida selvagem do lado de fora. Eu esperava encontrar a aspereza das paredes de madeira não lixadas, a sensação de me aconchegar nos braços da natureza, longe do mundo.

No entanto, isso aqui?

Parece mais que estou na sede de uma startup de tecnologia. Não num retiro de escrita.

Expiro pela boca e puxo a mala até a sala, e o som das rodinhas ecoa ruidosamente no espaço aberto. Ouço Louie logo atrás de mim e quase consigo ouvir seu orgulho enquanto ele me observa assimilar tudo.

— É completamente diferente das fotos do site — digo, virando-me para ele.

— Acabamos de reformar tudo — diz ele, orgulhoso. — Você é a primeira hóspede desde a reforma, na verdade. Estamos bem satisfeitos. Minha esposa fez boa parte do projeto, ela leva jeito para essas coisas.

Agora faz mais sentido. Isso explica o contraste entre Louie e a casa.

A mobília da sala é completamente fria. O sofá de couro preto e baixo mais parece uma peça de showroom do que um móvel no qual você se sentaria para ler um livro. Uma mesa de centro de vidro reflete a luz em muitas direções, e suas quinas são tão afiadas que é preciso tomar cuidado para não rasgar o joelho.

Até mesmo a lareira, que imaginei que teria um ar aconchegante e rústico, é apenas um elegante aparelho de gás por trás de uma fachada moderna e delicada. O fogo brilha com uma precisão mecânica que me faz sentir falta do crepitar irregular da madeira de verdade queimando.

Sou uma babaca ingrata. *Quem é que ficaria triste por se hospedar num lugar tão bonito assim?*

É só que… não tem *charme* aqui. Não tem passado. É eficiente, sim, mas não parece um lugar inspirador. Parece um lugar para executar tarefas, trabalhar, mas não *criar*. Sim, eu queria a solidão, mas queria me sentir conectada ao lado selvagem do lugar, à beleza crua da floresta. Em vez disso, parece que fui largada num Airbnb sofisticado, perfeito demais para o processo criativo caótico que eu tinha imaginado.

Meu bloqueio criativo anda tão terrível que tenho colocado a culpa em tudo. Já estou até colocando a culpa neste belo imóvel.

Suspiro outra vez. Talvez não seja o lugar que eu queria, mas, a considerar meu mau humor, acho que qualquer coisa que viesse me deixaria rabugenta neste momento.

— O lugar é ótimo — digo, dando a Louie ao menos parte da reação que ele devia estar esperando receber.

— Vou dizer à minha esposa que você amou — fala ele. — A gente mora aqui na mesma rua, sabia? Você deve ter visto a casa, na verdade. É a única outra casa da rua — acrescenta ele e fixa o olhar em mim por tempo demais, como se esperasse que eu pedisse mais detalhes.

Assinto e torço para que isso baste e ele não fale mais nada.

— Sei que está aqui para trabalhar — prossegue Louie —, mas, se não estiver ocupada demais, você poderia vir jantar conosco algum dia desta semana. Minha esposa adoraria conhecê-la. Somos apenas nós dois, e adoramos receber visitas quando é possível. — O sorriso dele aumenta, e vejo de novo aquele brilho nos olhos que dá a impressão de que ele está sendo ansioso e afobado demais.

Ou talvez a palavra que eu esteja procurando seja "desesperado".

Ou talvez apenas carente?

Minha boca se comprime depois do convite para o jantar, mas tento disfarçar com um sorriso. Não consigo imaginar nada pior do que passar uma refeição inteira de bate-papo com Louie Longsetter e a esposa dele que *acha* que leu um dos meus livros e que é atriz, mas não muito, mas meio que *é*. Só essa explicação já me deixou exausta, e olha que nem conheci a mulher.

— Ah, que gentileza — digo e sinto meu sorriso ficar mais forçado a cada segundo que se passa. — Mas preciso trabalhar muito. Envio uma mensagem se eu tiver algum tempo livre, pode ser?

Vejo uma rápida decepção nos seus olhos, mas logo ele se recupera e assente.

— Sim, sim. Afinal de contas, você está aqui para escrever. Só pensei que, se precisar fazer uma pausa ou algo assim... — Sua voz vai ficando mais baixa, e ele acena de leve. — Bem, se precisar de algo, estou bem pertinho daqui.

Assinto de novo, desta vez com mais força.

— Obrigada, pode deixar.

Com outro aceno esquisito, ele se vira, caminha até a porta do chalé e sai para a rua. Fecho a porta e me encosto nela por um instante, e então encaro o espaço irritantemente moderno.

O quintal com vista para o lago não está voltado a oeste.

Para essa parte do processo, sempre escolho um chalé com vista para o pôr do sol. Nada acende uma chama criativa dentro de mim como ver o pôr do sol. O jeito como o céu é consumido por tons de laranja, rosa e roxo me estimula a escrever com uma espécie de urgência que me parece tanto empolgante quanto necessária.

Enfim, era assim que *deveria* ser.

Contudo, desta vez, reservei mais em cima da hora e precisei me conformar com um quintal voltado a leste. Sinto a diferença em todas as partes do meu ser inseguro e sem talento. O nascer do sol me parece opressor e exigente, quase como se pedisse muito de mim antes da hora. E é assim que vou iniciar meus dias aqui, com essas imensas janelas voltadas a leste.

Quem sabe não posso escrever no quarto principal, que é o próximo cômodo que vou visitar. Tem uma janela virada para o oeste atrás da cama, mas não dá para ver o sol se pondo entre todas as árvores frondosas.

— Quase que eu ia esquecendo!

Cacete! Eu me viro ao ouvir a voz, um berro preso na garganta. Levo a mão ao peito, assustada, mas tento conter minha raiva ao ver Louie parado na porta do quarto.

Ele balança uma folha de papel no ar.

— Senha do wi-fi e tal. Esqueci de deixar as regras. — Ele deixa a folha no aparador ao lado da porta do quarto. — Como já falei, você é a primeira hóspede desde a reforma, então devo ter esquecido uma coisa ou outra. É só me avisar se tiver algum problema, se algum eletrodoméstico não funcionar ou...

— Obrigada — digo com rispidez. — Eu me viro a partir de agora.

Louie assente, mas metade de seus dentes some no meio de algo que, na maioria das pessoas, ainda seria considerado um sorriso. Entretanto, no caso de Louie, é como se ele tivesse fechado a cara.

— Merda pra você — diz ele. — Ou... o que quer que se diga a escritores. — Ele começa a se dirigir à porta do chalé. — Merda com a caneta? Merda com o teclado?

Ele continua a sussurrar outras opções enquanto fecha a porta depois de sair. Odeio o fato de que ele sabe quem sou e o motivo de eu estar aqui. Era melhor não ter feito a reserva usando meu nome profissional, mas o tenho usado por tanto tempo que daria muito trabalho mudar tudo para um nome que não fosse o que uso como autora.

Não consigo escapar de mim mesma e do meu nome reconhecível nem quando se trata de um homem mais velho que meu pai e que mora no meio do nada. Por mais que eu tente fugir do fato de que sou Petra Rose, estou aqui, estou ali, estou *na porra de todos os lugares*. Na capa da revista *People*, no programa *E! News*, no site TMZ, em podcasts com apenas dois mil seguidores.

Bem, se é isso que paga as contas... Tenho certeza de que eu estaria fazendo exatamente a mesma coisa, mesmo que escrever não tivesse dado certo como deu.

E, cacete, eu tenho seguidores, eu deveria monetizar minhas redes sociais e começar a falar mal de mim mesma também. Acho que ganharia mais dinheiro *me xingando* do que *sendo eu mesma*.

Sempre tive medo de que isso acontecesse. A perda da anonimidade. Contudo, acho que nunca imaginei que seria nesse nível.

Comecei a escrever por pura diversão. Era uma necessidade. Uma maneira de escapar quando minha vida real se tornava caótica. Eu ficava empolgada, e os leitores se empolgavam. Eu escrevia sobre o que quer que eu quisesse. Lutadores de MMA gostosões, alienígenas atacando a Terra, fazendeiros se apaixonando por garotas da cidade. Dezessete livros depois, meu nome era conhecido, as contas estavam sendo pagas e a vida era boa. Parecia que eu estava no topo do mundo.

Infelizmente, a gravidade puxa todos nós de volta para baixo. E, caramba, caí feio. Foi como se alguém tivesse cortado meu paraquedas e transmitido minha queda ao vivo pela televisão para o mundo inteiro ver.

E é por isso que estou em apuros. Atrasadíssima num prazo, com a hipoteca da casa vencida. E sabe qual é a cereja do bolo?

O bloqueio criativo.

Três

Quero que o bloqueio criativo vá à merda.

Está escuro demais lá fora, estou deprimida e não progredi nada. E estou com fome e zangada.

Passei as últimas oito horas resmungando, frustrada com absolutamente tudo e nada ao mesmo tempo. Quando não consigo ser produtiva, viro a maior chata. É por isso que preciso ficar sozinha quando escrevo. Estou poupando todos que eu amo da ira que sinto quando estou com bloqueio criativo.

Já estou com saudade dos crepúsculos no meu chalé de sempre, do dia acabando devagar, da maneira como o cair da noite de lá levava a reflexão e a uma contemplação serena. Aqui, contudo, sem o crepúsculo, é como se minha inspiração esvaecesse junto da luz, e só me resta tentar agarrar as sombras que se recusam a virar pensamentos coerentes.

Sim, o sol e a ausência dele estão levando a culpa pela minha falta de talento como escritora. Também já botei a culpa no clima, na minha saúde digestiva, em Mercúrio retrógado, na cafeína e *nos homens*.

Ajeito a postura e minto para mim mesma enquanto digito no teclado, na tentativa de convencer meu cérebro de que mereço todos os prêmios que já ganhei, todas as resenhas positivas que já recebi, todos os livros que já vendi.

No entanto, a voz que proclama que não passo de uma fraude que deu sorte sempre fala mais alto. Odeio a síndrome do impostor. Odeio acreditar mais nas resenhas negativas do que nas positivas. Odeio ficar questionando se sou capaz ou não de escrever um livro realista.

Olho a tela e leio o pouco que escrevi.

O cheiro asséptico da sala de interrogatórios, uma mistura de café frio e ar parado, não ajudou muito a acalmar as batidas frenéticas do coração de Reya. Do outro lado da mesa, a voz grave do detetive Miller ressoava enquanto ele fazia perguntas a respeito de Sarah e da última vez que ela a tinha visto. Cada palavra parecia um novo corte que escancarava a ferida causada pela perda de sua melhor amiga. Ainda assim, um lado de Reya, um lado profundamente inquietante e indesejável, percebia a maneira como a farda do detetive ficava colada em seus ombros largos, a intensidade sombria em seus olhos enquanto ele fazia anotações. Ela se odiou por isso, por causa da faísca de atração que tremeluzia dentro dela e traía a memória de Sarah. Como sua mente era capaz de ter tais pensamentos se seu mundo parecia estilhaçado em mil pedaços? A culpa era uma grande pedra em suas entranhas e aumentava o peso do luto já difícil de carregar.

Encaro as frases que acabei de escrever, ciente de que meu futuro eu, provavelmente semiadormecido e mantido em pé por um café morno, vai declarar que elas são o maior lixo e apagá-las.

O livro é mais um cemitério digital para as minhas aspirações literárias passageiras do que um manuscrito em si. Cada palavra me parece uma ocupante ilegal da página, apenas à espera de ser despejada.

Nunca vou terminar isso. Nesse ritmo, vou passar um ano inteiro neste *chalé-com-crise-de-identidade*, reescrevendo para sempre os mesmos cinco parágrafos enquanto o cursor pisca como se fosse um pequenino oráculo julgador. Se cursores falassem, o meu repetiria: "você é uma porcaria, desista", só para que não restasse nenhuma dúvida.

Não que estar hermeticamente fechada neste chalé seja uma tortura. Adoro a solitude. Sempre gostei dela. É por isso que, várias vezes ao ano, alugo lugares assim e me transformo temporariamente numa eremita com vista para o lago, tudo para me livrar do ar sufocante de Sacramento. Muitas vezes, aquela cidade, abençoada seja, fica parecendo um gigantesco e ruidoso abraço de concreto que nunca pedi.

Contudo, aqui? Aqui é silencioso, tranquilo e tem cheiro de água fresca e pinheiro. Então, sim, *tem isso.*

Preciso aceitar o poder do pensamento positivo. E me concentrar no fato de que essas escapadelas não são apenas para mudar de lugar; elas são minha terapia mental.

Eu me afasto da mesa, o cursor ainda piscando e me julgando em silêncio, e vou até a cozinha. O cheiro de café velho continua no ar, uma prova da sessão de escrita mais otimista que aconteceu antes, quando eu estava convencida de que o café me curaria. Só que aí lembrei o quanto odeio o gosto de café.

Vou até a porta do chalé e a abro para respirar ar fresco. Do lado de fora, o mundo está como um caleidoscópio de tons verdes e marrons, mas tudo o que consigo ver são sombras no escuro. Vejo algo se mover ao longe, então semicerro os olhos para tentar enxergar o que é.

Congelo quando a vejo se mover de novo.

Uma sombra. Uma silhueta.

Meu coração acelera, sou tomada por um pavor intenso e gélido. Encosto na porta, sem ar. É para este chalé ser meu refúgio, meu abrigo, e não o cenário de um filme de terror no meio do mato.

Contudo, quando a silhueta aparece ao luar, meu pavor se transforma num alívio envergonhado. É apenas Louie Longsetter.

Ele me vê à porta de perto do lago e acena de modo amistoso.

— Um guaxinim caiu na armadilha! — grita ele do outro lado do quintal. Ele ergue o que parece ser um animal morto e mole, e sinto pena da pobre criatura. — Me desculpe se eu tiver te assustado!

Consigo dar um sorrisinho trêmulo e acenar de volta, meu coração ainda tentando se recuperar da disparada repentina. O lago é público, qualquer pessoa pode acessá-lo, mas acho estranho que ele tenha decidido ir até lá com uma hóspede na casa. Aperto o botão para abaixar todas as cortinas e, quando estou prestes a me virar de costas para a janela, meu celular vibra e me assusta de novo. Olho a tela. Nora.

Merda. Esqueci que eu disse que iria ligar depois de me ajeitar aqui.

— Oi — digo, a voz ainda um pouco trêmula.

— Então, minha ideia é a seguinte… — diz Nora com uma energia quase frenética transbordando de sua voz e passando para o celular, um nítido contraste com o pânico silencioso que acabo de sentir.

— O que vai ser desta vez? — pergunto e franzo a testa. — Por favor, não me diga que quer fazer corujas em macramê de novo. Meu escritório não tem mais espaço para os seus projetos de artesanato.

Nora solta uma risada, um som animado, leve.

— Não vai ser coruja em macramê, mas essa ideia nem é ruim. Eu estava ficando craque nelas. Não, tive uma ideia para ajudar na sua situação. Mas vou precisar que confie em mim.

Dou um suspiro demorado, cansado. Conheço esse tom de voz. Ele costuma preceder uma sugestão que vai ser ou incrivelmente brilhante, ou completamente assustadora.

— Nora, do que está falando?

— Do seu grupo fechado — começa Nora, a voz ficando mais baixa e conspiradora. — Acho que devemos fazer uma live por lá. Só a gente e alguns milhares de pessoas em quem sempre confiamos implicitamente e que não fariam capturas de tela nos dias em que nosso cabelo está horroroso.

Fico sem ar.

— Fazer uma live? Nora, você pirou? Estou com trauma de gente da internet. E se alguém mandar para fora do grupo?

— E daí se fizerem isso? — Agora a voz de Nora está intensa, bem de encontro contra minha ansiedade. — Francamente, Petra, você precisa parar de ligar tanto para tudo. Você acha que outros escritores famosos ligam para as redes sociais? Acha que eles ficam pensando obsessivamente em cada comentário, cada insulto, cada palavra que escrevem e que pode acabar virando uma captura de tela?

Há um momento de silêncio da minha parte. Depois, com hesitação, digo:

— Hum. Sim. Acho que eles fazem isso, sim.

Nora dá uma risada.

— Tá bem, você deve ter razão — admite ela. — Mas está na hora, Petra. Faz um ano que você parou de fazer suas lives comigo. Faz um ano hoje.

As palavras pairam no ar, pesadas e importantes.

Faz um ano hoje.

Minha mente acelera. Faz um ano inteiro que a adaptação cinematográfica do meu último romance foi lançada. Um ano desde que meu mundo virou de ponta-cabeça, desde que a opinião pública se tornou uma manta sufocante.

Eu, a escritora que costumava escrever dois livros por ano sem grande dificuldade, não consigo concluir o livro que comecei um ano e meio atrás nem enfrentar perguntas ao vivo desde que a última live que fiz terminou de um jeito péssimo. Nunca vou entender por que meus editores acharam que seria uma boa ideia fazer uma live com a maior livraria de Nova York um dia depois do lançamento do filme.

Bem. Não é que nunca vou entender. É isso que editores fazem. É isso que autores fazem. Faz parte do marketing. Entretanto, esse tipo de coisa não costuma se transformar em um desastre em que a autora chora e corre para o banheiro.

Meu Deus, ainda tenho vergonha daquilo.

Mal tenho tempo de reagir a essa lembrança, pois ela está trocando para o Facetime. Vejo o rosto, e Nora me lança um olhar pela tela. Não sei muito bem o que ele significa, só sei que não gostei de vê-lo.

— Faça isso. *Por favor.* Acho que, se você vir que ainda tem gente que acredita em você, vai se inspirar.

— Nora, as pessoas vão ser cruéis.

— Sim, é provável que sejam mesmo, mas você não vai ver porque não vai ler os comentários. Deixe isso comigo, pode ser? — diz ela. — Vou abrir uma live. Pode desligar se quiser, mas acho que deveria ficar.

Estou reagindo como se uma pessoa tivesse me pedido para enterrar um corpo por ela. É só o Facebook, cacete. *Deixe de ser mole, Petra.*

Passo os dedos depressa nas olheiras para limpar possíveis manchas de rímel que tiverem sobrado do dia.

No entanto, nossos leitores estão acostumados a nos ver assim, de cara lavada, imperfeitas e em geral no meio da noite, quando bate a inspiração (ou, no meu caso, a frustração). Nora e eu fazíamos lives espontâneas o tempo todo, em grande parte porque tínhamos menos fãs e eles eram bem mais simpáticos.

Contudo, quando fui ficando mais famosa, as perguntas foram ficando mais maldosas. E isso foi antes do drama mais recente com o vazamento das minhas mensagens.

Durante certo período, nossas lives se tornaram regulares, tanto que passamos a monetizá-las e a contar com esse dinheiro para pagar algumas contas. Nossos vídeos feitos tarde da noite ficaram surpreendentemente populares no TikTok, e ganhamos mais leitores assim do que com qualquer estratégia de marketing tentada antes. Os escritores assistiam porque éramos honestas sobre o processo criativo: sobre como ele pode ser difícil, como é frustrante escrever uma frase que parece correta num instante e errada logo depois. Falávamos dos dias em que queríamos desistir, e as pessoas pareciam se identificar. Acredito que nossa transparência era reconfortante para elas e as fazia sentir que não estavam sozinhas com suas dificuldades. E não eram apenas os escritores; os leitores também adoravam. Eles podiam ver como nossos livros eram feitos muito antes de chegarem às prateleiras. Nora e eu compartilhávamos uma ou outra coisa para mantê-los interessados: uma frase aqui, um detalhe do enredo ali, soltávamos pistas que os deixavam alucinados de expectativa.

Acho que, de certa maneira, era como se déssemos acesso aos bastidores e assim os permitíssemos dar uma olhada por trás das cortinas como não poderiam fazer em qualquer outro lugar. Eles nem sequer se incomodavam com spoilers, só queriam participar do processo mesmo.

Só que aí, um ano atrás, eu parei. Nora ainda faz lives, mas agora é só ela.

— Nada de TikTok, prometo — diz Nora. — É apenas para o seu grupo do Facebook, e ele é fechado, então só vai ver quem estiver lá.

Consigo ouvir a esperança dela aumentar, mas a minha está repleta de terror enquanto ponho o notebook diante de mim.

— Nora — digo com uma voz suplicante. — Não sei se consigo...

— Concentre-se apenas em mim. — Sua voz interrompe meus pensamentos, calma e reconfortante. — E na câmera. Vou selecionar as perguntas uma por uma, Petra. Você vai ver como isso é fácil e familiar e vai se sentir muito melhor. Você sabe melhor do que ninguém que nada nos motiva mais do que os leitores. E você se isolou deles por tempo demais. Isso vai te ajudar a escrever, prometo.

Respiro fundo, tento ajeitar um pouco o cabelo e abro meu grupo. Espero Nora preparar a live e me convidar a participar.

Depois de ver meu rosto coberto de sombras na tela, pulo da cadeira e acendo a luz da cozinha para que minha tela não fique tão escura. As fortes luzes do teto piscam por um segundo antes de iluminarem o ambiente e lançam longas sombras nas paredes. Não fica bonito, mas dá para o gasto.

Assim que me sento de novo, a live começa.

Não tem contagem regressiva, não tenho tempo de pensar na minha aparência nem no que vou dizer.

Quando Nora e eu começamos a fazer essas lives, era um pouco esquisito, como se estivéssemos atuando para uma plateia invisível. Sempre havia certa pressão, por menor que fosse, para entreter, para falar algo interessante ou ao menos coerente. Agora, entretanto, depois de um ano com apenas Nora na tela, depois da minha longa ausência, parece que essa pressão vai me fazer pegar fogo.

— E... estamos ao vivo! — diz Nora. — Ei, pessoal, enfim consegui ter a presença de Petra aqui, mesmo com a agenda lotada dela! Aqui está ela!

Aceno. E adorei ela ter falado como se eu estivesse ocupada demais para participar das lives, quando na verdade eu estava era apavorada demais.

— Petra, você não faz ideia da saudade que eu estava. Como vai sua vida? Tem algo interessante para contar?

Nós duas rimos, conscientes de que foram perguntas retóricas. Todo mundo sabe como vai minha vida. Contudo, respondo:

— Ah, sabe como é. Mesma coisa de sempre.

— Sei que você se refugiou para escrever — comenta Nora. — Esse lugar parece diferente. Fizeram uma reforma onde você costuma ficar, foi?

Olho para trás de mim e ao redor, erguendo o notebook para que os leitores vejam o lugar.

— Não. Desta vez, precisei escolher um local do outro lado do lago. Mas vejam só este lugar. É incrível.

— Uau. Você devia ter me convidado — diz Nora.

— Você sabe que a gente nunca trabalha quando estamos juntas.

— Pois é. Mas isso é culpa sua. Você está sempre botando alguma série de crime viciante, e aí a gente fica assistindo a um episódio atrás do outro, e, quando vamos ver, os dias passaram e nossas férias acabaram.

— Férias — digo, rindo. — Quem me dera. Nem lembro a última vez em que tirei férias.

— Ah, deixe de ser mimada — brinca Nora. — Você está numa linda casa que não é onde você mora. Não importa se está trabalhando ou não, pelo menos não está num lugar pior. Tipo aqui no meu apartamento, tendo que ouvir minha vizinha brigar com o ex pelo telefone o tempo todo. Por falar em dificuldades, como vai a escrita?

Dou de ombros, sentindo mais uma vez o fardo da minha falta de progresso.

— Não faz nem um dia que cheguei aqui, mas não consigo enxergar o progresso no horizonte. Em um ano e meio, mal consegui escrever vinte páginas.

Ela franze a testa e inclina a cabeça, e sua voz fica mais séria:

— Quer conversar sobre isso?

— Estava prestes a me deitar quando você ligou — admito. — Já desliguei meu cérebro por hoje.

Nora solta um gemido teatral e joga a cabeça para trás.

— Eu estava na esperança de ver um ou dois capítulos.

Sorrio, mesmo sem querer.

— Eu também.

Nora balança a mão para que eu não me preocupe.

— Você se cobra demais.

Suspiro, e as censuras familiares vêm à tona.

— Sou minha pior crítica. Ou pelo menos costumava ser.

Ela revira os olhos para mim, algo que já fez umas cem vezes depois de me ver desse jeito.

— Já decidiu pelo menos o nome dos personagens?

— Sim, pelo menos isso. — Mudo de posição na cadeira, sentindo um pouco de orgulho desse progresso, por menor que ele seja. — Cameron é o principal interesse romântico da heroína. O apelido dele é Cam. E nossa heroína vai ser a Reya.

Os olhos de Nora brilham.

— Cam e Reya — diz ela, testando os nomes. — Gostei. Eles são casados ou vamos ver como eles se conhecem?

— De certa maneira, teremos as duas coisas. Cam é casado — digo, hesitante. — Pelo menos segundo o meu plano de dois anos atrás.

Nora ergue a sobrancelha.

— Ah, que inesperado. Vai ser um triângulo amoroso?

Hesito e olho para fora da tela por um instante, como se a resposta pudesse estar escondida em alguma sombra.

— Não sei. Foi o que planejei, mas... talvez eu mude. Nunca se sabe.

Fiz o primeiro esboço da história antes das reações negativas à adaptação, e acho que meu bloqueio é em parte por causa disso. Fico tensa de não saber o que estou fazendo ao escrever sobre coisas que não vivi.

— Não, não, não — diz Nora, e se aproxima da câmera com uma expressão de traída. — Você sabe que amo triângulos amorosos. Eu quero o triângulo. — Agora ela está choramingando.

— Vamos torcer para eu conseguir desenvolver ao menos um personagem. Depois disso a gente conversa.

— Combinado. Tá, vamos responder a uma pergunta — diz Nora e semicerra os olhos enquanto analisa a tela. Como ela sugeriu, minimizei o bate-papo e a deixei encarregada de escolher as perguntas. — Aqui tem uma. Ally Panzano quer saber por que está demorando tanto para terminar esse livro. "Você sempre escreveu rápido" — diz Nora conforme lê a pergunta.

Recosto-me na cadeira e penso em como responder com delicadeza.

— Se quiser que eu seja totalmente franca, preciso dizer… que é por causa da atenção pública. Não estou acostumada a ela. Não gosto dela. Nem quando é positiva.

— É verdade — confirma Nora. — Ela fica sem graça até quando é elogiada.

— Sempre enxerguei a escrita como uma fuga e uma terapia, e, quando se está envolvida e aproveitando, você nem pensa no que vai acontecer depois que terminar de escrever. Então o livro é lançado, há as viagens de divulgação, as entrevistas começam. Nunca achei nada disso estressante porque sempre gostei das viagens e dos eventos de lançamento. Até certo ponto. Nunca gostei de fazer divulgação, mas os pedidos têm sido razoáveis. Mas agora que minha imagem está ainda mais conhecida, tudo que vem depois da escrita parece ter se amplificado, então me estresso mais do que quando as coisas eram menos caóticas. Tenho a impressão de que terminar um livro e escrever *FIM* não vai parecer uma conquista. Na verdade, morro de medo de ter que participar da fase seguinte de divulgação. Pois a divulgação e o conteúdo das entrevistas mudaram. E nem todo mundo nasce sabendo falar na frente de uma câmera, ainda mais quando pedem que você fale sobre algo além dos seus livros.

Nora sorri para mim.

— Obrigada pela vulnerabilidade, Petra. Foi uma ótima resposta. Muito sincera. Vamos à próxima pergunta. "Por que você falou como se estivesse hesitando em escrever sobre um triângulo amoroso no livro novo? É porque o triângulo amoroso da adaptação foi cortado?"

— É mesmo a pergunta de um leitor? Ou é uma pergunta da *Nora*? — indago e ergo a sobrancelha para ela.

— É de verdade, juro — diz ela, rindo.

Fico surpresa ao perceber que, até agora, não estou odiando fazer a live. Parece um pouco como era antes, e a cada momento que passa me sinto mais à vontade.

— Não sei. Depois do último livro, é óbvio que fiquei sentida com as críticas. O livro que estou escrevendo também deveria ter um triângulo amoroso, apesar de ser diferente em todos os aspectos. Mas nunca estive num triângulo amoroso, e dizem que devemos escrever sobre aquilo que conhecemos. Talvez eu tenha errado no último livro por causa disso. É difícil escrever sobre algo que nunca vivi.

Nora solta uma gargalhada repentina, completamente incrédula.

— Que mentira — diz ela. — Seu romance mais vendido é sobre uma mulher que se apaixona por um ex-presidiário. Você nunca namorou um ex-presidiário.

— Exatamente. E vários leitores afirmaram em suas resenhas que não era realista.

Nora balança a cabeça com uma expressão de exasperação e carinho no rosto.

— Primeiro, pare de ler resenhas negativas. Segundo... praticamente toda resenha negativa diz que o livro ou os personagens não são realistas. É o termo clichê para quem não gostou de algo. Já eu não acho necessário que todos os detalhes de um livro sejam realistas. Dragões não são realistas, mas *Quarta asa* está arrasando nas vendas.

— Nesse caso, o livro não é realista de propósito — saliento. — O gênero se chama "fantasia" por um motivo.

— "Romantasia" — corrige ela. — Que seja. Eu ainda sei quando uma história é boa. As pessoas dão valor demais ao realismo. Às vezes, a gente só quer mesmo é escapar para dentro de algo que parece impossível, que jamais aconteceria na vida real. Essa é a beleza da ficção. Por que acha que os canais Lifetime e Hallmark fazem tanto sucesso? Eles são maneiras de escapar.

— E ainda dá para chamá-los de *canais*? Isso não é antiquado? O que eles são hoje, aplicativos? Serviços?

— Assim vou começar a falar da saudade que tenho da DIRECTV, e isso vai denunciar a minha idade — comenta Nora. — Seja como for, os enredos do Lifetime e do Hallmark estão entre os meus prediletos. Eu seria capaz de assistir a uma líder de torcida ser assassinada por uma mãe ciumenta um milhão de vezes sem me cansar.

Sorrio, mas sinto a pontada familiar da dúvida.

— Sabe o que acho que é? O principal motivo pelo qual não estou conseguindo escrever?

— Diga — diz Nora.

— Quero que a história pareça *real* enquanto a escrevo. Mas não sei se uma coisa pode parecer real se não a vivi. Talvez eu precise passar para a fantasia e dar um tempo no suspense romântico. Ou é isso, ou *eu* faço uma pausa e vou viver um pouquinho. Posso fazer coisas perigosas, cheias de suspense, para adquirir mais experiência de vida.

— O que importa é o que as pessoas sentem enquanto leem — insiste Nora, agora com um tom mais sério. — *Realista* nem sempre quer dizer algo que você viveu. Basta que os leitores sintam que é possível. É o que você faz, Petra. Você faz as pessoas acreditarem no impossível.

Assinto, assimilando as palavras, apesar de não estar muito convencida. Entretanto, com Nora é assim: ela sempre acredita em mim, até quando eu mesma não acredito. E talvez isso seja o suficiente para que eu siga adiante por mais um dia.

— E quem é você pra falar se uma história é realista ou não? Você também nunca namorou um ex-presidiário.

Nora ri.

— Que você saiba.

Sorrio, mas por dentro estou confrontando a frustração de sempre. Queria conseguir acreditar mais nas resenhas de cinco estrelas do que nas negativas. Os elogios estão lá, mais numerosos do que as críticas, mas infelizmente parece que me concentro bem mais no negativo do que Nora. É como se os comentários negativos fossem mais verdadeiros, como se, por algum motivo, eles fossem mais francos ou inteligentes, embora racionalmente eu saiba que isso não é verdade. Nora sempre foi melhor do que eu em ignorar as críticas e em confiar nos seus instintos e nos seus leitores. Já eu costumo deixar as vozes negativas fixarem residência na minha cabeça. Contudo, ao mesmo tempo, graças à infâmia que o filme trouxe à minha carreira, recebo muito mais atenção na internet, então tem essa diferença. Eu costumava ter a mesma atitude de Nora.

— Talvez você devesse ter um caso para saber descrever perfeitamente as emoções dos personagens do seu livro — brinca Nora. — Ache um homem casado que lembre Cam e durma com ele.

Dou uma risada, mas parte de mim se aflige um pouco ao vê-la dizer isso tão abertamente na frente dos não sei quantos leitores que estão assistindo à nossa live. Sinto um aperto no coração, o tremor familiar do medo de um comentário casual ser mal interpretado, tirado de contexto e usado contra nós só para atrair cliques. Já consigo imaginar as manchetes de amanhã: "**PETRA ROSE QUER TRANSAR COM UM HOMEM CASADO!**"

Nora nunca parece ter filtro, e é um dos motivos pelos quais eu a amo, mas isso também me deixa alerta, sobretudo agora.

— Como é que vou conhecer um policial gato isolada no meio do nada?

— Ele é policial, é? Olha o spoiler. — Nora sorri como se tivesse a solução perfeita. — Talvez você devesse ir a algum lugar menos isolado. Comece a escrever numa Starbucks. Policiais adoram café.

— Talvez você devesse ir dormir — sugiro. — Está tarde em Nova York.

— Tem duzentas pessoas mandando perguntas pra gente, vamos responder algumas antes — comenta ela enquanto observa os números aumentarem na live.

Seus dedos passam pela enxurrada de comentários e perguntas que aparecem na tela. Encaro seu rosto, evitando ver até o número de espectadores. Prendo a respiração e espero o inevitável insulto, o comentário mordaz que vai justificar meus medos. No entanto, a expressão de Nora continua animada, tranquila. Ela é especialista nisso, mesmo que seja apenas para o nosso grupo fechado. Percebo que ela está me protegendo, exatamente como prometeu.

Os olhos dela brilham ao ver uma pergunta que chama sua atenção.

— Aqui tem uma boa — diz ela, aproximando-se da câmera. — A pessoa perguntou: "Você realmente acha que um escritor só consegue captar como um personagem reagiria se ele próprio tiver vivido a situação? Não é disso que se trata a imaginação?"

Nora encara a câmera com expectativa e ergue as sobrancelhas para mim como se quisesse dizer: *essa é sua*. Me inclino para a frente e cruzo os braços sobre a mesa, parando um instante para refletir. A pergunta parece mais pesada do que as que costumamos receber durante as lives. É uma pergunta que tem me inquietado ao longo do último ano e que ecoa no silêncio do meu chalé. E é difícil de responder, pois parece mais uma alfinetada do que uma pergunta.

— É difícil lidar com síndrome do impostor — digo com um suspiro. — Os livros sobre escrita indicam que os escritores deixem a imaginação correr solta, mas esses mesmos livros também recomendam escrever sobre aquilo que conhecemos. Bem… e se nós *não* conhecermos a situação? Mas quisermos escrever sobre ela? E errarmos?

— Mas na verdade não existe errar nesse caso, né? Todo humano reage a determinada situação de um jeito diferente — responde Nora, a voz ainda calma, uma âncora firme na minha onda crescente de dúvidas a respeito de mim mesma.

— Sinto que errei feio — digo. — É só olhar esse último ano da minha vida.

Nora ergue a sobrancelha, surpresa.

— Bem, já que você mencionou a grande polêmica — diz Nora —, eu gostaria de falar dela, se não se incomodar.

— Pode falar. Eu adoraria ouvir o que você tem a dizer.

— A gente escreve *ficção* — diz Nora. — Para entreter. Não entendo como e quando a diversão passou a ser enxergada de um jeito totalmente diferente. Você escreveu um livro, e isso já é motivo de elogio. Você escreveu dezenas de livros, poxa. Livros divertidos, interessantes, às vezes comoventes. Por que os autores começaram a ser tão criticados quando um leitor discorda deles, ou odeia os livros deles, ou a adaptação? É um *livro*. É um *filme*. Não estamos operando cérebros. Não estamos salvando vidas.

— Algumas pessoas podem discordar de você — digo. — Quero dizer, entendo o que você falou e concordo com a primeira parte: não é mais tão divertido agora que recebemos resenhas de vários meios, e não apenas da Amazon e do Goodreads. Agora as pessoas fazem vídeos e dedicam perfis inteiros nas redes sociais a fazer resenhas, então as vemos mais. Os leitores estão mais envolvidos e têm mais impacto, mas isso também é algo positivo. Uma resenha boa que viraliza pode mudar a vida de um autor de maneira muito positiva. Mas acho que você se enganou ao dizer que livros são apenas para entreter. Na minha opinião, livros e filmes podem ser ferramentas poderosas. Eles são capazes de mudar a opinião, o comportamento e o modo de pensar das pessoas. E, sim, eles *podem* salvar vidas. Acredito de verdade que ler salva vidas.

— Interessante — diz Nora. — E você acha que livros podem *arruinar* vidas?

Que pergunta ótima. Não sei se estou preparada para respondê-la, mas Nora me dá um tempo para pensar em como responder.

— Com certeza tem gente que acha que livros arruínam vidas. É por isso que eles são banidos. Eu concordo com essas pessoas? Não com o banimento de livros. Mas me preocupo ao ver que certos leitores, principalmente os mais novos que leem livros para adultos, não sabem estabelecer um limite entre ficção e realidade. Vemos que, de vez em quando, um leitor defende o comportamento de um personagem que escrevemos para ser uma pessoa ruim. Isso significa que o leitor defenderia tais comportamentos na vida real? Tomara que não.

Nora bate a mão na mesa em concordância.

— Nem me fale! É tanta gente que me implora para eu escrever uma continuação para redimir aquele personagem terrível do meu primeiro livro que fico bem triste pelo ser humano — diz Nora. — Sem falar nas complexidades dos humanos e sua moralidade. Fico fascinada ao ver que a experiência e a interpretação de uma pessoa podem ser tão diferentes das de outra pessoa que lê as mesmas palavras. Recebo e-mails de leitores que relatam que determinado livro foi vulgar demais, e no mesmo dia recebo e-mail de outro leitor com a reclamação de que esse mesmo livro não era nada provocador. É tudo muito subjetivo. E é confuso lidar com isso, especialmente quando lemos essas opiniões que chegam até a gente o dia inteiro. É elogio, crítica, elogio de novo, crítica de novo. E às vezes quem diz que livros não devem ser banidos são as mesmas pessoas que argumentam que certos livros jamais deveriam ter sido escritos. E aí elas detalham todos os motivos pelos quais o livro não deveria existir e por que o escritor nem sequer deveria ser escritor, e depois a publicação seguinte é mais uma reclamação sobre o banimento de livros. Sejam coerentes! A pessoa quer falar de livros banidos ou apenas insultar um autor até ele desistir de escrever? E ainda tem gente cara de pau que nos marca nas postagens, como se a gente quisesse ler a respeito dos motivos pelos quais deveríamos abandonar nossa carreira!

Nora respira fundo depois do desabafo.

Não sei por que ela está tão agitada, mas tenho a impressão de que nem todas as perguntas foram tão inofensivas quanto as que ela leu.

— Obrigada por me deixar desabafar — diz ela, rindo.

— De nada. Talvez seja melhor responder a mais alguma pergunta antes que a gente perca todos os nossos leitores — brinco.

Nora olha para a câmera.

— Vocês sabem que o que falei não foi direcionado a nenhum de vocês — diz ela. — Amamos nossos leitores e somos gratas a eles. Só não queremos ser marcadas nas postagens de ódio. Bem, agora voltemos à pergunta que estávamos discutindo. Esqueci qual era.

— Resumindo: devemos escrever sobre o que conhecemos? — digo.

— Ah, é. Eu estava com uma resposta boa antes do desabafo. Sim, nós saberíamos descrever melhor as emoções e as reações se tivéssemos vivido cada situação sobre a qual escrevemos. Mas os livros não seriam a maior chatice se todos os autores escrevessem apenas sobre o que eles viveram e sentiram? Seria tão limitante. Não estou aqui para escrever uma biografia. Escrevo para usar minha imaginação. É uma maneira de escapar, tanto para a gente quanto para vocês.

— Concordo — digo. — Mas acho que todo escritor se pergunta isso. Não é mesmo?

Nora balança a mão como se meu comentário não se aplicasse a ela.

— Eu não — diz ela com determinação. — Somos contadores de histórias. Nosso trabalho é imaginar vidas diferentes da nossa. Se tivéssemos de vivenciar tudo o que escrevemos, ficaríamos tão ocupadas tendo casos com policiais gatos e perseguindo mães que mataram a filha líder de torcida que não teríamos tempo de nos sentar e escrever livros.

Rio da sua sinceridade, e a tensão nos meus ombros diminui um pouco. Nora percorre a tela outra vez com o olhar e lê outra pergunta, nitidamente curtindo toda esta interação.

— Achei uma pergunta divertida: "Se fosse possível, alguma de vocês gostaria de viver todas as coisas que seus personagens viveram? Como o furacão que matou..." — Nora para de ler a pergunta. — Olha o spoiler, não vou terminar de ler a frase. Mas... *com certeza* — diz ela com firmeza. — Acho que um furacão seria empolgante. E acabo de escrever um livro sobre um jogador de hóquei que se apaixona pela própria agente. Também topo. Eu toparia viver esse romance a qualquer momento.

— Eu também toparia. Isso do jogador de hóquei, e não o furacão.

— E a vida de Carrie? — pergunta Nora, em referência à personagem que escrevi de que ela mais gosta. — Você viveria a história dela?

Fiz a pobre da personagem passar por um verdadeiro inferno, mas eu não diria que não teria gostado de viver tudo aquilo antes de escrever. Será que o livro não seria ainda melhor se eu de fato entendesse o sofrimento dela?

— Sabe de uma coisa? Sim. Eu faria de tudo para ser uma escritora mais confiante. Uma escritora *melhor*. Eu viveria todas as minhas histórias se isso significasse que vocês gostariam mais delas. Acreditariam nelas. Fariam resenhas de cinco estrelas para elas.

Digo a parte das cinco estrelas com um tom brincalhão, mas estou falando sério. Se passar por aqueles momentos dramáticos e avassaladores fosse fazer de mim uma escritora melhor, por que não? Às vezes, penso que, se eu fosse um pouco mais imprudente na minha vida, talvez chegasse mais perto das emoções cruas e reais que estou tentando captar. Minha vida atual é entediante, previsível e não merece virar livro de jeito nenhum.

— Bem — diz Nora —, da próxima vez que estiver em Nova York, a gente pode ir atrás dos policiais e ver o que acontece.

Nós duas rimos, mas a pergunta continua lá no fundo da minha cabeça mesmo depois que mudamos de assunto. Uma escritora pergunta a Nora se ela vai continuar uma série que ela afirma que já deveria ter acabado dois livros atrás. Uma leitora nos pergunta quando é que vamos escrever juntas.

— Nunca — dizemos de bate-pronto.

— Já temos prazos demais individualmente — diz Nora. — Além disso, para os coautores isso é o beijo da morte. A amizade quase nunca sobrevive.

— Sim, e gostamos demais da nossa amizade para correr esse risco.

Respondemos a mais quatro ou cinco perguntas, e Nora as filtra com destreza. Observo seu rosto enquanto ela analisa os comentários, e volta e meia ela dá uma balançadinha de cabeça quase imperceptível antes de partir para a próxima pergunta. Ela está cumprindo a promessa. Não tem ninguém dizendo qualquer grosseria, ou, se tem, eu felizmente não fico sabendo.

É *mesmo* mais fácil do que eu imaginava. Minhas respostas são um pouco mais cautelosas do que antes, mas o peso no meu peito começou a diminuir. Sinto que, quanto mais tempo passo de volta aqui em uma live, mais sincera e relaxada fico.

Nora é quem conduz a conversa e me enche de sua energia contagiante, e a familiaridade da nossa troca de sempre começa a ressurgir. A leveza das nossas antigas transmissões, a sensação de apenas estar em uma conversa com Nora, começa a se sobrepor à noção de que milhares de pessoas estão nos assistindo.

Percebo que estou relaxando e entrando no ritmo, concentrando-me nas perguntas de Nora, no tom amigável dos comentários que ela lê em voz alta. É como uma bolha pequenina e segura, uma exposição controlada ao mundo do qual tenho me escondido. Talvez essa seja a resposta. Talvez de fato seja bom fazer coisas assim, voltar a me expor ao público de acordo com minhas condições, num espaço seguro e familiar. De todo jeito, nem é o público que me assusta; é a falta de controle, a vulnerabilidade a uma negatividade desenfreada. Aqui, entretanto, tendo Nora como escudo, quase acho prazeroso. A conversa sobre realismo, sobre a importância da imaginação em contraponto à experiência, até as brincadeiras sobre sair com policiais... parece que tudo isso são degraus que me levarão de volta à rotina confortável que eu tinha.

— Bem, preciso ler esta pergunta — diz Nora. — Alex Brown quer saber se você faria alguma outra adaptação cinematográfica, já que a última pareceu tão estressante.

— Espero que sim — digo com sinceridade. — Gostei do fato de o livro ser adaptado. Só não gostei do processo e de ter que trabalhar e falar com tanta gente. Escrever um livro é uma missão solitária até a fase da edição, mas trabalhar num filme é como chamar cem pessoas para o seu escritório todos os dias. Eu me retirei assim que possível. Não era para mim.

Às vezes me pergunto: se o resultado fosse outro e não tivesse acontecido nenhuma polêmica, será que minha opinião sobre o processo seria diferente? Acho que nem eu nem meus leitores jamais saberemos, pois nunca mais vou falar daquela adaptação. Nem sequer para explicar o meu lado da história ou justificar a mensagem que mandei para Allister.

Porque, sim, Caleb foi cortado do filme e, sim, eu mandei aquela mensagem. Contudo, é o raciocínio *por trás* daquela mensagem que ainda me incomoda. Caleb era crucial para a história original. Lutei por ele quando começaram a falar em cortar o personagem. Argumentei que ele era necessário, mas não com a determinação que costumo ter.

A verdade é que não confiei tanto no meu taco. Achei que o pessoal de Hollywood, por já ter participado de inúmeros filmes, entendia mais do que eu. No começo, fiz o possível e tentei explicar a importância e a profundidade de Caleb, senti certo distanciamento ao defendê-lo em todas as infinitas reuniões de produção. Eu apresentava argumentos e descrevia a história dele, mas, no fundo, um lado meu se sentia uma fraude, lutando por um personagem com palavras que nasciam de sentimentos de incompetência e insuficiência.

Numa das reuniões, Allister leu em voz alta vários comentários negativos sobre o personagem para todos os envolvidos no processo criativo que estavam lá. Ele disse: "O personagem foi mal escrito no livro. Não dá para inseri-lo num roteiro tão curto. Isso pode acabar prejudicando o filme."

Não ouvi muita coisa depois disso. Fiquei tão envergonhada que fui para casa e comecei a pesquisar mais sobre o personagem na esperança de conseguir pensar em motivos para lutar mais por ele na reunião seguinte.

Algumas críticas citavam falta de profundidade emocional ou argumentavam que ele parecia menos fundamental do que os outros. Nos fóruns, tinha gente questionando por que o enredo dele não tinha sido tão desenvolvido quanto os dos outros personagens.

É óbvio que, em meio a tudo isso, havia muita gente completamente caída de amor por Caleb, mas a opinião dessas pessoas era como sussurros, enquanto as palavras negativas eram mais como gritos.

Meu problema nunca foi aceitar críticas. Meu problema é que tendo a achar que as críticas são a única verdade e acho muito mais difícil acreditar nas opiniões positivas.

No fim daquela noite, eu estava convencida de que Allister e os presentes naquela reunião tinham razão. Eles entendiam mais do que eu sobre as pessoas que *eu* inventei dentro da *minha* cabeça.

Cedi e troquei mensagens com Allister. Na manhã seguinte, Caleb acabou sendo considerado dispensável, um excesso na narrativa, e não consegui evitar sentir que minha falta de convicção, provavelmente causada pela minha falta de experiência pessoal, teve um papel no fim dele.

Eu simplesmente acreditei que não o escrevi muito bem. E talvez ainda acredite.

Esses pensamentos ainda rodopiam na minha cabeça, ruidosos e persistentes, enquanto Nora começa a se despedir. A conversa sobre "viver a história" abriu um novo rol de inseguranças e jogou o holofote bem sobre os meus defeitos.

Porém, paradoxalmente, a live não foi o pesadelo que eu esperava. O medo que eu sentia devido a experiências passadas parece ter diminuído um pouco. Nora, com seu jeito sereno, provou que, tomando as devidas precauções, me reaproximar dos leitores não precisa ser algo assustador.

Tento sorrir para a câmera, dou boa-noite aos leitores e depois me despeço depressa de Nora com um jeito cansado. No entanto, assim que fecho o notebook, sou tomada por uma onda de alívio tão intensa que quase parece uma sensação física. Fico sentada, encarando a tela em branco, e as dúvidas acerca da minha escrita continuam a me corroer, um vermezinho persistente no meu cérebro.

Mas o medo mais amplo da internet, do público, deixou de ser um bicho de sete cabeças e virou um senhorzinho ranzinza que conseguimos amordaçar. Talvez esse grupo fechado, esse ambiente controlado, seja exatamente do que preciso para começar a voltar ao mundo dos livros.

Um passo bem pequeno, talvez, mas não deixa de ser um passo.

Desligo as luzes, e o clique suave do interruptor ecoa na quietude do chalé. Confiro duas vezes a tranca das portas, hábito de alguém que já passou bastante tempo sozinha para saber que é melhor prevenir do que remediar.

O chalé está silencioso, exceto pelo som distante da rebentação do lago na margem, mas sei que esse é o horário em que minha mente costuma ficar mais ruidosa. É como se minha crítica interna decidisse se firmar de modo permanente, lembrando-me de cada defeito, de cada resenha cruel, de cada cena que questionei e, agora, de cada vez que não batalhei o suficiente por um personagem fictício.

Entretanto, pela primeira vez em um bom tempo, ouço um leve sussurro de esperança, uma voz bem baixinha que sugere que talvez eu consiga voltar às palavras. A exposição aos meus leitores de uma forma um pouco controlada, junto dessa solidão, pode acabar me fazendo bem. Parece uma revolução, mesmo que minúscula.

Vou para o quarto pensando no dia de amanhã. Tomara que seja mais produtivo, que eu acorde com a mente desanuviada e com uma nova perspectiva em relação ao triângulo amoroso. E talvez eu sinta um pouco menos de medo do mundo on-line, graças a Nora e a uma live muito cautelosa que não fez ninguém entrar em combustão.

Vai ficar tudo bem.

Quatro

— Vai ficar tudo bem — repito para mim mesma enquanto abro a embalagem do meu segundo shot energético do dia. É meu ritual de escrita.

Bem, não é exatamente um ritual, está mais para um hábito muito, *muito* ruim.

Evito todo tipo de refrigerante e outras bebidas gaseificadas porque elas irritam meu estômago, mas, por algum motivo, assim que acordo pela manhã, consigo tomar um shot energético que promete cinco horas de disposição sem qualquer efeito negativo. Ele me dá um ânimo equivalente ao do café. E o pior é que, lá para a hora do almoço, eu me convenço de que preciso de *mais* cinco horas de energia, então agora são dois shots por dia.

Não sei se é assim que funciona, se dois deles me dão dez horas de energia, mas condicionei meu cérebro a pensar assim. Agora, só me convenço de que estou no meu auge depois de tomar dois, e só consigo ser produtiva depois de consumi-los. Às vezes tomo ambos de uma vez, o que significa que, em breve, vou passar a tomar um terceiro mais para o fim do dia.

E isso, por definição, constitui um vício.

Entretanto, só vou deixar de tomá-los quando meu coração parar de funcionar ou quando me aposentar. Enquanto estiver aqui e me vir obrigada a trabalhar, vou tomar meus shots.

Prefiro o sabor de banana com morango. Todos são terríveis, mas é apenas um shot, então prendo a respiração e viro o segundo. Jogo a embalagem vazia no lixo bem na hora em que alguém bate à porta.

Meu primeiro instinto é me abaixar, mas o segundo é mais maduro e adulto. Vou ver quem está à porta, na torcida para que seja apenas Louie, e não alguém novo, mas, ao espiar pelo olho mágico, não vejo o rosto de meu anfitrião. O que vejo é... algo bem alaranjado.

Tudo o que vejo é laranja, então recuo um momento para que meus olhos se adaptem. Encosto no olho mágico de novo, e agora quem quer que estivesse tão colado à porta se afastou, e consigo distinguir uma cabeça.

É uma mulher cheia de cachos. Cachos bem alaranjados que chegam até os ombros. Ela é mais velha do que eu, e é provável que seja um pouco mais velha do que minha mãe. Está com um longo vestido de seda e um xale combinando, coberto de flores roxas. Não sei se é uma camisola ou se é algo que está na moda, mas deve ser a esposa de Louie. É só uma suposição devido à sua idade, à sua presença aqui e à travessa em suas mãos.

Se eu não tivesse tomado os dois shots, não sei se teria forças para abrir a porta, porque a roupa e o cabelo dela me dão a impressão de que ela não é uma pessoa quieta e introvertida. Felizmente, estou com energia para conhecer gente nova. Também quero saber se o cabelo dela é natural, então abro a porta para dar um oi para ela e uma olhada melhor nela.

— Oiê, oiê! — cantarola ela.

A voz é exatamente como imaginei que seria: um pouquinho alta e muito animada. E o cabelo com certeza não é natural. Essa cor foi uma escolha consciente. Contudo, de certo modo, ficou bom nela.

— Posso ajudar?

— Você conheceu meu marido ao fazer o check-in. — Sua voz parece firme e treinada, como se ela provavelmente fosse capaz de cantar e a projetar num palco. — Só queria ver se está precisando de algo!

— Oi. Não, não estou. Obrigada.

— Ótimo, ótimo — diz ela. Abro mais a porta, e a testa dela se contrai de leve pelo entusiasmo de talvez ser convidada para entrar. Ela ergue a travessa. — Trouxe uns quitutes pra você.

— Ah. Nossa.

Ela me entrega uma travessa metálica com algo.

— Brownies — diz ela. — Mas não são brownies mágicos. Desculpe.

— Melhor assim — respondo. — Já não estou conseguindo trabalhar, então a última coisa que eu quero é um cochilo causado pela maconha.

— Marigold — diz ela, estendendo a mão para mim. — Mas pode me chamar de Mari. Não de Mary. Nem de Marie. É Má-ri — diz ela conforme pronuncia devagar. — Tentei usar o apelido Gold durante um ano inteiro, mas não funcionou muito bem com o sobrenome do meu marido. Longsetter. Gold Longsetter. Parece nome de raça de cachorro.

Dou uma risada, sem saber se deveria rir ou não.

— Prazer, Mari. Meu nome é Petra.

— Petra Rose. Eu sei quem você é. Vimos aquele filme que você escreveu.

Sinto um calor no peito. Se ela viu o filme e sabe meu nome, deve saber outras coisas a meu respeito.

— Bem, eu não escrevi o roteiro. Escrevi apenas o livro em que o filme se baseou, mas...

Ela balança a mão para que eu não conclua.

— Sim, trabalho em Hollywood e sei como todas essas coisas funcionam. Sua ideia, seu livro, *seu* filme. Pelo menos, essa é minha opinião. — Ela vira a cabeça. — Posso entrar? Não vou ficar muito tempo, prometo.

— Hum. Pode, sim.

Abro mais a porta e ela entra, seus sapatos estalando no piso de concreto. Ela dá uma voltinha para observar a cozinha.

— Eu amo este lugar. Tentei convencer Louie a deixar a gente se mudar pra cá depois da reforma, mas ele disse que seria melhor alugar. — Ela para de girar e olha bem para mim, o vestido parando alguns segundos depois dela. — Pelo jeito ele tinha razão, pois atraiu uma grande celebridade.

— Ah. Eu não diria que sou uma...

— Não você. Não que você *não* seja uma grande celebridade, mas eu não me gabaria de você desse jeito. Não seria adequado. Eu estava falando de Michael Showalter. Ele se hospedou aqui uns anos atrás. Antes da reforma, mas dou o crédito a Louie mesmo assim porque sou uma boa esposa. Michael passou duas semanas aqui e até deixou uma avaliação de cinco estrelas com seu nome de verdade. É a avaliação que deixamos em destaque no site.

Pela minha expressão, ela percebe que não faço ideia de quem é Michael Showalter, e reparo nisso porque ela revira os olhos e balança a mão.

— Esqueci que você é escritora, e não atriz. Ele é um diretor. Dos bons. Bem, dos *medianos*. Enfim, ele escreveu no nosso caderno de recados dos hóspedes — diz ela e aponta para um caderno no rack debaixo da televisão. — Disse que foi a melhor estadia da vida dele. Está na página trinta, se quiser ler.

Mari aponta para uma banqueta e pede permissão para se sentar, e eu assinto. Ela a puxa e se senta.

— Louie contou que sou atriz?

— Ele começou a falar disso, mas acho que acabamos mudando de assunto. — Entro na cozinha. — Quer tomar algo?

Ela não parece ter a intenção de ir embora tão cedo, então o mínimo que posso fazer é ser hospitaleira com essa mulher que seria a personagem *menos* realista de todas se eu a transformasse em personagem de algum livro.

— Você tem vinho? — pergunta ela.

— Tenho. Tinto, pode ser?

Ela assente.

— Eu e Louie moramos em Los Angeles durante a maior parte da vida. Nós nos conhecemos lá. Ele era contrarregra, e eu, atriz. Ainda atuo, mas faço mais coisas para o canal ID. Sabe aqueles programas de assassinatos? Os documentários em curta-metragem?

— Sei — digo enquanto sirvo o vinho. Empurro a taça para ela. — É o meu passatempo preferido.

Ela ergue a taça com a elegância de uma antiga atriz de Hollywood.

— Eu faço as reconstituições do crime. Sabe quando nos documentários eles começam a falar de uma senhora que foi assassinada pelos netos e mostram reconstituições silenciosas com pessoas que fingem ser o assassino, a vítima ou o detetive? Sou eu, já fiz dezenas de personagens diferentes. Já foram tantos que talvez eu fosse reconhecida se ainda morasse em Los Angeles.

Como não reajo nem rio, ela me lança um olhar penetrante.

— Você está séria demais, mocinha. Foi uma piada — diz ela, e dá outro gole no vinho. — Surpreendentemente, ao contrário do que parece, não sou tão egocêntrica a ponto de achar que me reconheceriam, mas a maioria das pessoas desse ramo é assim. Nossa, tenho cada história sobre essas pessoas que você vê na televisão todo dia. Não vou contar nada, porque já assinei muitos termos de confidencialidade ao longo da minha carreira, mas se me embebedar o suficiente...

Ela diz a última frase como estivesse me tentando, desafiando-me a servir mais vinho para ela.

— Você já fez algum filme ou série que eu talvez conheça? — pergunto. — Ou faz mais reconstituições mesmo? — A essa altura, estou apenas tentando manter o diálogo para que não pareça que estou calada demais.

— Ainda estou à espera de uma grande chance — diz ela. — Nunca se sabe. Muitas atrizes só conseguem uma boa oportunidade quando mais velhas. Tem gente no ramo que acha que, depois que uma atriz começa a aceitar papéis menores, a chance de ela conquistar uma carreira de sucesso acaba, mas faço qualquer coisa por dinheiro. Qualquer papel decente, pelo menos. Eu não faria aquelas outras coisas, sabe, as indecentes que hoje em dia se encontra de graça na internet. Mas aceito praticamente qualquer outro papel para não precisar trabalhar de nove às cinco. Consegui me sustentar com minha arte a vida inteira. Muitas atrizes não conseguem ter uma grande chance nem se tornam famosas, mas recusam papéis que pagam as contas com medo de que isso destrua o sonho delas. Então elas morrem com o coração cheio de rejeição e sem qualquer orgulho. Mas não é o meu caso. Basta me dar um acessório, uma peruca e meu pagamento que já me considero uma atriz feliz. Já viu aquele programa chamado *Eu sobrevivi*? Sobre pessoas que não morreram, mas que mostra como elas *quase* morreram?

— Já — digo, surpresa de ainda estar conseguindo acompanhar. — Você participou dele?

— Foi assim que comecei a fazer esse tipo de papel. Nos episódios, eles usam os verdadeiros sobreviventes e também atores. Para minha sorte, uma das mulheres que sobreviveu após passar seis dias pendurada de cabeça para baixo após uma batida de carro era bem parecida comigo, então consegui interpretar ela e precisei ficar pendurada dentro de um carro durante oito horas por dia nas gravações do episódio. Eu tinha intervalos, óbvio, ninguém consegue passar tanto tempo assim de cabeça para baixo. Bem, exceto a mulher que sobreviveu, acho que ela conseguiu. Enfim, foi o papel mais difícil que eu tinha feito até então, mas foi o que pagou melhor também. E, como fui muito profissional, os produtores passaram a me chamar para participar de diversos projetos, de vários programas diferentes.

Ela toma um gole de vinho e, enquanto o bebe, vira a mão tão depressa que suas pulseiras tilintam.

— Desculpe — diz ela, colocando a taça no balcão e balançando a mão para se desculpar. — Eu nunca calo a boca. É só me avisar quando quiser que eu vá embora, senão vou terminar passando a noite inteira aqui.

Meu Deus. Por favor, não.

Sorrio, apesar do pavor que sinto por dentro.

— Está tudo bem — digo, mentindo.

Parece que ela percebe, pois termina a taça e se levanta.

— Petra, se soubesse disfarçar melhor suas expressões, talvez eu tivesse acreditado que você quer que eu te faça companhia e permaneça mais tempo. Não seja educada para poupar meus sentimentos, nem os sentimentos de *ninguém*, na verdade. Se você não dá voz aos seus sentimentos, eles não existem. Já vou embora.

— Desculpe, é que... tenho muito trabalho a fazer.

— Meu bem. — Ela vem até mim e segura meus ombros. — Se tem alguém que entende isso, sou eu. Sei como é ser artista. A pessoa fica dependendo da inspiração. — Ela encosta a mão fria na minha bochecha. — Você é tão bonita. Bem-sucedida *e* atraente, tudo o que eu sempre quis ser. Eu meio que te odeio. — Ela passa ao meu redor e se dirige à porta. — Foi um prazer conhecê-la. Adorei seu vinho. Por favor, mande uma foto do rótulo para mim, vou enviar meu número. É só me chamar se precisar. E, se quiser assistir a algum programa em que atuei, posso te passar mais informações. Quem sabe um dia você não precisa de uma assassina de sessenta anos com cabelo laranja num de seus filmes?

— Combinado — digo, rindo. E perplexa.

Ela escancara a porta, então a seguro para não que não bata enquanto ela sai para o alpendre.

— Sei que sou exagerada, mas você vai sentir minha falta depois que eu for embora. Sou o tipo de pessoa que parece intensa no começo, mas, depois que você me conhece melhor, eu... bem... *continuo* sendo intensa, mas pelo menos você já vai me conhecer melhor. — Ela começa a descer a escada.

— Mari? — chamo-a.

— Sim, meu bem? — diz ela conforme se vira para mim.

— Acho que você poderia ter adotado o apelido Gold. Combina com você.

Ela me encara pensativa por um instante, depois diz:

— Que nada. Não dá para ter um nome alucinado desses com essa personalidade toda aqui. Pelo menos uma parte de mim precisa ser mais discreta.

E, depois dessa, ela desce a escada e vai até a rua.

— Volto qualquer dia desses para pegar a travessa dos brownies! — grita ela.

Fecho a porta e vou até a travessa. Quando tiro a tampa, o cheiro de brownies recém-saídos do forno se espalha pelo ar.

Dois shots energéticos e uma travessa inteira de brownies antes do almoço.

Sim, por favor.

Cinco

Não.

Tem algo errado.

Sento-me na cama, o coração martelando de modo frenético no peito, e tiro dos olhos a máscara de dormir. O ar no quarto parece denso, o tipo de quietude sufocante que surge quando a pessoa acorda no susto. Minha mente acelera conforme tenta entender o que me acordou. Foi um barulho? Um sonho?

O que quer que tenha sido, o barulho foi tão alto que me arrancou de um sono profundo e tranquilo, e agora estou bem desperta, os sentidos aguçados, o corpo tenso com a descarga de adrenalina.

Deve ter sido Mari, em busca de mais vinho depois de dois dias de silêncio desde sua visita.

Ainda estou tentando me recompor quando percebo as luzes. Flashes vermelhos e azuis atravessam o breu do quarto e se espalham pelas paredes como uma espécie de advertência.

Eles são desorientadores e lançam longas sombras que dançam cada vez que a luz pulsa. Por um instante, não sei se estou em um sonho ou se é real. Meu quarto fica na parte oeste do chalé, então não consigo ver muito de onde estou, mas as luzes continuam, urgentes, ritmadas, impossíveis de ignorar.

Tem uma janela bem atrás da minha cabeceira, então me viro e puxo a cortina para o lado a fim de ver o que está acontecendo lá fora. No entanto, tudo o que consigo enxergar são as luzes vindas da frente do chalé. Não consigo enxergar nenhum veículo de onde estou, apenas a pulsação constante, vermelha e azul, que ilumina as árvores.

Minha mente começa a pensar de imediato nos piores cenários. Houve um acidente? Um arrombamento? Por que a polícia estaria aqui no meio do nada? Será que foi Louie?

Uma forte batida à porta da frente me arranca dos meus pensamentos e me faz estremecer. Meu coração dispara no peito, e o barulho repentino me faz levantar depressa da cama. As batidas continuam e ecoam pelo chalé como trovões. Ponho o robe com as mãos trêmulas e pego o celular, minha pulsação acelerando a cada passo que dou até a porta.

Confiro a hora no celular. São quase cinco da manhã. Logo mais amanhece.

Acendo a luz do alpendre, e a claridade se espalha pelo pequeno espaço na frente do chalé. Espio pelo olho mágico.

Vejo um policial a cerca de um metro de distância da porta. Ele se porta de um jeito casual, mas há certa urgência na maneira como ele espicha o pescoço e olha o carro por cima do ombro.

O giroflex da viatura é tão forte que só consigo ver a silhueta do policial, é difícil discernir suas feições. Seu perfil é contornado pelo intenso brilho azul e vermelho, e por um instante sinto um estranho distanciamento, como se essa cena estivesse acontecendo com outra pessoa e eu fosse apenas uma espectadora. Minha mente acelera, cheia de perguntas.

Hesito por um instante, segurando o celular com firmeza, meus dedos pairando em cima da tela. Devo ligar para alguém?

Não, é tarde demais. Ou cedo demais. Seja como for, eu consigo me virar.

Deve ser apenas um mal-entendido. Endereço errado, talvez. Contudo, isso não impede que uma inquietação me embrulhe o estômago enquanto tomo fôlego e ponho a mão na maçaneta.

Dou uma última conferida no olho mágico e abro a tranca de baixo primeiro, imaginando o que diabos faria um policial vir até o meu chalé silencioso e isolado na calada da noite.

Com a mente agitada, fico parada com a mão no ferrolho e hesito por mais um momento antes de enfim abri-lo. Apesar de destrancar a porta, deixo a corrente no ferrolho e abro apenas alguns centímetros. Uma pequena fresta, apenas o suficiente para enxergar o lado de fora, mas sem deixar que nada — nem ninguém — entre.

Como sou escritora, sinto uma desconfiança constante, não importa que a pessoa esteja usando farda. Já criei enredos com muitas reviravoltas e escrevi muitos vilões que fingem ser heróis, então é inevitável não imaginar o pior em cada situação.

Meu cérebro automaticamente considera as versões mais sombrias: *e se o carro dele for uma viatura falsa?*

Até onde sei, esse sujeito pode estar fingindo ser policial e usando um distintivo falso só para que eu abra a porta e fique vulnerável. São muitas histórias de crimes, muitas pessoas se passando por militares, muitos thrillers psicológicos. Fui condicionada a desconfiar de todos os cenários possíveis.

Entretanto, ainda assim, a curiosidade e a preocupação me convencem a pelo menos ouvi-lo.

Quando o policial ouve a porta se abrir, desvia a atenção para mim, e seu olhar encontra o meu. Por causa da luz do giroflex, ainda é difícil enxergar direito suas feições, e seu rosto se distorce ao ser coberto alternadamente por vermelho, azul e sombras. Meus olhos continuam pesados de sono, o que faz a situação inteira parecer surreal, como se eu estivesse entre um sonho e a realidade.

No entanto, mesmo com as luzes desorientadoras, de uma coisa tenho certeza: ele não tem o estereótipo de policial vou-comer-donuts-com-café.

Ele é alto, musculoso e tem ombros largos, o tipo de homem que parece que passa mais tempo na academia do que na delegacia. Vê-lo parado, tão autoritário e sério, me faz pensar de repente na minha aparência. Ainda estou de robe, com pouca roupa, vulnerável, um detalhe que me faz puxar o robe mais para perto do meu corpo.

Não faço ideia do motivo de ele estar aqui, mas parte de mim, talvez a parte escritora, não pode deixar de apreciar o *timing*. Se eu tivesse que imaginar a aparência do Policial Gostosão Cam do meu livro, seria como a dele.

Meu cérebro cataloga o momento e armazena a imagem dele para usá-la depois. *Esse é o rosto que Cam precisa ter*, penso, com um sorrisinho de insinuação no canto dos lábios, apesar das circunstâncias esquisitas.

O policial ergue o distintivo, e o metal reflete a luz do alpendre por um instante. Semicerro os olhos, concentrando-me no nome dele e depois no brilho da aliança em sua mão esquerda. *Mas é óbvio que ele é casado.* Não que isso importe, mas é outro detalhe que gruda na minha mente enquanto percebo mais uma semelhança entre ele e o meu personagem.

Acho que acabei de encontrar meu muso inspirador.

— Lamento incomodá-la, senhora — diz ele com uma voz áspera e grave de barítono que parece fazer meu corpo vibrar. — Sou o policial Nathaniel Saint.

Encaro o distintivo e leio o nome de novo, embora ele já esteja gravado na minha memória. Meu coração continua acelerado, mas agora é uma aceleração diferente, é metade nervosismo e metade outra coisa que não sei exatamente o que é. Levo a mão ao pescoço e a pressiono na minha pele como se eu fosse capaz de acalmar fisicamente meu coração.

O policial Saint abaixa o distintivo e o guarda no bolso. Percebo então que isto não é apenas sonho ou fruto da minha imaginação.

É real.

Tem um policial parado à minha porta de madrugada, e isso só pode ter um significado: *aconteceu algo ruim.*

O pânico irrompe dentro de mim e penso logo na minha família. Será que aconteceu algo com algum ente querido meu? Uma onda gélida de pavor se espalha pelo meu corpo, e fica difícil respirar enquanto mil cenários horríveis passam pela minha cabeça.

Como se tivesse percebido minha inquietação, o policial Saint suaviza o tom de voz e assume um mais brando, como se ele quisesse me tranquilizar.

— Não precisa se preocupar — diz ele, agora com o tom mais amansado, mais reconfortante. — Estou aqui apenas para informar a você que aconteceu um incidente hoje nesta rua. Gostaria de fazer algumas perguntas, se não se incomodar. É protocolo.

Solto o ar com um tremor, aliviada, e minha tensão diminui um pouco depois de suas palavras.

Todos estão bem. Ninguém que eu amo se feriu.

Assinto, tomada por uma imensa gratidão, e tiro a corrente do ferrolho da porta. O policial não está aqui para dar más notícias, quer apenas fazer algumas perguntas. Eu consigo lidar com isso. Contudo, penso em Louie e em Mari, a esposa dele.

— Os vizinhos estão bem? — pergunto enquanto abro mais a porta.

Uma brisa fria me faz perceber ainda mais que estou com pouquíssima roupa. O ar noturno me envolve, e ponho o braço na frente do peito instintivamente, sentindo-me exposta. Aponto para a cozinha, convidando-o a entrar.

— Estão bem. Acabo de sair de lá.

Suspiro aliviada, mas ainda confusa.

— Pode entrar — digo, agora com a voz mais baixa, como se começasse a perceber o peso da situação.

Quando o policial Saint entra, percebo o quanto ele é alto. Ele tem pelo menos dez centímetros a mais do que eu, talvez mais. Ocupa mais espaço do que seu corpo pede; sua presença é dominante, mas não opressora. Fecho a porta atrás dele, ainda me sentindo um pouco desorientada, mas grata por ter me livrado do frio da noite.

— Que tipo de incidente? — pergunto, agora com a voz mais firme, embora minha mente ainda esteja vibrando por causa das perguntas não respondidas. Aponto para a mesa da cozinha para que ele se sente, mas ele recusa minha oferta. — O que aconteceu?

— Não vou demorar — diz ele, e permanece próximo à porta.

Não é exatamente como imaginei que seria minha noite. No entanto, pensando bem, acho que é assim que ocorrem as reviravoltas de enredo. E agora que sei que todos estão bem, a intrusão é bem-vinda. Faz anos que eu não sentia tanta dopamina.

Paro a alguns metros dele com uma distância cautelosa entre nós dois, não sei se por instinto ou devido à sensação esquisita, quase surreal, causada pela presença de um policial aqui no chalé. Ele continua perto da porta. Parece perceber a tensão, o delicado equilíbrio entre não querer passar dos limites e me contar o que quer que esteja prestes a me contar.

Eu me pergunto quantos anos ele tem. Eu tenho 34 e aparento ter essa idade, talvez uns dois anos a mais ou a menos. Já no caso dele é difícil dizer. Meus olhos ainda estão tentando se adaptar ao fato de que acordei, às luzes lá fora, então o rosto dele fica fora de foco em alguns momentos. Talvez seja mais novo do que eu e tenha uns vinte e tantos anos, mas talvez seja mais velho. É difícil dizer.

No entanto, ele tem uma expressão meio calejada que me faz pensar que é mais velho. Há uma falta de delicadeza nos olhos que sugere que ele já foi exposto a muitas das durezas do mundo. Talvez seja por causa dos anos de experiência nesse trabalho, e não um indício da idade.

Contudo, ao mesmo tempo, pode ser uma expressão mais endurecida que ele treinou, algo que aperfeiçoou devido ao trabalho. Ter uma atitude calma e um olhar reconfortante não é requisito para trabalhar na polícia. Os policiais devem aprender a disfarçar as próprias emoções na hora de dar más notícias, e deve ser por isso que a maioria deles parece tão séria.

O policial examina a sala por um instante, logo assimilando os arredores do meu chalé, e depois se volta a mim.

Há uma breve pausa, como se ele estivesse escolhendo as palavras com cuidado:

— Você conhece um homem chamado Don William Puttman? — pergunta ele com um tom profissional, mas cauteloso, como se quisesse verificar se o nome significa algo para mim.

Faço que não com a cabeça e franzo um pouco o rosto. Não conheço esse nome.

— Não — digo, e ele parece relaxar um pouco depois que respondo.

Há uma nítida mudança na sua postura, como se um peso tivesse sido removido. Ele se encosta na armação da porta e apoia as mãos nas laterais do corpo de um jeito mais casual.

Enquanto o observo, não consigo deixar de notar algumas coisas. Ele é um Cam *perfeito*. É como se o universo soubesse que eu precisava de inspiração e tivesse largado esse policial na frente do meu chalé na hora certa.

A postura, a voz e até a maneira como a farda dele fica colada ao corpo — eu estava buscando palavras para descrever exatamente tudo isso. Não estava muito a fim de fazer as descrições dos personagens com a névoa criativa que paira em cima de mim, mas vê-lo parado ali, em carne e osso, desperta algo. Sinto uma necessidade urgente e esquisita de encerrar essa interação para correr até meu notebook e começar a escrever.

— Uma perseguição policial acabou aqui nesta rua — explica ele e aponta a cabeça para a rua, onde as luzes ainda piscam ao longe. — Isolamos a área, mas vamos deixar policiais por perto, possivelmente na sua propriedade, por cerca de uma hora mais ou menos. Passei aqui apenas para avisar que você não precisa se preocupar com nada.

Assinto e tento assimilar o que ele diz.

Uma perseguição policial? Nesta rua?

O isolamento rural do chalé faz parecer impossível que algo tão dramático possa acontecer aqui no meio do nada.

Antes que eu consiga fazer perguntas, ele prossegue:

— E, obviamente, também para verificar se havia algum motivo para a vítima vir nesta direção. É uma rua sem saída. Mas como você não o conhece…

— Vítima? — interrompo, a palavra entalando na minha garganta.

O policial assente, sua expressão fica um pouco mais séria e ele desvia o olhar, nitidamente não muito animado para contar essa parte do incidente.

— Sim, senhora. Ele, hum… — Ele está incomodado de um jeito inquietante. — Ele se matou.

Ah.

Sinto um nó no estômago e instintivamente coloco os braços ao redor do corpo, numa tentativa inconsciente de me livrar do frio repentino que parece ter se espalhado pela sala. Solto o ar devagar, com um tremor, querendo assimilar o que ele acaba de dizer. *Ele se matou.* Alguém veio para bem perto do meu chalé, para bem perto de *mim*, e acabou com a própria vida.

— Alguém… se matou? Perto daqui? — sussurro, e minhas palavras parecem ocas ao deixarem meus lábios.

Não sei por que as digo em voz alta. Talvez isso me ajude a assimilar, ou talvez eu espere que tenha sido um engano, que ele me corrija e diga que não foi tão grave quanto parece.

No entanto, o rosto dele me diz que foi grave, sim.

Ele assente de novo, com uma expressão de compaixão.

— Ele já tinha passado um tempo preso e recentemente violou as regras da liberdade condicional… Com certeza sabia que havia mandados de prisão contra ele e que, se fosse capturado, seria preso de novo, então...

Ergo a mão e assinto para interrompê-lo. Ele não precisa terminar a frase. Sei como ela termina.

Engulo em seco, minha mente ainda tentando compreender esta nova realidade. A quietude do chalé, o silêncio da noite, agora tudo isso me parece errado, corrompido de alguma maneira. Sempre busquei solidão e tranquilidade, mas hoje parece que algo sombrio se instalou aqui. Algo do qual não vou conseguir me livrar.

O policial nota minha aflição e me dá um instante para digerir tudo.

— Vamos embora em breve — avisa ele de modo gentil. — Só queria mesmo que você ficasse ciente do que está acontecendo e checar se tinha alguma informação útil para nós. Qualquer relação com a vítima que nós precisemos saber antes de contatar a família.

Balanço a cabeça, entorpecida.

— Não. Eu não o conheço... não o *conhecia*.

— Tudo bem — diz ele, a voz calma e firme. — Caso precise, é só nos chamar. Estaremos aqui perto.

Assinto, mal compreendendo as palavras.

Amanhã escreverei sobre isso. Vou tentar entender a situação por meio dos meus personagens e de suas emoções. Hoje, entretanto, só consigo ficar aqui parada enquanto tento assimilar o fato de que alguém veio para tão perto de mim, para tão perto deste lugar quieto e seguro, e decidiu acabar com a própria vida.

— Talvez eu precise de um depoimento — informa ele, a voz firme, profissional, mas com uma gentileza que não combina muito com a situação sombria que ele acaba de explicar. — Mas não precisa ser hoje. Posso pedir a um policial para passar aqui amanhã, se não se incomodar. É protocolo. Estamos pedindo informações aos proprietários das duas casas nesta rua.

— Sim — respondo, assentindo. — Não tem problema. Vou passar o dia aqui. Não sou... estou aqui apenas por um tempo, não sou proprietária do chalé. — Não sei por que estou explicando que não sou a proprietária, como se isso ajudasse a me inocentar de um assassinato que não cometi.

— Boa estadia, então. Apesar... disso tudo. — Ele abaixa a cabeça com um leve aceno, preparando-se para ir embora, mas então para. Ele hesita um instante, e vejo que os olhos dele brilham antes de ele se virar por completo. — Você está sozinha aqui?

Odeio essa pergunta. É uma pergunta que parece bem inocente, mas pode haver algo a mais por trás dela. Não tem uma resposta boa. Sim, ele é policial, e talvez eu devesse me sentir segura sendo sincera com ele, mas também é homem. É um desconhecido parado à minha porta durante a madrugada.

Minha mente dispara enquanto tento decidir o que responder. Mentir que meu marido está no quarto parece uma boa opção na teoria, mas, com uma investigação policial acontecendo a apenas alguns metros do chalé, mentir para um policial não parece uma ideia muito inteligente. Porém, admitir que estou sozinha seria como convidar a vulnerabilidade, pôr um alvo nas minhas costas.

Devo parecer dividida, pois uma nítida expressão de compreensão surge no rosto dele. Antes que eu possa responder, ele fala de novo, com o tom de voz suavizado, como se sentisse minha inquietação:

— Não que eu esteja supondo que você não sabe se virar sozinha — acrescenta ele depressa —, mas... tome cuidado.

Se conversar com alguém no centro da cidade, lembre-se de passar a impressão de que não está aqui sozinha. Use uma aliança ao sair, se possível.

Enquanto ele abre a porta, suas palavras me atingem de um jeito que eu não esperava. Esta cidadezinha, este lugar quieto para onde já vim várias vezes à procura de paz e isolamento, sempre me pareceu um refúgio. Um local para onde posso escapar, onde posso me recarregar e escrever sem interrupções ou medo. Agora, contudo, ele fala como se houvesse algo por debaixo da superfície. É perturbador, é como se, durante todo esse tempo, eu tivesse deixado algo passar batido.

— Devo me preocupar? — pergunto com a voz mais baixa do que antes. — Esta área é ruim?

Agora ele está parado no meio da porta. Seu olhar se volta ao jardim e é atraído por um breve momento pelo giroflex que ainda ilumina as árvores. Então ele volta a me encarar com olhos firmes, mas indecifráveis.

— Nenhuma área é perfeita — diz após um momento, palavras cautelosas e diplomáticas. Ele encosta no quepe de novo, em uma indicação de que a conversa acabou. — É melhor sempre tomar cuidado. Desculpe por ter interrompido sua noite. Amanhã alguém entra em contato.

Ele se vira para ir embora e atravessa o alpendre até a escada, mas algo dentro de mim entra em pânico. Não sei a razão, mas sinto uma vontade repentina de detê-lo, de pedir que fique aqui só mais um pouco. Talvez seja o choque diante de tudo — o cadáver tão perto do meu chalé, o conselho esquisito que ele acaba de me dar sobre fingir que não estou sozinha. Ou talvez seja apenas um medo intenso que se infiltra nos meus ossos.

Seja como for, antes que eu possa me conter, digo:

— Espere.

Ele para no degrau mais baixo e se vira para mim de novo. Agora com uma expressão de preocupação estampada no rosto, como se soubesse por que o chamei, mesmo que eu ainda não tenha entendido o motivo. Fico parada segurando o portal, sentindo-me pequena e insegura, como uma criança que busca ser reconfortada após um pesadelo.

Não sei por que o chamei. Só estou... assustada. Esse homem aparece aqui para dizer que um homem se matou e agora está indo embora, e devo simplesmente... voltar a dormir?

— Desculpe — digo, com vergonha de parecer tão assustada e de pedir para que ele espere. Balanço a mão para indicar que mudei de ideia. — É muita coisa para assimilar, só isso.

Ele sobe o degrau devagar, e sua expressão suaviza enquanto ele fala:

— Não tem mais muito o que eu possa fazer aqui — diz ele de modo tranquilo. — Estão precisando de mim no local do crime. Mas vou providenciar uma vigilância adicional para o seu chalé esta noite. Você vai ficar bem.

As palavras têm a intenção de me tranquilizar, mas é difícil acreditar quando uma rajada gélida de vento passa por mim. Ponho os braços ao redor de mim mesma, na tentativa de disfarçar a apreensão que causa um embrulho no estômago. Sempre me senti segura nos meus retiros de escrita, mas, nos últimos minutos, essa sensação de segurança foi destruída e substituída por um medo impetuoso.

— Está bem — sussurro e assinto, mas minha voz não é nada convincente, e mal dá para ouvi-la.

O policial percebe minha preocupação e, por um instante, penso que talvez ele esteja cogitando não me deixar sozinha.

Ele sobe os últimos degraus, volta para perto de mim e tira algo do bolso enquanto se aproxima. É um cartão de visita. Ele o entrega a mim, e leio os dizeres em negrito no topo: **Detetive Nathaniel Saint**. Embaixo do nome, tem um endereço de e-mail e dois números de telefone.

— Não era minha intenção deixá-la preocupada — diz ele com gentileza. — O número de cima é meu celular. Se precisar de qualquer coisa, não hesite em me ligar.

Fecho a mão em volta do cartão, um pequeno consolo em meio a essa situação surreal.

— Obrigada — sussurro, meus dedos fechados em torno do cartão como se ele fosse uma espécie de proteção.

— Quanto tempo vai passar aqui? — pergunta ele, me observando com uma curiosidade genuína. — Vou pedir que uma viatura passe aqui algumas vezes de noite durante sua estadia.

— Algumas semanas — respondo, sentindo-me envergonhada por algum motivo. Tem algo no olhar dele para mim, é como se ele estivesse tentando entender por que uma mulher da minha idade passaria tanto tempo assim entocada em um chalé. — Sou escritora — explico depressa, esperando que isso seja suficiente. — Eu me hospedo nesta região umas duas vezes ao ano, em geral um mês antes de algum prazo.

Ele ergue a sobrancelha, com um pouco de surpresa e de admiração estampadas no rosto.

— Escritora — repete ele, como se estivesse testando a palavra. — Que tipo de livros você escreve?

— Mais suspense romântico — digo, sentindo-me estranhamente constrangida ao admitir isso. — E de vez em quando contos, mas… — Minha voz fica mais baixa. — Desculpe, odeio falar do meu trabalho. Fico sem graça.

Ele abre um pequeno sorriso, e seu lábio se contrai um pouco.

— Como você se chama?

Por um instante, sinto uma grande vontade de lhe dizer que me chamo Reya, o nome da personagem que estou escrevendo. A vontade é tão forte que quase digo, mas me seguro a tempo. Não posso mentir para um policial. Em vez disso, digo meu nome verdadeiro. Com relutância.

— Petra Rose.

O sorriso dele se alarga um pouco, mas não por ter reconhecido o nome. Ele assente como se o estivesse decorando.

— Amanhã eu entro em contato, Petra Rose.

Observo-o enquanto ele atravessa a frente do chalé, até sua silhueta ser engolida pela luz ofuscante do giroflex. Ele se encolhe para entrar no carro preto, que só dá para ver por causa das luzes.

Depois que ele dá ré e se junta à agitação mais no início da rua, fecho a porta e a tranco. Eu me encosto nela por um momento, o coração ainda acelerado, e olho o cartão de visita na minha mão. *Nathaniel Saint*. Até o nome parece se encaixar bem em algum livro meu.

Ele com certeza poderia ser o Cam.

Apesar do horário e dos acontecimentos estranhos da noite, sinto a inspiração bater de repente. Vou até meu notebook, levada pela surpresa de tudo o que rolou. Os detalhes do detetive Nathaniel Saint rodopiam dentro da minha cabeça, e não consigo resistir ao impulso de escrevê-los.

Lembro tudo a respeito dele: a voz, a presença, o modo como ele me inquietou e me reconfortou ao mesmo tempo.

As palavras escorrem para fora de mim como não acontecia há um bom tempo. De alguma maneira, o medo, a incerteza e a energia esquisita da noite se uniram para destruir o bloqueio criativo que eu estava enfrentando.

Nathaniel Saint se tornou Cam, e, a cada palavra que digito, a história começa a fluir outra vez.

Não acredito que esta noite acaba de acontecer.

Seis

— Você não vai *acreditar* no que aconteceu nessa madrugada — digo, praticamente vibrando com uma mistura de incredulidade e entusiasmo, o celular pressionado contra a orelha.

O sol entra pela janela da cozinha, mas minha mente não para de relembrar o encontro bizarro e bastante inesperado que, de alguma maneira, como que por um milagre, fez meu cérebro pegar no tranco.

— Ah, que bom, um drama — comenta Nora, que sempre adora um caos. — Conte tudo. Você enfim chegou à página 21?

— Foi algo infinitamente melhor do que isso. — Dá praticamente para ouvir as orelhas de Nora se arrebitarem. — Veio uma pessoa aqui ontem. Uma pessoa muito, *muito* inesperada. Um... *policial.*

Um momento de silêncio. Em seguida, Nora ofega com dramaticidade.

— Um policial? Petra, o que você *fez*? Eu juro: se você for escrever seu próximo livro da cadeia, não vou te mandar mantimentos.

— Não, não é nada disso — garanto, já pressupondo que ela está me imaginando com o macacão laranja de presidiária.

— Teve uma perseguição policial que acabou perto do meu chalé. Era um presidiário. Mas ele atirou em si mesmo, e depois um policial veio aqui para saber se eu o conhecia. Foi, tipo, umas cinco da manhã. Quase morri de tanto medo. Mas, minha nossa, você tinha que ter visto ele.

— O policial? — pergunta Nora. — Ou o cara que morreu? Teve mesmo um cara da vida real que morreu aí? Meu Deus, Petra. Você viu o cadáver?

— Bem, dizer "um cara morto da vida real" não faz muito sentido, mas, sim, isso aconteceu de verdade. Mas eu não estava falando do cara que morreu, e sim do Cam. O policial.

— O NOME DELE ERA CAM?

— *Não.* Só passei a chamá-lo assim porque agora é exatamente ele que estou imaginando como Cam.

Nora passa a sussurrar de modo conspiratório, como faz quando está muito interessada em algo.

— Que insanidade. Está vendo só? O universo está do seu lado. Ele era gato? Porque, se ele era policial numa área rural, das duas uma: ou ele tem cara de quem caça o próprio jantar usando camisa de flanela, ou ele não consegue nem saltar uma cerca.

Eu me encosto no balcão, um sorriso genuíno se espalhando pelo meu rosto.

— Nora. Ele era... *tão* gato. E até o nome dele é sexy. Detetive Nathaniel Saint.

Deixo o nome pairar no ar para apreciá-lo.

Ela ofega de novo, agora mais alto.

— Pare com isso. Mas que nome de personagem de livro. Você está é inventando. Deve ter cochilado em cima do teclado e sonhado com ele.

— Juro que aconteceu — insisto enquanto me afasto do balcão e começo a andar pela cozinha. — Ele era alto.

Tinha olhos intensos. E a farda ficava colada no corpo dele... Ai. Meu cérebro decidiu na mesma hora: "Olá, Cam. Você é o par romântico da Reya." Pareceu um sinal, Nora. De que o universo resolveu me mandar um muso inspirador em carne e osso.

— Muso inspirador! — exclama Nora, com uma voz triunfante. — Eu sabia! O universo ama *mesmo* a gente! Você pegou o número dele? Flertou com ele? Ofereceu um cafezinho e acidentalmente o derrubou em cima da farda toda sexy dele, só para poder ajudá-lo a tirá-la?

Reviro os olhos, mas ainda estou sorrindo.

— Não, sua pirada. Eu estava ocupada demais tentando não surtar. Mas, depois que ele foi embora, não consegui tirá-lo da cabeça. E então simplesmente *escrevi*. Escrevi páginas, Nora. Tipo, páginas coerentes e tudo.

— Não consigo acreditar — diz ela, e seu tom passa da incredulidade brincalhona para uma surpresa genuína. — Você não está tirando uma com a minha cara, né? Escreveu mesmo?

— Estou falando sério — respondo enquanto abro o arquivo no meu notebook. — Vou te mandar as páginas agorinha.

Há uma pausa do outro lado da ligação, depois ouço Nora digitar e emitir um pequeno "aah!" de surpresa.

— Petra! Tem quase dez mil palavras! — Agora a voz dela está radiante. — Está vendo só? Bem que avisei. Eu disse que você só precisava se reconectar um pouco com o mundo dos livros para acabar de vez com o bloqueio. E agora o carma te entregou de bandeja um policial gato. Acho que sua magia está voltando.

— Acho que sim — admito, sentindo um calor se espalhar em mim, um que não tem a ver com o sol. É o calor das palavras fluindo de novo, de uma história enfim tomando forma. — De repente, escrever me parece tão... *certo.* É como se algo tivesse destravado. Tinha esquecido o quanto é empolgante escrever.

— Você destravou foi um pagamento da sua editora, isso sim — diz ela. — Tá, agora a pergunta que não quer calar: tem câmera de segurança aí no chalé? Você tem as imagens? Porque preciso de recursos visuais. Só por uma questão de pesquisa, óbvio.

Suspiro com dramaticidade e encosto a testa na superfície fria da geladeira.

— Quem me dera, eu adoraria que tivesse uma câmera. Ou que eu tivesse pensado em tirar uma foto dele de um jeito bem discreto e sutil.

Uma imagem persistente dele, emoldurado pelo batente da porta do chalé, agora parece quase um sonho, uma miragem vívida. E, embora as palavras na página já sejam um começo fantástico, uma parte egoísta de mim deseja essa prova visual, uma âncora física amarrada ao homem que ao que parece acabou com minha maldição.

— Preciso ir — digo, sentindo meu notebook me atrair de novo. O poço de inspiração, seco até pouco tempo atrás, agora está transbordando. — Tenho que anotar mais coisas antes que ele volte ao plano etéreo dos "policiais gatos musos inspiradores".

— Vá logo! Não deixe Cam escapar. E, sério, se conseguir as imagens da câmera de segurança, já sabe para quem ligar.

— Você seria a primeira pessoa para quem eu ligaria — prometo, já me imaginando encurvada em cima do teclado. Quando estou prestes a desligar, ouço uma batida repentina à porta. *Será possível?* — Tá, agora tenho que ir.

— Pera aí — diz ela, e meu dedo para na tela enquanto me dirijo à porta do chalé para ver quem é. — Isso significa que você topa fazer outra live, né? Os leitores vão surtar com essa história.

Sinto uma pequena centelha da minha antiga ansiedade, um sussurro de dúvida. Só que aí a imagem do detetive, alto e cativante, aparece na minha mente, e tudo na minha vida parece um pouco mais administrável. Mais salvável.

— Está bem — respondo, e um sorriso se insinua nos meus lábios. — Contanto que você filtre tudo e leia todas as perguntas de novo.

Mais uma batida à porta.

— Se não fosse assim, eu nem toparia — diz ela. — Boa sorte!

Desligo e espio pelo olho mágico, mas minha esperança de ser o policial vai por água abaixo quando vejo Mari parada do outro lado.

Suspiro, mas abro a porta mesmo assim.

— Oi, Mari.

Gesticulo para que ela entre. Mari deve estar aqui para buscar a travessa dos brownies, então vou até o balcão onde a deixei após lavá-la e secá-la.

— Conseguiu dormir depois de todo aquele tumulto de ontem? — pergunta ela.

Dou de ombros.

— Dormi o bastante.

Entrego-lhe a travessa, mas, em vez de se dirigir à porta, ela vai até a mesa e puxa uma cadeira.

Pelo jeito, veio para visitar.

Mari joga o vestido para o lado, então ele esvoaça por cima da cadeira antes que ela se sente.

— E aqueles policiais, hein? — pergunta ela. — Não foi muito bom tê-los à minha porta, mas eles eram um colírio.

— Só conheci um.

— Tomara que tenha sido o mais bonitão. Bem, os dois eram bonitos, mas o altão, meu Deus do céu. Esta rua não vê tanta agitação desde que um grupo que fazia swing alugou o chalé três verões atrás.

Nunca dá para imaginar o que vai sair da boca da Mari, juro.

Ela nota o cartão de visita que o policial deixou. Está na mesa entre nós duas, então Mari o pega e aponta algumas vezes.

— Isso, esse mesmo — diz ela. — O altão. Nathaniel Saint.

— Você o conhece?

— Não, fico o mais longe possível das autoridades. Com esses caras, nunca se sabe. Evito a maioria das coisas da cidade e do governo, a não ser que algum imbecil da prefeitura tente sugerir uma lei a favor da proibição dos aluguéis de temporada aqui no lago. Já tentaram duas vezes, e nas duas vezes eu e Louie fomos até lá e impedimos. É nossa fonte de renda, e vou me ferrar se precisar trabalhar em horário comercial. Que pesadelo. — Ela enxuga um suor imaginário. — Trabalhar em um escritório qualquer que iria corroer minha alma até a inteligência artificial me tornar obsoleta, antes mesmo que eu conseguisse me aposentar. Para depois eu ainda precisar torcer que exista público no OnlyFans para uma coroa aspirante a atriz com o cabelo de uma boneca Cabbage Patch. Não, obrigada.

Ela deixa o cartão na mesa, mas continua a encará-lo enquanto diz:

— Se eu não tivesse visto o cadáver com meus olhos, acharia que foi um sonho, mas eles falaram comigo e com Louie por uma boa meia hora.

— Você... viu o cadáver? *O quê?*

— Ouvi a comoção. Sou enxerida. Não se preocupe, eles removeram tudo. A única coisa que sobrou de ontem que vi no caminho até aqui foram umas marcas de spray na rua. Aconteceu bem na frente deste chalé, sabia? Eu meio que achava que iria ver o contorno do corpo dele no asfalto, exatamente como fazem nos programas nos quais trabalho, mas eles não fizeram isso. Deve ter sido porque não foi assassinato e porque eles têm tudo gravado na câmera da viatura por causa da perseguição, mas mesmo assim. Teria sido legal de ver.

Legal não é a palavra que eu usaria para descrever, mas tudo bem. É tão difícil acompanhá-la, nem sei como Louie consegue. Talvez ele não consiga. Seja como for, o fato de ela ter me lembrado da noite de ontem me deixa tensa, apesar de sua personalidade exuberante.

— Parecia coisa de romance policial — prossegue ela. — Pena que você não escreve suspense, Petra. Isso poderia ter te motivado bastante.

Contudo, eu escrevo suspense.

— Mari, que tipo de livro você acha que escrevo?

Ela dá de ombros.

— Histórias de amor? Sei lá, talvez eu devesse ler algum livro seu. Qual você recomenda?

— Dos meus, nenhum — digo com franqueza. — Escrevo suspense romântico, mas, se você gosta do gênero, tem muitos outros livros que posso recomendar.

Mari bate no meu braço.

— Pare de falar mal de si mesma. Não é nada atraente.

Nem percebi que estava falando mal de mim mesma. Achei que era só sinceridade.

— Vamos tentar de novo — diz Mari. Ela endireita a postura, de olho em mim. — Petra, que livro seu você sugere que eu leia?

Ela tem razão. Nunca respondo a essa pergunta com orgulho, então me comprometo a pelo menos tentar. Quem sabe assim não aperfeiçoo a atitude atual em relação à minha carreira.

— Comece do começo — digo com uma confiança fingida. — A ordem dos lançamentos está no meu site. Se gostar do primeiro, vai poder ver meu progresso como escritora à medida que for lendo os livros.

Mari sorri.

— Agora sim. Vou dar uma olhada no site. Qual é o endereço? TadinhaDaPetra.com?

Ela ri da própria piada, mas depois entrega que está brincando antes que eu consiga achar graça.

— É que você age como uma coitada quando o assunto é sua carreira. Vou te elogiar tanto durante sua estadia aqui que você vai parar com esse papo — diz ela enquanto se levanta. — Se em algum momento você precisar fazer umas comprinhas pra relaxar, é só me avisar. Amanhã de manhã vou garimpar num bazar de família, se tiver interesse.

— Não sei se já estou precisando de distração — admito.

— Eu te mando uma mensagem antes de sair, só pra garantir — avisa ela. Mari pega a travessa e vai até a porta. — Quem sabe a gente não dá a sorte de Louie ter um infarto, assim teríamos uma desculpa para chamar a polícia de novo.

— Meu Deus, Mari.

— Um infarto *leve* — diz ela, fazendo pouco caso da piada. — Não quero que ele morra. Quem é que me levaria de carro até Los Angeles para todos os meus testes?

Ela dá uma piscadela e fecha a porta após sair.

Eu me levanto, tranco a porta e volto à mesa.

Pego o cartão de visita ao lado do meu notebook. Passo o polegar em cima do nome do detetive Saint e me pergunto como é que as pessoas costumam chamá-lo. São tantas possibilidades, mas acho que, se o conhecesse melhor, eu o chamaria de Saint.

Será que as pessoas o chamam de Nathaniel? Parece formal demais, frio demais para alguém que se porta com tanta autoconfiança e tranquilidade.

Talvez o chamem de Nathan, um apelido mais acessível e relaxado. Talvez as pessoas mais próximas o chamem apenas de Nate. Ou será que todos o chamam apenas de *detetive?*

O quer que seja, estou esperando ansiosamente ele reaparecer aqui. Eu deveria ter perguntado a Mari se eles mencionaram que voltariam para colher nossos depoimentos.

É óbvio que ele precisa do depoimento, não? Ontem ele mencionou que entraria em contato comigo hoje, ou que *alguém* da delegacia entraria, e parte de mim conta as horas à espera de ouvir uma batida à porta a qualquer minuto antes do fim do expediente. Contudo, depois que a tarde se arrastou e o sol começou a baixar no céu, percebi que já são quase seis da noite e que ainda não tive notícias dele.

Hoje teve só uma batida à porta, e era Mari, e não o homem que eu queria que fosse.

Talvez eles tenham decidido que não querem colher depoimentos dos moradores. Talvez, à luz do dia, tenham percebido que seria perda de tempo, que o caso já estava encerrado. Como disse Mari, o homem que morreu tirou a própria vida. Não há mais muito o que investigar.

Esse raciocínio faz sentido, mas também me deixa com uma estranha sensação de decepção. Tenho um milhão de perguntas sobre os acontecimentos da noite de ontem, e não só porque quero ficar mais tranquila.

Como escritora, essa é uma rara oportunidade. Uma chance de conversar com um detetive de verdade, de fazer perguntas que poderiam acrescentar uma camada de autenticidade ao meu livro. Com que frequência um muso inspirador bate à porta, tendo saído direto do livro em progresso?

Ainda assim, o dia está acabando, e parece que a oportunidade não vai chegar.

No entanto, um lado meu não quer desistir. E se eu mandar uma mensagem para ele? Só para checar e saber se eles ainda querem meu depoimento. Posso perguntar de um jeito educado, e também seria um modo sutil de fazê-lo responder, de restabelecer o contato. Isso, no mínimo, abriria uma porta para que eu fizesse algumas das perguntas que têm se acumulado na minha cabeça desde ontem.

Meus dedos pairam sobre a tela do celular por um instante enquanto reflito se é uma boa ideia. Por fim, olho o número no cartão de visita e digito uma mensagem rápida:

Oi. É a Petra Rose. Vocês ainda precisam do meu depoimento?

Envio antes que eu possa questionar minha decisão. É uma mensagem direta, profissional, mas também descontraída o bastante para que uma possível resposta dele não pareça inadequada.

Não sei o que estou esperando. Talvez uma resposta depois de mais tempo, ou uma mensagem formal de um de seus colegas vinda de um número diferente. No entanto, para minha surpresa, o celular vibra quase na mesma hora. Sua resposta chega mais depressa do que eu esperava, e essa velocidade faz meu coração palpitar.

Hoje estamos com poucos policiais. Desculpe. Se não for tarde demais, posso passar aí quando estiver indo para casa.

Releio a mensagem e sinto um frio na barriga quando penso em vê-lo de novo. Seu tom foi casual e ao mesmo tempo atencioso, como se ele estivesse se desculpando por ter se atrasado para um compromisso não marcado e, ao mesmo tempo, querendo compensar o acontecido. E, embora tudo pareça formal na superfície, não posso deixar de sentir o entusiasmo se espalhar pelo meu corpo quando penso que ele vai passar aqui, mesmo que apenas para colher meu depoimento.

Está ótimo. Se você tiver uns minutos sobrando quando estiver aqui, tenho perguntas sobre algumas cenas que estou escrevendo. Seria muito útil ouvir a opinião de um policial.

Mando a mensagem depressa, antes que eu pense demais. É verdade, eu preciso de informações para o meu livro e não posso perder a oportunidade de conversar com um detetive de verdade. Contudo, sendo sincera comigo mesma, é mais do que isso. Um lado meu quer apenas revê-lo, passar mais um tempinho na presença dele, sentir aquela estranha mistura de curiosidade e atração que ele despertou quando apareceu aqui pela primeira vez.

Sou todo seu. Chego daqui a uma hora.

A resposta é quase imediata, e é a primeira frase que me deixa sem ar. *Sou todo seu.* É uma frase simples, provavelmente dita de modo profissional, mas ela me abala de uma maneira que eu não esperava. Quando a releio, sou tomada por um entusiasmo quente e eletrizante.

Nem hesito. Corro até o quarto para trocar de roupa. Olho para mim mesma no espelho e percebo um pouco encabulada que já troquei de roupa três vezes hoje e que cada uma delas foi escolhida baseada na possibilidade de ele voltar. É ridículo, eu sei. Não costumo levar muitas roupas bonitinhas quando me entoco num lugar para escrever. Meu vestuário se resume a calças esportivas, camisetas velhas e alguns moletons que alterno dependendo do clima. Também escolho um ou dois pares de jeans e algumas camisetas para o caso de me dar na telha e eu decidir ir ao mercado. Do que eu trouxe, a peça que mais me favorece sem parecer que estou *me esforçando demais* para a ocasião é um vestido leve que alguém provavelmente usaria para ficar em casa numa tarde preguiçosa.

Eu o coloco, passando a mão nele, e decido ficar descalça para manter um visual mais simples. Prendo o cabelo num coque bagunçado, frouxo na medida para parecer que não deu trabalho algum, e ponho um pouquinho de nada de maquiagem. Apenas o bastante para deixar a pele com um brilho sutil, pois quero passar a impressão de que não fiz nada de mais. É um equilíbrio delicado com o qual não costumo me preocupar, mas hoje parece diferente.

Fico sentada à mesa da cozinha e tento me concentrar nas perguntas que eu gostaria de fazer enquanto espero ele chegar. Anoto algumas questões técnicas que quero saber, mas depois anoto outras falsas, pois assim vai parecer que estou sendo produtiva, que meu único propósito é a pesquisa para o livro. Contudo, meus motivos são puramente egoístas.

Depois que ele foi embora e escrevi vários capítulos, fui tomada por uma euforia que não sentia há anos. Associar um rosto da vida real a um personagem fictício fez a história fluir com total naturalidade. Sempre imaginei Cam de maneira vaga e abstrata, mas, agora que ele é baseado em alguém que de fato existe, em alguém que conheci, parece que as palavras estão ganhando vida como não estavam antes.

Saber que agora Cam é inspirado no detetive Nathaniel Saint me fez ganhar uma confiança maravilhosa na minha história. E ajudou a minimizar o medo incômodo que sempre sinto: o de que os leitores digam que minhas histórias não são realistas. Como não seria realista se estou escrevendo as reações de Reya a Cam com base nas minhas reações ao detetive Saint? Nunca me senti tão em sintonia com uma personagem, e é tudo por causa dele.

Quando enfim ouço uma batida à porta, meu coração dispara. No entanto, em vez de correr para abrir, eu me obrigo a fazer uma pausa. Paro com a mão pairando sobre a maçaneta, e conto até trinta. Quero que pareça que estou distraída, que não passei o dia inteiro à espera deste momento.

Respiro fundo e enfim abro a porta, pronta para ver aonde esse próximo capítulo vai me levar. Tento manter a expressão séria, determinada a preservar algum profissionalismo. Contudo, assim que o vejo, perco a compostura.

Fico chocada ao vê-lo sem farda. Em vez do visual severo e autoritário que passei a associar a ele, o detetive Saint veste uma roupa casual, e faço justamente o que eu disse a mim mesma que não faria: dou uma conferida nele.

Não consigo deixar de olhá-lo da cabeça aos pés enquanto assimilo cada detalhe. Ele está de jeans desbotado, daquele laceado após anos de uso, com alguns respingos de tinta que o deixam com um visual rústico e natural. A camiseta, colada o bastante para realçar as linhas definidas de seu peito, tem um punho cerrado no ar e a palavra "Gonzo" estampados.

Uma camiseta de Hunter S. Thompson. Será que é proposital, que ele está fazendo uma espécie de alusão sutil e intelectual à minha carreira de escritora, ou será apenas coincidência? Seja como for, ela chama minha atenção, e não posso negar que, sem a farda, ele fica ainda mais bonito do que eu me lembrava.

— Camiseta legal — digo, e abro um pouco mais a porta, tentando falar de um jeito casual, apesar do meu coração acelerado.

Ele dá um sorriso lento, quase provocador, mas não revela se a escolha da camiseta foi intencional ou não. Seu sorriso é contagiante, e por um momento a autoconfiança que ele emana me envolve toda. Vendo-o de perto e à luz do dia, fica mais fácil estimar sua idade do que ontem à noite, quando as sombras distorciam suas feições. Ele com certeza é mais velho do que eu, mas não muito. Talvez quatro ou cinco anos, então deve estar perto dos quarenta. Ele tem cara de ser pé no chão e experiente, mas sem a fadiga que se costuma ver em pessoas que enfrentaram muitas dificuldades.

— Conseguiu dormir depois que fui embora? — pergunta ele conforme entra no chalé como se já tivesse feito isso cem vezes, e sua presença preenche o ambiente.

— Não muito, mas estou bem — respondo e fecho a porta atrás dele, a voz um pouco mais aguda do que eu queria. — E você?

— Não dormi, mas estou bem — diz ele e abre aquele mesmo sorriso lento que parece saber demais, que parece intencional demais. Não sei se ele quer que seja um sorriso sedutor, mas parece estar me olhando nos olhos de um jeito… diferente.

E não sei como reagir. Costumo me sair bem em momentos assim, sobretudo quando flerto, mas, como ele está de aliança, eu me contenho. Não flerto com os homens de outras mulheres. Isso sempre foi um limite bem definido para mim.

Contudo, ao mesmo tempo, o que importa aqui não sou eu. *Reya*, minha personagem, *flertaria* com ele. Afinal, é assim que ela começa a ter um caso com Cam no livro. Ela aproveita cada sorriso sedutor que ele lhe oferece e transforma isso num jogo, permitindo-se se envolver cada vez mais com o caso que termina a consumindo.

Observo o detetive Saint andar pela minha cozinha, parte de mim pensando no quanto eu conseguiria escrever esta noite se me permitisse estar na pele de Reya por um tempo.

E se eu for ela só por um momento?

E se eu me permitir passar dos meus limites, dar corda ao flerte e ver onde isso vai parar? Talvez me inspire, talvez me ajude a superar o bloqueio criativo e a cumprir o prazo.

Sinto uma estranha empolgação com a ideia de me entregar, de virar minha personagem só por tempo o bastante para conseguir captar sua essência nas páginas.

O detetive se vira devagar na cozinha enquanto observa o pé-direito alto e o estilo surpreendentemente moderno do chalé.

— Sempre quis saber como era aqui dentro — diz ele, a voz repleta de uma admiração genuína. — Quando entrei aqui ontem, foi bem diferente do que eu imaginava. Talvez este seja o chalé mais bonito de toda esta região do lago.

— Eu costumo ficar do outro lado do lago — respondo e aponto para as janelas largas com vista para a água. — É lindo ver o pôr do sol de lá. Mas este chalé é bonito. — Bonito *demais*.

Ele assente, compreensivo, olhando para as janelonas com vista para o lago. Está anoitecendo, então uma luz aconchegante se espalha pela sala.

— Não são dois andares? Por fora, imaginei que teria mais de um andar.

— Não — digo, balançando a cabeça. — Apenas um. Todos os cômodos têm o pé-direito alto assim.

Ele assente, impressionado, e continua a examinar o espaço com o olhar como se estivesse registrando informações. E não consigo deixar de observá-lo e voltar a pensar em Reya e Cam e em como seria fácil transformar essa interação em algo a mais se eu permitir. Eu me obrigo a ficar presente no momento, mas o limite entre ficção e realidade parece mais tênue do que nunca.

Seu olhar encontra o meu com uma intensidade que faz minha pulsação acelerar.

— É muita beleza — diz ele, a voz grave e casual.

Assinto e tento manter a calma, mas não sei se ele ainda está se referindo ao chalé. Há certa mudança no ar. Nenhum dos dois fala nada por um instante, e o silêncio entre nós se torna denso, quase palpável, pressiona minha pele e me faz perceber mais cada respiração, cada movimento. Minha mente procura algo para dizer, qualquer coisa que acabe com essa tensão.

— Como as pessoas te chamam? — pergunto, desesperada para retomar a conversa. — Nathaniel? Nate?

Ele inclina a cabeça de leve, um sorriso se insinuando nos lábios.

— Saint, na verdade.

Acertei na mosca.

— Saint — repito baixinho, mais para mim do que para ele.

O nome paira no ar entre nós dois, e não consigo deixar de pensar no quanto esse nome seria perfeito para um personagem.

Saint — há certa força, uma intensidade, que faz esse nome se destacar mais do que os nomes comuns que já usei. Seria um nome bem melhor para um personagem do que *Cam*. Entretanto, isso seria estranho demais. Na minha cabeça, Cam já é idêntico a esse cara. Não posso usar o mesmo nome também. Seria excessivo.

— Então — digo, trazendo a conversa para um assunto mais seguro —, precisa do meu depoimento?

Saint não responde de imediato. Ele me encara em silêncio por um instante, como se estivesse medindo as palavras antes de falar.

— Não precisamos mais — diz ele por fim. — Está tudo gravado nas câmeras corporais e da viatura. Não há nada a ser resolvido.

Essas palavras me deixam chocada por um momento; elas me lembram que, com os avanços tecnológicos, deve haver muitas coisas gravadas, para todo o sempre, que ninguém gostaria que estivessem registradas. *Coitado do homem.*

Contudo, ao mesmo tempo, não faço ideia do que ele fez para que quisessem prendê-lo. Quase abro a boca para falar e pedir mais detalhes, mas a tranquilidade de Saint me deixa nervosa.

Ele se encosta na ilha da minha cozinha e cruza as pernas na altura dos tornozelos, e fica tão maravilhoso que, de repente, me sinto um peixe fora da água. A autoconfiança dele me dá a sensação de que estou tropeçando nos meus pensamentos. No entanto, penso: *será que Reya se sentiria como um peixe fora da água?*

Não, ela não se sentiria.

Reya estaria serena, no controle. Ela pegaria a energia de flerte que fervilha entre os dois e a usaria a seu favor. Não daria para trás.

— Se não precisa de um depoimento — pergunto, cruzando os braços de um jeito descontraído —, por que está aqui?

Ele ergue a sobrancelha, e uma pequena curiosidade brilha nos seus olhos.

— Você disse que queria me fazer perguntas.

Ah, é. Eu disse isso mesmo, não foi?

Assinto e engulo o nó na minha garganta enquanto tento lembrar as perguntas que planejava fazer. No entanto, agora que ele está parado bem na minha frente, parece que minha cabeça entra em curto-circuito. Cada uma das perguntas elaboradas com tanto cuidado parece ter sumido. Não quero olhar minhas anotações como uma amadora, então tento pensar em alguma coisa, qualquer coisa, para evitar que a conversa comece a ficar constrangedora.

— Se você é detetive, por que usa farda? — digo depressa, xingando-me mentalmente por ter feito uma pergunta tão ruim.

— Aqui é uma cidade pequena — responde ele, nada abalado com meu nervosismo. — Só trabalho como detetive quando necessário. Na maior parte do tempo fico de patrulha, então preciso usar farda.

Assinto enquanto tento pensar na pergunta seguinte, mas nenhuma me ocorre. O silêncio volta sorrateiro e se intensifica entre nós dois enquanto mordo o lábio, tentando pensar em algo para dizer. Contudo, antes que eu consiga fazer outra pergunta ruim, ele volta a falar:

— Tenho uma confissão a fazer — diz ele com um tom repentinamente mais sério, mais pessoal.

Fico surpresa e inclino um pouco a cabeça.

— Ah, é?

Ele assente, e por um instante sinto o ar mudar de novo, como se o que quer que ele esteja prestes a dizer seja capaz de mudar a dinâmica entre nós dois.

— Não dormi quando cheguei em casa, mas não foi por causa do meu trabalho.

Franzo um pouco a testa, confusa.

— Por que você não dormiu?

— Pesquisei você no Google — responde ele num tom inexpressivo, como se fosse a coisa mais natural do mundo. — Vi vários vídeos seus no TikTok.

Meu rosto esquenta, e instintivamente cubro as bochechas com as mãos.

— Ai, não. Esses vídeos não.

Ele dá uma risada grave e tranquila que parece se espalhar pelo chalé inteiro.

— Você e sua amiga... Como é o nome dela?

— Nora — sussurro por trás das mãos, ainda morta de vergonha.

— Isso. Eu gostei dos vídeos — diz ele, nitidamente achando graça do meu constrangimento. Seu tom de voz está meio brincalhão, uma nota zombeteira que me dá vontade de me esconder e rir ao mesmo tempo. — Por que parou com eles? Não consegui achar nenhum mais recente.

Abaixo as mãos e sinto o rubor descer pelo meu pescoço.

— É que... foi um ano difícil. Fizemos um vídeo para meu grupo fechado umas noites atrás, mas não me arrisco mais no TikTok.

— Ah, que pena — diz ele, sem parar de me olhar nos olhos. — Na sua mensagem, você disse que queria ouvir minha opinião. Sobre o quê? Está escrevendo sobre um policial? — pergunta com uma ênfase sexy.

— Na verdade, estou, sim — respondo, e sinto o calor aumentar nas minhas bochechas.

Ele dá um sorrisinho.

— Que coincidência.

Sinto a vergonha subir pelo meu pescoço e se espalhar pelo meu rosto como um incêndio florestal.

— Pois é — digo com a voz bem baixa. — Mas a verdade é que meu personagem já era policial desde muito antes de ontem. Estou trabalhando nesse livro faz mais de um ano e meio, infelizmente.

A risadinha que ele solta faz um calafrio percorrer minhas costas. Nossos olhares se encontram em dado momento, e sinto algo acontecer. De repente, a tensão que fervilhava logo abaixo da superfície me parece mais real, mais eletrizante. E, só por um instante, penso no que Reya faria agora.

Ela estimularia essa fricção? Ela se permitiria confundir os limites entre o que é ficção e o que é real? Sinto-me tentada a descobrir, mas sorrio, nervosa e entusiasmada. Também sinto culpa. Não somos dois adultos solteiros juntos num mesmo lugar. Isso não é uma ficção inocente.

— Qual é a sua pergunta?

— São muitas, na verdade. Muitas perguntas sobre… policiais. Nem sei por onde começar.

— Que tipo de livro vai ser? Romance?

Assinto.

— Suspense romântico. Um triângulo amoroso. E o policial casado faz parte desse triângulo porque ele se apaixona por uma testemunha. A situação fica... complicada. Mas eu...

Em silêncio, ele espera que eu conclua.

— Eu não entendo nada de policiais. Nem de triângulos amorosos, ao que parece.

— Acho que eu não saberia responder sobre triângulos amorosos. Nunca estive em um. Mas você pode perguntar sobre qualquer outra coisa — diz ele com a voz grave e curiosa, como se estivesse genuinamente interessado na minha resposta.

Ele dá um sorriso que desliza até meu estômago e se acomoda dentro dele como uma chama que arde devagar. É o tipo de sorriso que, por um instante, faz a pessoa esquecer como se respira.

Não consigo tirar da cabeça o fato de que ele viu meus vídeos antigos. Não acredito que depois de todo o drama, não pensei em deixá-los privados no TikTok. Isso quer dizer que ele me viu bêbada, compartilhando ideias ridículas, gargalhando até sair vinho pelo nariz. Morro de vergonha só de pensar nisso, mas, ao mesmo tempo, acho intrigante que ele esteja aqui, parado na minha frente, mencionando o assunto como se fosse a coisa mais natural do mundo pesquisar no Google o nome de alguém que você acabou de conhecer.

— Pois é, também nunca estive em um — digo em uma tentativa de fazer pouco caso do meu constrangimento e retomar a conversa. — Estou questionando toda essa dinâmica do triângulo. Mas é possível que surjam mais perguntas sobre seu trabalho, se você não se incomodar em respondê-las à medida que eu for escrevendo. Tenho certeza de que quanto mais experiência o policial adquire, melhor ele fica com o passar do tempo, não é? Tem aspectos do seu trabalho que não dá para aprender numa sala de aula. Coisas que eu não encontraria no Google.

— É verdade — concorda ele, e o sorriso dele suaviza um pouco enquanto ele assente.

— Escrever é assim — prossigo, e agora as palavras estão saindo com mais facilidade. — Se eu tiver vivido certa situação, é provável que eu saiba escrevê-la com mais realismo. A imaginação só nos leva até certo ponto, e se você passa dele a falta de experiência fica nítida. E nunca fui policial, então...

— E nunca esteve num triângulo amoroso — adiciona ele.

Saint desvia os olhos pela primeira vez desde o começo da conversa e os fixa nos próprios braços, que estão cruzados na frente do peito. Sigo o olhar e vejo que ele está encarando a mão esquerda, mais especificamente a aliança no dedo. Ele começa a girá-la de modo distraído com o polegar, e não consigo deixar de imaginar o que deve estar passando pela cabeça dele.

O gesto me causa um frio na barriga, não só pelo constrangimento, mas porque de repente percebo que essa conversa está se aproximando de um território perigoso.

E talvez ele esteja aqui por isso.

— Esse livro seu... — diz ele após um instante, voltando a me olhar nos olhos. — Quais os nomes dos personagens principais?

— O policial se chama Cam — respondo, sentindo uma estranha empolgação ao vê-lo fazer tantas perguntas. — Reya é a protagonista.

— E quem é o terceiro personagem?

— A esposa de Cam. É ele quem está tendo um caso, mas Reya se sente culpada porque não quer ser a amante, mas Cam… a intriga demais.

— Tem coisas específicas que acontecem com Reya no livro e que você nunca viveu? — A voz continua estável, mas a pergunta densa e séria paira no ar. — Ou você ainda está planejando o enredo?

Puta merda. A conversa está mesmo indo nessa direção. Sinto um calor subir pela nuca e de repente não sei mais se estou preparada para ter essa conversa com ele. Não desse jeito. Não com a gente tão perto um do outro. Não com o ar parecendo estar carregado com algo que não sei o que é.

Preciso beber.

Sem dizer nada, passo por ele e me aproximo do armário para pegar uma taça.

— Preciso de vinho pra ter essa conversa — digo, a voz um pouco ofegante. Eu me viro para ele e ergo a sobrancelha. — Você quer?

Ele dá de ombros com um movimento lento e fácil que, de alguma maneira, deixa-o parecendo ainda mais relaxado.

— Aceito uma taça — diz ele, sem tirar os olhos dos meus.

Pego na geladeira o vinho que abri para Mari e sinto a garrafa fria na minha pele enquanto sirvo duas taças até a metade. Quando me viro para entregar a ele a taça, ficamos mais perto. Ele continua encostado na ilha da cozinha, eu, recostada à pia. Nossos pés estão a centímetros de distância, e essa proximidade faz minhas costas se arrepiarem. Ele pega a taça na minha mão, os dedos roçando os meus bem de leve, e por um instante congelo.

Ele toma um gole, ainda me olhando nos olhos, me encarando por cima da borda da taça. Agora ele parece me observar de um jeito diferente, mais intenso, como se não estivéssemos mais conversando apenas sobre o livro. É como se a conversa fosse uma substituta de outra coisa, algo não dito, mas impossível de negar.

Não bebo o vinho com delicadeza. Dou um grande gole, e o líquido escorre depressa pela garganta enquanto tento me acalmar. Ponho a taça na bancada ao lado, mas não a solto. Encaro-a por um instante enquanto tento organizar os pensamentos.

— Reya é bem diferente de mim — começo, a voz um pouco mais baixa. — Não quero que você ache que busquei inspiração na minha vida para criar a personagem.

— Mas você deve ter tirado *algumas* coisas da sua vida. Seria impossível não fazer isso, não é?

— Imagino que sim. Mas eu crio personagens diferentes de mim de propósito. É divertido viver por meio deles. Ela só tem 26 anos, mas já teve uma vida agitada. Formou-se em direito e trabalha, então, quando conhece Cam, não tem muita experiência com homens. Ela passou muito tempo estudando para se tornar uma advogada fodona, mas ele é a primeira coisa que a deixa nervosa. — Olho para ele, o coração martelando o peito. — A atração entre os dois é intensa. Mas, como você sabe... ele é casado.

Meu olhar viaja até a aliança dele sem que eu sequer perceba e depois sobe de novo.

Saint faz que sim devagar, a expressão indecifrável, e toma outro gole de vinho. Ele desce a taça até o peito e a deixa parada como se fosse um escudo.

— E como Reya se sente a respeito disso? — indaga ele, agora com a voz mais baixa, mais investigativa, como se a pergunta não fosse apenas sobre um detalhe do enredo.

— Ela sente ciúme — digo de imediato, as palavras saindo antes que eu consiga detê-las. — Decepção.

O olhar dele se intensifica só um pouco, e me pergunto se falei demais, se deixei uma parte grande demais de mim se infiltrar na história. Entretanto, a maneira como ele me encara, como se procurasse algo na minha resposta, me dá a sensação de que não sou apenas eu quem está confusa a respeito dos limites entre ficção e realidade.

Por um instante, o ar entre nós dois me parece inacreditavelmente carregado, o peso de sua pergunta ainda pairando. Não estamos mais falando só de Reya e Cam. Tem algo de mais pessoal na conversa, algo que nenhum de nós disse em voz alta, mas que sabemos que está presente.

— Eles se conhecem bem? — pergunta ele com a voz mais baixa, me puxando ainda mais para o momento.

— Não — respondo e balanço a cabeça. — Não no começo.

— E essa atração... é apenas física?

Seus olhos investigam os meus enquanto a pergunta paira no ar, pesada, quase tangível.

— Por enquanto é — admito em voz baixa. Sinto a tensão entre nós dois aumentar.

Não faço ideia do que está acontecendo.

A conversa ainda é sobre o livro? Ou agora é sobre a gente? Os limites me parecem confusos, como se agora a conversa tivesse um duplo sentido que nenhum de nós reconhece abertamente.

Agora que imagino Cam como Saint, é impossível separar os dois. Como escritora, é estranho, estou bem perto de uma versão real do meu personagem. É como se algo que criei tivesse ganhado vida, o que causa uma descarga de adrenalina no meu corpo.

Tomo outro gole de vinho, meu coração faz tanto barulho que tenho certeza de que Saint é capaz de ouvir. Tento manter a respiração constante, mas está complicado.

— Como o caso deles começa? — pergunta ele com um tom calmo e curioso, como se estivesse genuinamente interessado.

Engulo em seco, ciente de que a resposta vai nos fazer entrar ainda mais em território perigoso.

— Com um beijo — digo, quase em um sussurro. — Cam ama a esposa, mas nunca sentiu uma atração física tão grande por alguém quanto a que sente por Reya. Então uma noite... quando ele está na casa de Reya a trabalho... ele deixa a fraqueza falar mais alto. E a beija. Mas durante o beijo ele se sente culpado, se afasta e sai depressa da casa dela.

— Sem pedir desculpa?

Saint ergue a sobrancelha, e percebo que ele está intrigado com o conflito emocional.

Assinto, sentindo minha pulsação acelerar ainda mais.

— Cam é uma pessoa complexa — explico.

Saint faz que sim devagar, refletindo. Os olhos continuam fixos nos meus, e então ele pergunta:

— E isso nunca aconteceu com você? Nunca foi beijada por um homem casado com outra mulher?

Balanço a cabeça e respondo em voz baixa:

— Não. E agora, quando tento escrever a reação de Reya, eu emperro. — Tomo outro gole de vinho e prossigo. — Como Reya reagiria? Será que ela ficaria com raiva de Cam por tê-la beijado, mesmo que ela desejasse o beijo? Ela choraria porque ele foi embora sem dizer nada? Ou se sentiria triunfante, como se tivesse vencido?

Saint inclina um pouco a cabeça e semicerra os olhos enquanto reflete a respeito de minhas perguntas.

— Parece que só alguém que passou por isso saberia captar bem as emoções.

— Exatamente — digo, sentindo-me validada, mesmo enquanto meu coração dispara.

Passamos um longo momento silencioso nos entreolhando, e meu coração deve estar batendo mais rápido do que quando a luz do giroflex me acordou de madrugada.

Então ele age de modo inesperado: dá uma mordidinha no próprio lábio, gesto clássico que parece ter saído de um dos meus romances. Sinto vontade de rir ao ver, mas a tensão é real demais, intensa demais, e me pergunto se ele sabe o quanto se encaixa perfeitamente no papel do meu herói fictício neste momento.

Ele está mordendo o lábio de propósito? Será que já leu algum romance?

Uma vibração repentina e intrusiva faz Saint endireitar a postura. Ele tira o celular do bolso e olha a tela. A expressão dele muda um pouco, e, quando ele me fita de novo, os olhos estão sérios.

— É minha esposa — diz ele.

As palavras me atingem como um balde de água fria, e tento disfarçar a decepção. Ponho a taça na bancada, os dedos trêmulos.

— É melhor você atender — digo, tentando soar casual, indiferente.

Saint também põe a taça na bancada ao lado dele, ainda me olhando nos olhos.

— Tem razão. É melhor eu atender.

Mas ele não atende.

Em vez disso, joga o celular na bancada e, antes que eu sequer consiga assimilar o que está acontecendo, vem para bem perto de mim. Num instante, sua mão desliza atrás da minha cabeça, e sua boca encosta na minha.

O beijo acontece de um jeito tão repentino e inesperado que ofego. Seus lábios são macios e mornos, e, quando a língua desliza para dentro da minha boca, sinto um calafrio nas costas. Pressiono meu corpo no dele instintivamente, e minhas mãos sobem pelas laterais do pescoço dele enquanto seus lábios se fecham colados aos seus.

O gosto é de hortelã e Merlot, uma combinação que deixa meus sentidos zonzos. Sei de cara que é assim que vou descrever o beijo de Cam no livro: esse gosto, essa sensação, esse momento.

O celular continua a vibrar na bancada, mas só consigo pensar que ele preferiu me beijar a atender a ligação. Pelo menos em relação ao que Reya sentiria, acertei. Ela se sentiria triunfante, como se tivesse vencido algo que sequer sabia que estava tentando vencer.

No entanto, o triunfo vem acompanhado de uma forte culpa que começa a se infiltrar quase com a mesma rapidez. Não dá para ignorar o fato de que o celular dele está vibrando porque a *esposa* dele está ligando.

A *esposa* dele.

Não vou nem permitir que minha mente comece a analisar todos os motivos pelos quais *eu* deveria estar me sentindo culpada.

O celular para de vibrar, e, no silêncio que se segue, ouço apenas o ruído baixinho e inebriante que a boca de Saint faz ao se mover contra a minha e o gemido que escapa inesperadamente de mim. As mãos dele deslizam até minha lombar, puxando-me mais para perto, e colo nossos corpos, entregue ao calor do momento.

Só que então, com a mesma rapidez de antes, o celular começa a vibrar de novo e nos faz voltar à realidade.

Saint se afasta de mim ofegante e pressiona a testa na minha. Fico sem ar, arfando enquanto tento recobrar o fôlego.

É a primeira vez que um beijo me deixa tão ofegante, tão abalada.

Quando abro os olhos, vejo que os dele ainda estão fechados, como se ele quisesse permanecer no momento só mais um pouco.

É sério que acabei de deixar isso acontecer?

Sou uma pessoa terrível.

O celular continua a vibrar, um lembrete insistente da realidade que estamos tentando ignorar.

Então Saint me solta, pega o celular com uma expressão indecifrável e, sem dizer nada, vai até a porta.

A porta bate depois que ele sai, e fico parada sentindo o peso do silêncio no chalé. Ele me fez sentir muitas emoções naquele breve momento e depois as destruiu com a mesma rapidez. Agora tudo o que me resta é uma dor no peito, um vazio que eu não esperava.

Quero mais daquele beijo. Do nosso flerte. Daquela sensação de triunfo.

Ouço o barulho de cascalho sob pneus enquanto o carro se afasta do chalé. Mesmo depois de vários minutos, continuo parada no mesmo lugar, tocando meus lábios com a ponta dos dedos, tentando assimilar tudo o que acabou de acontecer.

A reação que mais me surpreende agora é meu sorriso. Se eu tivesse escrito o primeiro beijo entre Reya e Cam ontem à noite, jamais imaginaria que ela iria sorrir depois de ele ter ido embora daquele jeito.

Entretanto, sorrio. Apesar da culpa que sinto por causa da traição, sorrio porque não parece que fiz algo errado. É para minha pesquisa. *Não é?*

Sem nem pensar, vou direto ao computador e o abro. Pela segunda noite seguida, eu me sento e na mesma hora começo a digitar.

Ninguém nunca vai ficar sabendo desse beijo.

Sete

Acabo de contar a Mari sobre o beijo.

Foi sem querer. Entretanto, ela apareceu aqui sem avisar com um macacão florido. E está tomando mimosa num copo térmico, então parece inofensiva e entediada.

Mari veio me visitar bem na hora em que eu estava precisando de uma pausa depois de ter virado a noite, então saímos para nos sentar nas cadeiras do alpendre, e a conversa acabou por tomar esse rumo, eu dizendo que "foi só um beijo", e ela apenas me encarando interessada.

— Minha nossa — diz ela.

— Pois é.

Não acredito que cedi com tanta facilidade. A ela, não ao beijo. Contudo, ela foi enxerida e me perguntou sobre o misterioso carro preto que viu na frente do meu chalé dois dias atrás. Expliquei que era o detetive e que ele veio aqui para ouvir meu depoimento. No entanto, enquanto eu contava, não sei o que aconteceu. Simplesmente não consegui disfarçar. Comecei a ruborizar e não consegui parar de sorrir.

Eu me tornei a maior bobalhona.

Então, do nada, ela me acusou de dormir com ele. "Você está dando uns pegas no altão!", disse ela.

Fiquei na defensiva, mas, em vez de negar tudo, respondi algo com: "Não estou não, eu juro! Não chegou a esse ponto! Foi só um beijo."

Foi então que ela disse: "Minha nossa."

E eu respondi com: "Pois é."

E agora cá estamos. Olhando uma para a outra.

Ela dá um gole longo e constante na mimosa.

— Hum, você mandou bem. Sou casada com Louie desde os meus dezessete anos. Foi só lá para os cinquenta que percebi que meus lábios nunca tinham tocado os de outro homem e que, àquela altura, isso provavelmente nunca mais aconteceria, porque eu estava na casa dos cinquenta e Louie continuava forte feito um touro. Sendo bem sincera, fiquei meio borocoxô. Porque e se o beijo de Louie for terrível? E se a gente nem estivesse se beijando direito? Como é que vamos saber, se nunca beijamos outras pessoas?

Ela olha para o nada, sem se concentrar em nada específico.

— Agora minha juventude já passou, e só de pensar em Louie colocar a língua dentro da minha boca me dá vontade de ir até aquele lugar ali onde o rapaz se matou na outra noite e fazer exatamente o mesmo.

— Meu Deus, Mari.

— Não se arrependa de nada, Petra. Beije *todos* os homens. E aproveite logo de uma vez para beijar mulheres também. Porque tem gente feito eu que nunca teve a oportunidade de fazer essas coisas divertidas.

Agora o copo térmico está vazio. Ela está tentando desesperadamente fazer a última gota pingar na sua língua.

— Pelo menos você e Louie estão casados faz tempo. Pouca gente conquista isso.

Ela balança a mão com desdém.

— Sim, sim, eu sei. Eu não mudaria nada, blá-blá-blá.

Dou uma risada.

— Você já beijou outro ator? Por causa de um papel? — pergunto.

— Algumas vezes, mas isso não conta. Fazer cena de beijo é terrível. Fica um diretor suado numa cadeira a três metros de distância, gritando *ação* para vocês dois, e o calor das luzes faz a gente suar, e o sujeito que você tem que fingir que quer beijar só sabe reclamar há duas semanas, e você acharia melhor estrangulá-lo do que beijá-lo.

— Parece péssimo.

— É a *maior* dureza ser atriz. Tá, agora vou embora. Minha bebida acabou. — Ela se levanta, mas continuo sentada enquanto ela desce a escada do alpendre. — E não se preocupe, não vou contar a ninguém que você deu uns amassos no policial. E, como essa é minha terceira mimosa do dia, provavelmente vou esquecer que isso aconteceu antes mesmo de chegar em casa.

— Obrigada.

Enquanto Mari se afasta, ela diz:

— E, sim, é possível que eu seja alcóolatra, mas sou velha demais para que me convençam a me tratar, então nem me venha com esse papo.

— Não vou fazer isso, prometo. Aproveite sua próxima mimosa.

— Sim. Aproveite seu próximo amasso.

A única reação possível é rir. E é bom rir, pois as últimas vinte e quatro horas foram estressantes de novo.

Entro na casa e me sento diante do notebook. Desde que Saint me beijou, passei um dia inteiro escrevendo. Só que aí veio o segundo dia, e ainda não tive notícias dele. O silêncio começou a me abalar, embora ele não me deva nada. Nem sequer uma mensagem.

Contudo, é quase como se eu precisasse de outra dose dele para voltar a um ritmo bom. Estou tentando viver apenas da lembrança do beijo. Da maneira como seus lábios se moveram nos meus, do toque de suas mãos no meu corpo, da adrenalina inesperada de tudo aquilo. Foi um beijo que se cravou nos meus pensamentos e que se recusa a ir embora, dando as caras nos momentos mais quietos. Que literalmente foram todos desde que ele bateu a porta.

Pelo menos consegui ser produtiva depois daquilo. Escrevi vários capítulos, as palavras jorraram como não acontecia há semanas. Até reescrevi algumas anotações do último ano e meio para que Cam ficasse mais parecido com Saint. Toda vez que me sentei para escrever, eu o imaginei: o rosto, a voz e a presença dele. Cam assumiu novas dimensões, tornando-se um personagem mais verossímil, mais tangível, pois tive alguém que serviu de modelo para ele. Foi incrível ver as páginas se encherem de uma história que de repente ganhou mais vida do que nunca.

Entretanto, antes de Mari chegar, eu estava encarando o cursor que me mais uma vez me provocava enquanto tentava encontrar as palavras.

Sei o que precisa acontecer na história, mas a energia do beijo esvaeceu, o que trouxe a frustração familiar do bloqueio criativo. É como se a adrenalina daquele momento tivesse se esgotado, e agora me pergunto se serei capaz de senti-la outra vez sem Saint.

Falei com Nora ontem de noite, mas não contei do beijo. Tirando Mari, que não sabe praticamente nada de mim e da minha vida, nunca vou contar a ninguém. É algo que com certeza quero manter em segredo. Sempre fui uma pessoa mais fechada, e isso… bem, isso me parece algo pessoal demais, algo complicado demais para contar, até para minha melhor amiga.

Uso meu nome de verdade como nome artístico, mas apenas os dois primeiros nomes. Meu sobrenome é Andrews, mas os leitores não sabem disso. Nunca me preocupei muito com a possibilidade de minha vida pessoal ser revelada aos leitores. Eles sabem pouquíssimo sobre mim. Tem uma versão de mim mesma que deixo à mostra nos livros, mas ninguém sabe se estou namorando, se sou casada, se sou mãe ou apenas uma solteirona cercada de gatos. Não divulgo nada além da minha escrita, e quero que continue assim. Manter minha vida real separada da persona que apresento ao mundo sempre foi uma espécie de escudo. Meus leitores têm acesso às histórias, mas não *a mim*, e é assim que gosto que seja.

E é por isso que, por mais que confie em Nora, jamais vou contar a ela do beijo entre Saint e eu. Sinto-me culpada, e ela é uma das poucas amigas que atravessam todas áreas da minha vida. Eu odiaria corromper a versão de mim, seja ela qual for, que Nora enxerga.

Estou mais preocupada com os sentimentos dos outros acerca de minhas ações do que com os meus. Será que isso é tão diferente assim de dois atores se beijando diante de uma câmera? É arte.

Obviamente, uma esposa jamais perdoaria o marido por beijar outra pessoa só porque se tratava de uma pesquisa para um livro, mas com certeza acho mais fácil me perdoar quando penso nesse pretexto. Eu me sinto bem menos culpada agora do que quando aconteceu, graças a todas as justificativas diligentes em que já pensei. E não sei o que isso revela ao meu respeito. Significa que sou fria e desapegada? Ou será que compartimentalizei o que aconteceu como parte do meu processo de escrita, algo separado da vida real?

Na verdade, a pouca culpa me faz questionar até que ponto posso levar essa situação com Saint. Peguei o celular em vários momentos para mandar outra mensagem, mas perdi a coragem em todos eles.

Cam e Reya se beijaram no livro, mas estou com dificuldade para escrever sobre o desenvolvimento do relacionamento deles porque nunca senti algo por um homem casado. Nunca me senti "a outra". Envolver-se com um homem casado é diferente de ter um relacionamento mais tradicional por inúmeras razões. Além de não poder contar para ninguém, nem mesmo para os amigos mais próximos, é preciso muito esforço para manter o segredo.

Como seria amar um homem que só pode amar você durante parte do tempo?

Como seria ser a pessoa que fica para trás, sempre à espera de momentos roubados, ciente de que outra tem direito à melhor parte dele, enquanto a você restam apenas sobras?

Não consigo entender direito como deve ser, mas é certo que Reya estaria enfrentando esse dilema na história. É uma camada de complexidade que ainda não explorei por completo, e essa é a chave para que a relação entre Cam e Reya pareça real.

Estou em guerra comigo mesma, sem saber se devo ligar para ele ou não. Por um lado, parece imprudente, como se eu fosse entrar no território perigoso. Por outro lado, isso é *trabalho*.

Tento pensar num meio-termo.

Vou mandar mensagem para ele.

Lembro que é possível que a esposa dele veja a mensagem, então mantenho o profissionalismo. Não quero levantar nenhuma suspeita. Seria apenas um pedido simples e inocente.

É a Petra Rose. Tenho uma pergunta para a pesquisa do livro, se você tiver tempo.

Encaro o celular depois de enviar a mensagem, meio que à espera de receber uma resposta imediata como da última vez. No entanto, desta vez, os pontinhos não aparecem. Ele não responde na hora, e o silêncio se prolonga mais do que eu esperava.

Observo o aparelho por um instante, esperando, mas, depois que nada acontece, fico decepcionada.

Ele teve tempo de pensar no que fez e está começando a se arrepender.

Encaro meu computador por vários minutos, pensando que talvez eu não devesse ter enviado nada. Eu *sei* que não devia ter mandado. Contudo, a decepção por ele não ter respondido na hora é maior do que culpa por ter enviado a mensagem. Sei que é uma linha tênue, mas o peso da curiosidade fala mais alto do que meu senso de cautela.

Preciso ocupar a mente, então vou à cozinha preparar o jantar e deixo o celular na mesa. Faço salada e peito de frango grelhado enquanto tento me concentrar na tarefa, e não na expectativa inquietante que se acumula no meu peito.

Como a refeição inteira pateticamente de olho no celular. A cada garfada, o tempo parece se arrastar ainda mais.

Acho que ele se arrependeu mesmo do beijo.

Talvez esteja tentando se distanciar, definir um limite que já até ultrapassei. Esse pensamento dói mais do que eu esperava.

Levo o prato à pia e começo a lavá-lo, mas quase o derrubo ao ouvir meu celular vibrar. Fecho a torneira e corro até ele, o coração disparado com uma mistura de entusiasmo e ansiedade. Uma onda de empolgação se espalha pelo meu corpo quando veja a resposta de Saint.

Você está com bloqueio criativo de novo? Será um prazer ajudá-la. ;)

Puta merda. Ele pôs até uma piscadinha.

Por essa eu não esperava. Não imaginei nem que ele fosse responder, mas o texto comprova que estamos em sintonia depois do beijo de anteontem.

Eu: Pois é, acho que sim. Depois que você foi embora na outra noite, escrevi vários capítulos. Mas hoje emperrei.

Saint: Por que emperrou?

Eu: Não sei como uma amante se sente. Não faço ideia de como descrever o que se passa entre Cam e Reya porque não tenho como imaginar a frequência com que ela pensaria na esposa dele, ou no futuro dos dois, quando estão juntos.

Saint: Cam e Reya estão apaixonados?

Eu: Sim. Muito apaixonados.

Saint: Então você quer saber como duas pessoas apaixonadas passariam uma noite normal juntas, sendo uma delas casada?

Eu: Sim, é exatamente isso.

Saint: Acho que você precisa vivenciar isso. Acho que a imaginação só chega até certo ponto.

Eu: No passado recente, passar pela situação com certeza me ajudou.

Saint: Seria falta de educação não te ajudar. Posso chegar aí em uma hora.

Eu: Eu agradeço.

Ponho com calma o celular de volta na mesa, mas minha reação é o total inverso. Meu coração dispara, minhas mãos tremem de ansiedade. Quero gritar. Esta situação toda é uma insanidade. Não consigo acreditar que me envolvi com esse cara, mas, de novo... é uma pesquisa. Só isso. *Uma pesquisa.*

Tenho apenas uma hora antes que ele chegue. Uma hora para tomar banho, secar o cabelo, escovar os dentes, arrumar a cama e organizar dois dias de puro caos. Faço tudo isso num borrão, com pensamentos a mil, cada um mais barulhento do que o anterior.

Passo grande parte da hora seguinte me preocupando mais com minha aparência do que com o estado do meu chalé. Meu reflexo no espelho vira uma verdadeira batalha de indecisões. Cabelo preso ou solto? Pouca ou nenhuma maquiagem? Roupa casual ou um pouco mais arrumadinha? É ridículo pensar tanto nisso, como se meu modo de me apresentar tivesse o poder de determinar o rumo da noite. Contudo, não consigo me controlar. Parece que cada detalhe importa mais do que nunca, como se minha aparência fosse influenciar a trajetória da minha carreira.

Meu coração está acelerado enquanto troco de roupa pela terceira vez, decidindo usar algo que fica entre o casual e o escolhido deliberadamente. Um suéter justinho que evidencia minhas curvas, mas não muito, uma calça jeans que cai bem, mas que não faz parecer que estou me esforçando demais, e apenas uma camada de rímel para realçar meu olhar. Tudo calculado para que pareça que não deu nenhum trabalho. Por que às vezes as mulheres são tão patéticas? Os homens só precisam chegar no lugar e pronto.

Enquanto termino de lavar e guardar a louça, ouço o barulho familiar do cascalho esmagado por pneus. *Ele chegou.*

Uma mistura de nervosismo e expectativa percorre meu corpo inteiro, e tomo depressa o último gole do vinho que beberiquei na última hora. O gole não me acalma tanto quanto eu queria, mas pelo menos fiz outra coisa em vez de ficar pensando que ele bateria à minha porta em pouco tempo.

Depois que enfim ouço a batida, respiro fundo, tentando me recompor. Paro por um momento antes de atender a porta, querendo parecer o mais calma possível. Quando a abro, eu me deparo com Saint fardado, mas ele me olha de um jeito que faz o momento não parecer nada profissional. Vejo uma muda de roupa na mão dele, e a encaro antes de o olhar nos olhos.

— Não tive tempo de passar na delegacia para me trocar — diz ele com uma familiaridade despreocupada na voz. — Posso me trocar aqui?

Concordo com a cabeça e aponto para o corredor atrás de mim.

— O banheiro fica atrás daquela porta ali.

Ele não espera nenhum convite adicional. Entra com o mesmo sorriso diabólico que passei a associar a ele, um sorriso que emana calor pelo meu corpo. Num piscar de olhos, Saint se aproxima, põe a mão ao redor do meu pescoço e, antes que eu consiga assimilar o que está acontecendo, seus lábios encostam nos meus. O beijo é repentino, ardente, como se fosse a coisa mais natural do mundo. Reajo instintivamente, aproximando meu corpo do dele e o encontrando no meio do caminho, como se agora esse cumprimento fosse rotineiro entre nós dois. Sentir a boca de Saint me atordoa, é um momento em que nada existe além do calor do beijo e do peso das mãos em mim.

Ele me faz dar dois passos para trás sem descolar nossos lábios, e seu pé fecha a porta com um movimento fácil.

— Só posso ficar uma hora — sussurra ele nos meus lábios, e sinto o hálito morno na minha pele. — Queria poder passar a noite toda aqui.

Fico chocada e me afasto um pouco, enquanto minha mente tenta entender o que está acontecendo. *Ele está interpretando Cam neste momento?* O jeito como me beija, fala... é como se ele estivesse agindo como se fosse Cam. Não sei se é intencional ou se é exagero meu. O limite entre Saint e Cam está ficando cada vez mais indefinido, e começo a me perguntar se ele está agindo assim de propósito. Esse beijo, essa forma de me cumprimentar... parece algo que Cam faria a essa altura da história. No entanto, será que Saint faria isso? Em circunstâncias normais, duvido. Neste momento, contudo, nada me parece normal.

Saint põe as roupas na bancada, vai até a geladeira e tira uma garrafa de vinho com uma naturalidade que sugere que já fez isso antes. Pega a taça que eu estava usando antes, enche-a com a bebida, e a empurra para mim sobre a ilha. Em seguida, tira outra taça do armário e se serve.

A cena inteira parece surreal, como se tivéssemos entrado numa realidade paralela na qual costumamos fazer isso. Tomar vinho juntos, nos beijar, encenar uma história que talvez não seja a nossa.

— Como foi seu dia, Reya? — pergunta ele, o nome da minha personagem escapando de seus lábios como se sempre tivesse morado dentro deles. A mudança no tom, neste contexto, faz eu ter certeza de que ele está mesmo interpretando o personagem. Ao perceber isso, preciso morder o lábio para não sorrir.

— Foi bom — respondo, pegando a taça e tomando um gole rápido. — E o seu, Cam?

Ele se aproxima de mim, e sua presença domina o pequeno espaço entre nós dois. Ele é tão alto que preciso inclinar a cabeça um pouco para trás quando ele para diante de mim. Saint encosta o dedo no meu queixo e vira meu rosto para ele.

— Não consigo parar de pensar em você — sussurra ele, a voz grave e íntima, logo antes de colar nossos lábios mais uma vez.

Meu Deus do céu, parece que meus joelhos vão ficar bambos com esse beijo. Sua boca pressiona a minha com uma voracidade que me faz ofegar, e por um instante me entrego a essa sensação. Quando ele se afasta, olhando nos meus olhos, diz baixinho:

— Já volto.

Ele vai trocar de roupa no banheiro e me deixa aqui paralisada, atordoada e um pouco zonza por causa do beijo. Minha mente acelera enquanto tento assimilar o que acaba de acontecer — e o que ainda pode acontecer. Saint espera que eu finja estar apaixonada por ele? É tudo parte de uma encenação iniciada por ele ou tem algo a mais acontecendo aqui? A incerteza é empolgante e assustadora ao mesmo tempo. Não sei o que vai acontecer, mas a ansiedade se espalha pelo meu corpo.

Quando Saint sai do banheiro, não está mais de farda. Ele escolheu calça jeans e camiseta azul-marinho. Então caminha até a mesa e deixa sobre ela a farda e em cima a arma, e a cena faz um calafrio percorrer minhas costas. É uma lembrança da realidade que ele deixou para trás e do papel que decidiu interpretar agora.

Ele se aproxima de mim determinado, põe as mãos na minha cintura e me ergue sem esforço para cima da ilha da cozinha. A facilidade com que ele se move, o jeito como o corpo se encaixa tão perfeitamente ao meu... parece coisa de livro. Os lábios encontram meu pescoço, e fecho os olhos, tomada pela sensação da boca na minha pele.

Ele está me deixando tonta.

Viro a cabeça de lado, para que ele tenha mais acesso ao meu pescoço, e minha pele formiga sob sua língua deslizando devagar. Sinto a mão esquerda descer pela minha coxa, puxar minha perna e a enroscar em sua cintura quando ele chega mais perto, pressionando-se contra mim. É uma mistura esquisita de controle e ternura, e não consigo deixar de me perguntar se ele é assim com a esposa.

É assim que ele a beija, que a toca?

Afasto esse pensamento para não o deixar se fixar. Saint está aqui. Sua boca está no meu pescoço, e preciso me concentrar nisso.

— Me diga uma coisa — sussurra ele na minha pele, e sua voz provoca arrepios nas minhas costas.

— Hummm — digo, praticamente incapaz de formar uma resposta coerente.

— Que tipo de homem Cam é?

A pergunta está repleta de curiosidade, mas seus lábios não param de se mover na minha pele.

Abro os olhos, entendendo a realidade do momento.

Se ele está perguntando sobre Cam, é porque agora está me beijando como Saint? Isso é real ou faz parte do nosso joguinho? *Meu Deus, espero que seja real.*

— Ele... — Paro e tento organizar os pensamentos enquanto a língua dele desliza bem perto da minha orelha. Fica difícil me concentrar com ele fazendo com que me sinta assim, mas consigo falar. — Ele é uma pessoa boa, mas tem alguns defeitos. É controlador. Ciumento. Esquentado.

Saint recua apenas o bastante para me olhar nos olhos com uma expressão pensativa.

— Ele não machucaria Reya, não é?

— Jamais — digo com a voz baixa, mas firme. — Está perdidamente apaixonado por ela e tenta fazer todo o possível para protegê-la.

— Tenta? — Saint franze a testa com um olhar interrogativo. — Isso significa que nem sempre ele consegue?

Balanço a cabeça e sinto um nó na garganta.

— Nem sempre.

Saint passa o polegar no meu lábio inferior, e o olhar dele se torna mais intenso quando fita minha boca. Adoro o jeito que ele me encara, o vigor nos seus olhos, a maneira como me faz sentir mais vista do que nunca. Quero captar essa sensação, escrevê-la, descrevê-la em detalhes, mas temo que, se eu esperar até mais tarde, não vou conseguir captá-la plenamente. Só o que importa é como seus olhos me fazem sentir.

— Acontece algo ruim com Reya no livro? — pergunta ele, a voz grave, mas a preocupação em seus olhos é genuína.

— Sim — sussurro. Em geral, eu não daria spoilers a ninguém, mas neste momento não me importo. Saint não é uma pessoa qualquer, e duvido que ele vá ler meu livro.

— O que acontece com ela?

— Bem, muita coisa, na verdade. Ela perde a melhor amiga. Tem uma tentativa de sequestro. Uma perseguição policial. Alguém invade a casa dela.

Saint semicerra os olhos, preocupado.

— Alguém consegue fazer mal a ela?

— Sim — admito. — Ela se machuca mais pra perto do final do livro. O homem que invade a casa dela... depois que ele a amarra, ela percebe que o braço está quebrado.

— Ela sabe quem está por trás disso?

— Não.

— Por que essas coisas acontecem com ela?

— Reya é advogada. Ela tem provas que esse personagem está tentando encontrar.

Saint passa os dedos na minha bochecha enquanto falo. Parece tão interessado nas minhas respostas que me pergunto se ele não está cogitando encená-las. *Será que é por isso que estou contando tudo? Porque parte de mim quer que ele faça tudo isso? Será que quero mesmo saber como é ser sequestrada? E quebrar o braço?*

Não. Seria ir longe demais. Não tenho tanta certeza se estou disposta a chegar a esse ponto em nome da minha pesquisa.

— O que acontece depois? — pergunta ele. — Como ela descobre quem fez tudo isso?

Pigarreio.

— Não sei. Ainda não cheguei a essa parte da história.

Ele se afasta mais e muda um pouco de posição, mas minha perna continua enroscada na cintura dele, mantendo-nos intimamente conectados. Ele acaricia meu quadril com o polegar num ritmo regular, reconfortante. Seu olhar suaviza, perdendo um pouco da intensidade predatória que costuma ter, e se torna surpreendentemente compreensivo.

— Sabe, para alguém que escreve histórias tão envolventes, você parece hesitar na hora de falar das suas. — Sua voz está baixa, quase delicada. — Parece até se envergonhar.

— Como assim? — pergunto com falsa ignorância, minha voz um pouco aguda demais.

Ele não deixa para lá. Os olhos, surpreendentemente perceptivos, buscam os meus.

— Não sei. Quando você fala da sua história, da sua carreira, apenas parece envergonhada.

Nossa. Como ele é astuto. Suspiro.

— *Envergonhada* não é palavra certa. Mas, sim, você tem razão. Acho difícil falar de mim mesma.

— Sempre foi assim? Ou aconteceu depois da controvérsia com a adaptação?

Lanço um olhar que deve estar repleto de surpresa, pois na mesma hora ele me encara de um jeito tranquilizador.

— Olha, eu mal te conheço — diz ele. — Mas é estranho porque parece que eu *meio* que te conheço depois de assistir a todos os seus vídeos. E aquela pessoa que vi nos vídeos não é a mesma que está aqui na minha frente.

— Essa doeu. Sou mais decepcionante na vida real, então?

— Decepcionante e decepcion*ado* são coisas diferentes. Você não é nada decepcionante, Petra.

Desço da ilha e começo a andar, sem saber o que ele quer de mim.

— Não estou gostando deste papo. Eu gostava de fingir que você não sabia nada de mim nem do burburinho das redes sociais.

— É difícil continuar rolando a tela quando você aparece. E tem sinal de internet mesmo aqui no meio do nada.

— Eu não gosto de falar desse assunto — sussurro e desvio o olhar, encarando a superfície polida da ilha, qualquer lugar que não seja ele. A ideia de pensar de novo em todo aquele veneno, e ainda por cima conversar sobre ele com Saint, causa um aperto no meu peito.

— Eu entendo — diz, a voz mais baixa, quase relaxante. — Não era para eu ter mencionado nada. Mas imagino que não deve ser fácil ver desconhecidos criticarem sua paixão como se tivessem direito a algo além das palavras no papel. Eles se sentem no direito de acabar com *você*, mesmo sem ter passado um segundo sequer na sua presença. — Ele para e, quando o olho, está me fitando com uma expressão de preocupação genuína. — Como está lidando com isso? Está tudo bem?

A sinceridade da pergunta me pega de surpresa. A maneira como ele falou, como se *de fato* se importasse, chega a desarmar. Sinto lágrimas arderem nos cantos dos meus olhos, uma reação surpreendente à sua empatia.

— Bem, não tem sido divertido — admito, quase um sussurro, e obrigo as palavras a saírem. — Parece que o ano passado inteiro destruiu algo dentro de mim. Eu não estava conseguindo escrever nada relevante. — Ergo meus olhos para ele, suplicantes. — Até você me beijar.

Um sorrisinho se espalha pela boca dele.

— Aquilo ajudou?

Assinto.

— Muito.

Então ele me dá outro beijo, rápido e delicado, e põe os braços ao meu redor. Acaricia meu ombro com o polegar.

— Por que você gostava de escrever? — pergunta ele.

— Por causa de tudo. Sempre achei incrível pôr palavras no papel.

— Então o que importa mais é escrever, e não necessariamente ser lida?

— Bem, é legal quando as pessoas querem ler o que escrevo, mas não é por isso que escrevo. Escrevo porque acho prazeroso. É algo terapêutico para mim. Me alegra.

— Então por que você não tem escrito?

É uma pergunta bem simples, mas também complexa. Saint leva as mãos até meus ombros e me afasta um pouco para conseguir me olhar nos olhos.

— É sério. Se escrever te alegra, por que não tem escrito?

— Nunca imaginei que minha carreira ia decolar, nem que as pessoas iam ter opiniões tão intensas a respeito do que faço no meu tempo livre. É uma consequência da qual não gosto nem um pouco. E é impossível escapar dela. Tenho medo de que tudo o que eu faço termine virando manchete. Acho que meu bloqueio criativo se deve ao fato de, na verdade, eu sentir um pouco de medo de terminar o livro e entregá-lo ao mundo.

— Então não o entregue a ninguém. Escreva e guarde para você.

— Tenho contas a pagar — digo, seca. A dura verdade por trás do sonho interrompe a ternura do momento. — Tenho certeza de que meus livros ainda vão vender quando eu lançar outro, e é por isso que estou escrevendo. Mas meu desejo mudou. Meu público mudou. Acho que é isso que me deixa mais triste. Parece que decepcionei todo mundo que me admirava. — Eu me separo dele e ponho as mãos na cintura. — Mas não sou o tipo de pessoa que tenta mudar a opinião dos outros. Se eu precisar falar mal de alguém para me defender, prefiro aceitar as perdas.

Saint me encara com algo que parece admiração.

— Agora sim, aí está você — sussurra ele, e põe meu cabelo atrás da orelha.

Suas palavras simples, mas profundas, me atingem com um peso inesperado, trespassando anos de pensamentos negativos e dúvidas a respeito de mim mesma.

— Quero que você escreva — diz ele. — *E* quero que publique. Sei que sou apenas uma pessoa, mas quero ler tudo o que você já escreveu e tudo o que ainda não escreveu. Então, mesmo que esteja escrevendo só para nós dois, tomara que consiga terminar pelo menos mais um livro.

Um calor se espalha pelo meu peito, uma sensação que não tem a ver com toque físico, tem a ver com conexão genuína. Eu me sinto desconfortável, então interrompo, bem-humorada:

— E você promete que vai comprar? Preciso dos royalties. De cada centavo.

Ele dá uma risada.

— Vou comprar dez exemplares — brinca ele.

— Nossa. Que ricaço.

Percebo, quando ele me beija de novo com um sorriso, que ele me enxerga. Saint me enxerga de verdade, para além de Reya e Cam, da atração física inicial. Ele enxerga Petra, a autora que enfrenta dificuldades, e me ofereceu um ombro amigo em vez de apenas fazer perguntas enxeridas.

Um tipo diferente de atração acende dentro de mim, um fascínio mais profundo e pessoal. Ponho os braços ao redor da cintura dele.

— Obrigada — sussurro. Essa conversa foi libertadora em tantos sentidos.

Ele abre um sorriso suave e genuíno que chega aos seus olhos e os faz enrugar nas extremidades.

— Você me deixaria ler uma parte?

A pergunta me pega completamente de surpresa. Apenas Nora lê a primeira versão dos meus livros. Eles contêm meus pensamentos mais caóticos e vulneráveis.

— Você quer ler meu livro? — pergunto, incrédula.

— Bem, estou ajudando na sua pesquisa. E se saber que há mais alguém interessado na história te ajudar... vai ser uma honra.

Sinto uma fisgada surpreendente no coração. Quando penso em Saint lendo meus escritos, vendo o começo da história de Reya sem retoques, vendo as partes dela que nitidamente vêm de mim e as partes de Cam que nitidamente vêm dele, fico apavorada. Entretanto, também fico empolgada. É uma ponte entre nossa fantasia e minha realidade, um sinal de envolvimento mais profundo. Ele não está apenas interpretando um personagem; está se envolvendo com minha arte e *comigo*.

— Talvez — digo, um sorriso encabulado enfim aparecendo. — Está bem.

Pensar nos olhos dele contemplando minhas palavras, na mente dele interagindo com o mundo que estou construindo, é como se fosse a inspiração mais potente de todas. Agora é mais do que uma pesquisa. É uma colaboração.

Ele sorri e me beija. E, exatamente como no nosso primeiro beijo, seu celular começa a vibrar. Ele nem reage. Apenas me beija com ainda mais intensidade e ignora a chamada.

A cada vibração do celular, ele me puxa para mais perto, como se estivesse tentando ignorar o barulho ao se concentrar em mim.

— É melhor você atender — sussurro e me afasto.

Nós dois sabemos que é a esposa dele.

Com relutância, ele também se afasta e tira o celular do bolso. Vai até a porta do chalé e atende lá fora.

Observo-o pela janela. Ele está pressionando a nuca enquanto conversa com quem quer que esteja do outro lado da ligação.

Como será o nome dela? Há quanto tempo eles estão juntos? Será que eles têm filhos?

A ligação é curta.

Saint começa a voltar para dentro, então me afasto da janela. Ao entrar, ele exibe uma expressão de remorso. Passa por mim e pega a farda e a arma. Não diz nada. Apenas segura meu rosto com uma das mãos e me beija de um jeito quase possessivo.

Então ele vai embora.

Fico sem palavras, parada no meio da cozinha.

Não sei o que acabou de acontecer. Foi tão rápido.

Fazia parte da encenação? Estou confundindo ficção e realidade. Ele agiu como acreditou que Cam agiria nessa situação? Ou será que Saint foi embora sem dizer nada porque de fato se sentiu culpado?

Não faço ideia do que passou pela cabeça dele, então só me resta pensar no que passa pela minha. Levo o computador para o quarto, repleta de novas ideias, novos sentimentos e novos pensamentos.

Escrevo até pegar no sono.

Oito

Estou escrevendo desde o momento em que acordei. Saint é ótimo para a minha produtividade. Isso já foi comprovado.

Meu celular vibra na mesa ao lado. Estou tão envolvida na história que tenho medo de parar para olhar. Às vezes, quando escrevo desse jeito frenético, o mundo lá fora esvaece, e é arriscado demais voltar a ele. Ignoro a mensagem durante meia hora, até terminar o capítulo.

Quando enfim olho a tela, vejo que é uma mensagem de Saint.

O que você vai fazer hoje à noite?

Fico sem reação ao ler as palavras, o pulso acelerando. O tom direto da mensagem destoa de toda a agitação que provoca em mim. Saint quer vir aqui de novo? Ou sair? Uma ligação dele faria este meu coração entediado palpitar de um jeito que não deveria.

Sua atenção é fascinante de um jeito esquisito, perigoso.

Encaro o celular, hesitando por um momento. Meus dedos pairam sobre a tela antes que eu enfim digite uma resposta.

Vou escrever. A não ser que você tenha alguma ideia para a minha pesquisa.

É uma resposta travessa, que mantém certa ambiguidade, mas a tensão que há por trás dela é inconfundível. Pressiono o botão de enviar e espero, mordendo o lábio. O silêncio parece longo, apesar de só durar segundos. A resposta faz meu celular vibrar quase na mesma hora.

Seus personagens fazem coisas arriscadas como sair em público?

As palavras parecem inocentes, mas sou esperta. Isso é um desafio? Um convite? Essa dúvida faz uma descarga de adrenalina percorrer meu corpo, mesclando-se à culpa lenta e sorrateira que sempre dá as caras quando penso nele. Se Saint está mesmo planejando fazer o que quer que eu diga agora, vou aproveitar. Uso uma cena que de fato escrevi no livro.

Respondo:

Cam cria coragem para sair com Reya, mas ele fica com medo de que alguém o reconheça. Então eles terminam comendo no carro dele.

A euforia dessa ideia faz meu corpo pulsar. Sei que é um passo para algo maior, algo bem mais perigoso do que tudo o que já fizemos. Já flertamos e ultrapassamos limites, mas *sair juntos*? Parece algo diferente, mais ousado. Estamos entrando num território que nenhum dos dois deveria explorar.

Entretanto, esse é o apelo da coisa, não é?

Meu pulso acelera e considero as consequências. Antes que eu possa pensar demais, chega outra notificação de mensagem.

Tem um restaurante que quero que você conheça. Fica na cidade vizinha. Você topa?

A ideia de sair em público com ele, mesmo que em outra cidade, parece-me arriscada demais. Contudo, suas palavras provam que ele está jogando comigo, e faz sentido ir para outra cidade, tanto para Cam, no livro, quanto para Saint, que tem uma esposa e provavelmente também amigos e colegas de trabalho que o reconheceriam por aqui.

Ele está correndo risco por mim. Gosto disso, então respondo:

Onde e quando?

Assim que envio, bate o nervosismo. Meu estômago embrulha com uma mistura de animação e culpa. Não estou apenas pensando em passar dos limites; estou planejando. E querendo. Mais do que tudo, querendo.

A resposta é rápida e decisiva.

Me encontre no Blue Lantern. 19h. Estarei no bar.

Sei que lugar é esse, já passei na frente dele várias vezes no caminho até o lago. É perfeito para quem quer manter a discrição.

Nos vemos lá então.

Tento mergulhar de novo na história depois da troca de mensagens, mas não consigo parar de pensar no que vai acontecer mais tarde. Não vai ser apenas um encontro aleatório. É algo planejado. É uma decisão.

•

Às seis da noite, já estou pronta, o coração martelando o peito como um tambor. Escolhi uma roupa simples — calça jeans e blusa —, mas nunca me senti tão inibida. É como se o tecido que toca minha pele me lembrasse do que estou fazendo. Dos segredos que estou guardando.

Depois que entro no carro e começo a dar ré, sou tomada por um medo inquietante. Ninguém no mundo sabe para onde estou indo agora.

Não costumo me colocar nesse tipo de situação, então não sei o que fazer. Nem para quem mandar mensagem. Estou chegando ao fim da longa rua asfaltada quando uma ideia me ocorre.

Mari.

Paro na frente da casa dela e do marido, mas, antes que eu sequer saia do carro, Louie já aparece.

— Está tudo bem, Petra?

Assinto.

— Tudo ótimo. Gostaria de trocar uma palavrinha com a Mari.

Louie parece um pouco decepcionado por eu não estar ali para fazer alguma pergunta sobre o chalé. Ele assente e grita:

— Mari! A escritora está aqui querendo falar com você!

De fora do carro, ouço Mari fazer um barulho. Ela vem até o jardim como um fantasma deslizando.

— Petra! — diz ela.

Louie ainda está por perto, então olho para ele de um jeito que faz Mari entender que não quero que ele me ouça.

— Se manda! — grita ela por cima do ombro. Louie desaparece para dentro da casa. — O que aconteceu?

Ela põe as mãos debaixo do queixo com animação e balança os dedos.

— Não é nenhuma safadeza. Pode se acalmar aí. Estou indo a uma reunião de trabalho e queria que alguém soubesse para aonde vou.

— Uma reunião de trabalho. Tá. Aonde você vai? Que horas deve voltar? Com quem vai se encontrar?

— Com ele — sussurro. — No Blue Lantern. Comece a se preocupar se eu não chegar até às onze.

— Ah, aquele lugar é ótimo. Peça o hambúrguer. Parece sem graça, mas vá por mim.

— Obrigada.

— Imagina — cantarola ela e balança o vestido de seda no caminho de volta para casa.

Ela acena por cima do ombro conforme entro no carro.

Estou me sentindo melhor. Mais segura.

No entanto, não estou fora de perigo. No caminho para o restaurante, minha mente acelera e penso em tudo o que pode acontecer. *E se formos pegos no flagra? E se alguém vir a gente?* Contudo, cada pensamento ansioso carrega consigo a empolgação pelo risco de ser vista. De alguém perceber, mas sem exatamente entender o que está acontecendo entre nós dois.

Chego ao estacionamento do Blue Lantern às sete em ponto. O restaurante fica no meio de uma fileira de restaurantes e bares, é discreto, mas acolhedor. Perfeito para o que vamos fazer. Estaciono nos fundos, tomando cuidado para que ninguém consiga enxergar meu carro da rua. Ele é alugado, e nem ele nem eu somos chamativos, mas tento imaginar o que Reya faria nessa situação.

A palma das minhas mãos estão suadas ao volante. Fico alguns momentos sentada, com a respiração trêmula, antes de enfim criar coragem e sair.

Foi só recentemente que precisei me preocupar mais com a possibilidade de ser reconhecida. Sempre tive uma quantidade razoável de fãs, mas é raro que alguém venha falar comigo sabendo que sou Petra Rose, a autora. Acho que a sociedade em geral, fora do mundinho fechado dos livros, sequer repara na aparência dos autores dos livros que lê.

As redes sociais, contudo, mudaram isso para a minha geração de autores. Nas poucas vezes em que fui reconhecida nos anos iniciais da minha carreira, foi sempre por alguém que me acompanhava na internet depois de ler meus livros. Era mais frequente quando eu estava em livrarias, ou em alguma cidade onde estava para eventos de livros, e leitores e autores me viam. Até uns dois anos atrás, eu sinceramente ficaria chocada se alguém me reconhecesse nessa cidade.

Agora, entretanto, é diferente. Não sou apenas uma autora. Sou… sei lá que palavra usam para pessoas como eu. Pessoas que, por terem alcançado certo nível de sucesso, ou de infâmia, ou de ambos, são reconhecidas mesmo por quem não é leitor.

Ao menos é bom manter minha vida pessoal off-line. Posso sair em público com qualquer homem ou mulher do mundo que ninguém olharia esquisito, pois nunca faço postagens mostrando se sou casada ou não, se tenho filhos ou não.

Contudo, Saint está correndo um grande risco hoje. Penso nisso enquanto vou até a entrada e empurro a porta.

O restaurante é modesto: meia-luz, mesas silenciosas e um balcão comprido que se estende ao longo da parede dos fundos.

O burburinho da conversa ao meu redor faz eu me sentir anônima. As pessoas estão concentradas na própria vida e em quem está ali com elas, sem prestar quase nenhuma atenção a quem entra ou sai.

Encontro Saint ao balcão, já sentado, de costas para o salão. É estratégico — inteligente. Ele já pediu uma bebida e segura o copo de um jeito despreocupado enquanto me vê chegar pelo espelho.

Meu nervosismo diminui um pouco quando o vejo sorrir pelo reflexo. É um sorriso discreto, cúmplice, como se soubéssemos de algo que ninguém mais entenderia.

O intuito é não chamar atenção e aparentamos ser dois desconhecidos sentados um ao lado do outro. Meu pulso acelera enquanto me aproximo dele. Saint não se vira quando chego, mas vejo um sorriso se insinuar no canto da sua boca pelo reflexo do espelho.

— Você está atrasada — diz ele em tom de brincadeira enquanto me sento na banqueta ao seu lado.

— Muito atrasada — replico.

Ele me observa da cabeça aos pés com um olhar intenso.

— Mas está bonita.

O barman se aproxima, uma toalha pendurada no ombro, e nos encara enquanto espera nosso pedido.

Saint se inclina um pouco para a frente, os antebraços apoiados no balcão, e com a voz grave e confiante pede mais um *old fashioned*.

As palavras saem suaves, provavelmente como o drinque que ele acaba de terminar. É uma escolha simples, mas há uma intensidade por trás dela que combina direitinho com ele.

O barman assente em entendimento e se vira para mim. Paro um instante e engulo em seco para diminuir o nervosismo que estava preso à minha garganta.

— Eu gostaria de uma taça de Sauvignon Blanc — digo, uma opção leve e refrescante. Uma opção moderada, como se eu estivesse tentando deixar a situação o mais normal possível, embora por dentro esteja me remoendo de empolgação e ansiedade.

O barman se vira para preparar nossas bebidas e sinto o olhar de Saint sobre mim. Eu me viro e o olhar dele encontra o meu, um sorriso sutil se insinuando nos seus lábios. É algo natural na superfície, o tipo de cena que não levantaria suspeita caso alguém a visse, mas o ar entre nós dois está carregado com um tipo de tensão que é difícil ignorar.

— Você está... — Ele me olha toda — ... incrível.

O elogio me aquece mais do que o vinho conseguiria.

— Obrigada — digo.

Ele se reposiciona para encostar a coxa na minha.

— Como foi no tribunal?

Inclino a cabeça, confusa, mas apenas por um segundo. *Reya é advogada. Ele está interpretando o personagem.*

Sorrio. Que empolgante.

— Nós vencemos. Veredito unânime em menos de duas horas.

— Eu não esperaria nenhum outro resultado — diz ele.

Estou adorando esse joguinho. Amando.

— E você? Como foi seu dia?

— Melhor agora — diz ele em tom de flerte.

O barman volta e põe sobre o balcão um copo de uísque para Saint e uma taça de vinho para mim.

— Aproveitem — diz ele antes de se afastar, deixando-nos sozinhos em nossa bolha.

Saint ergue o copo, fazendo o líquido âmbar rodopiar antes de tomar um gole, sem jamais tirar os olhos dos meus. Faço o mesmo com um pequeno gole comedido, tentando acalmar as rápidas batidas do meu coração.

Parece que todo mundo aqui sabe o que está acontecendo entre a gente, ainda que pela lógica eu saiba que não tem ninguém prestando atenção. Contudo, é excitante manter segredo, saber o verdadeiro motivo desse encontro. Eu queria estar fazendo anotações agora mesmo.

Saint toma outro gole de sua bebida, seus olhos ainda cravados nos meus por cima da borda do copo. Depois de colocá-lo sobre o balcão, ele chega mais perto e diz com uma voz baixa, mas descontraída:

— Como foi o caminho até aqui?

Ergo a sobrancelha e sorrio, sentindo a tensão diminuir só um pouco.

— Está falando dos trinta minutos que passei ensaiando o que eu ia dizer quando te visse e depois as voltas no estacionamento que dei tentando me convencer a não entrar aqui?

Seus lábios formam um sorrisinho.

— Você bem que parecia um pouco agitada quando chegou. Até pensei que ia dar meia-volta e ir embora.

Solto uma leve risada e balanço a cabeça.

— Ah, mas eu quase fiz isso. Você tinha que ter me visto sentada no carro, tentando me motivar como um coach num dia ruim: "Você consegue, Petra. É só um encontro casual, não é nada de mais."

Faço os gestos exagerados de um discurso motivacional e reviro os olhos por me colocar nessa posição ridícula.

Saint sorri, parecendo estar achando graça.

— Petra? — pergunta ele com um brilho nos olhos. — Achei que hoje seu nome era Reya.

Sinto um embrulho no estômago quando percebo meu deslize. Às vezes, quando ele fala comigo, esqueço que estamos num jogo, mas é só isso que é mesmo. Um jogo. O que importa aqui não sou eu, não é Petra e sua culpa, e sim Reya, que se entregaria a essa aventura imprudente sem nem pensar duas vezes.

Sinto o calor subir até as bochechas enquanto tento responder:

— Me enganei. Reya.

Eu me obrigo a rir, tentando fingir que não cometi um deslize, mas é impossível disfarçar o constrangimento.

Saint ergue a sobrancelha, nitidamente achando graça da minha vergonha.

— Esqueceu quem era pra você ser neste momento? — brinca ele, a voz baixa e interessada. — Reya não se desculparia. Reya é fodona, lembra?

Olho para a minha taça, sentindo de repente que ele é muito melhor nisso do que eu, e olha que sou eu quem deveria ter uma imaginação boa.

— Você tem razão. É que... — pauso, sufocando a vergonha.

Ele ri baixinho, e o som reverbera no meu peito.

— Você está pensando demais. — Ele me olha e vê a hesitação no meu rosto. Abre um sorrisinho e se aproxima um pouco. — E se é a culpa que está fazendo você se sentir assim, não permita que ela faça isso. Suas ações não influenciam meu casamento. Fui eu quem escolheu estar aqui. A decisão foi minha.

Suas palavras são surpreendentemente tranquilizadoras.

— Você não... — Tenho dificuldade para encontrar minha pergunta. — Você não se sente mal?

Ele semicerra os olhos enquanto reflete sobre a pergunta.

— Sim. Mas meu casamento é... — Ele toma um gole da bebida e põe o copo sobre o balcão com cuidado. — Complicado — diz ele de modo seco. — Mas sou eu quem deve resolver isso. Quando estou com você, eu me convenço de que estou fazendo uma boa ação. Te ajudando com sua pesquisa. Todo bom escritor precisa fazer pesquisas. — Um sorriso lento apaga os sinais de culpa que havia em seu rosto. — Quem sou eu para te negar inspiração?

De fato, não sei se estou falando com Cam ou Saint neste momento. Não sei como ele faz isso, como finge tão bem. E mesmo que não esteja fingindo... está sendo convincente. Porque estou bem mais relaxada do que estava cinco minutos atrás.

Toda vez que o joelho dele roça o meu, sinto meu corpo ficar mais alerta. Podemos até estar sentados ao balcão, tentando manter tudo despojado, mas nada me parece despojado. Acho que nunca me senti tão empolgada num encontro.

Minha pulsação acelera. Fica perto dele é inebriante, e sei que estou brincando com fogo, mas o perigo só aumenta minha atração. Sei muito bem como seria fácil alguém reconhecer Saint. Ou me reconhecer. No entanto, também é excitante saber que estamos à beira de fazer algo proibido.

Na verdade, esse título não seria nada ruim. *À beira do proibido*. Pego o celular e o digito no aplicativo de notas antes que o esqueça.

Quando ergo a vista, percebo uma mudança no jeito de Saint. Agora ele está mais tenso, e seus olhos se voltam à entrada. Para um casal que acaba de entrar. Eu os vislumbrei pelo canto do olho, mas não quero me virar.

— O que foi? — pergunto, a voz num tom mais baixo.

— Não foi nada — diz Saint com uma das mãos na nuca. — Alarme falso. — Ele relaxa, mas só um pouco. Depois se vira para mim. — Tenho um dilema.

— Que dilema? — pergunto.

— Estou com fome — diz ele enquanto analisa discretamente o restaurante. — Mas, antes de você chegar, o barman me falou que eles só servem comida nas mesas, no balcão, não. Porém, não sei se é uma boa ideia ficar lá numa mesa com uma mulher linda que não é minha esposa, pois pode chegar algum conhecido. — Ele para de observar o restaurante e se volta a mim. — Você acharia ruim se a gente pedisse comida para levar e comesse no carro? Não é o encontro ideal, mas…

Quero sorrir, pois ele está recriando a cena do meu livro com total perfeição. Assinto por ter entendido, pois Reya de fato entende a situação. Ela a entende tanto que talvez até preferisse cancelar logo o encontro de uma vez, pois o que estamos fazendo não é aceitável sob nenhum aspecto. No entanto, em vez de me opor, digo:

— Não, vamos.

— Talvez seja melhor você esperar lá fora — diz ele, levantando-se. — Posso pegar a comida e te encontrar no seu carro.

Também me levanto e pego minha bolsa.

— Quero um cheeseburger. Sem tomate. Com batata frita. — Tomo o restante do vinho. — Estacionei lá trás.

— Perfeito — diz ele. — Até daqui a pouco.

•

— Onde você fez direito? — pergunta ele.

A pergunta me faz rir porque sou escritora, e não advogada, mas é por isso que estamos aqui. *Para fingir*. Então entro na brincadeira.

— Harvard. Sou muito inteligente. Sou um gênio. Os cientistas querem estudar meu cérebro.

Saint ri. Estamos sentados no meu carro, e faço de tudo para comer de um jeito civilizado, mas não é nada fácil comer direto de embalagens descartáveis dentro de um carro pequeno e ao mesmo tempo tentar manter um clima entre a gente.

Descobrimos que nós dois gostamos de ketchup com sal, então Saint abriu vários sachês e pôs sal em cima do molho. Estamos mergulhando as batatas fritas nele e batendo papo como Cam e Reya. É divertido, na verdade. Nunca o vi tão descontraído.

— Onde você estudou para se tornar policial, Cam?

— Ah, você sabe — diz ele. — Na, hum... academia. Na academia de polícia.

Solto uma boa risada.

— Onde *Saint* estudou?

— No Departamento de Polícia de Los Angeles, gata.

— Talvez Cam deva começar lá também, então. Ainda não escrevi muita coisa da história dele. Me conte algo interessante — peço antes de morder uma batata frita.

— Interessante? — pergunta ele. — Estava me achando chato até agora?

— Óbvio que não — digo, rindo. — Mas... me conte algo real. E diferente.

Saint toma um gole de água. Ele insistiu para que nós dois pedíssemos água, pois assim ficaríamos sóbrios antes de voltar para nossas respectivas casas.

Ele pigarreia e põe a água no porta-copos.

— Eu tenho um irmão — começa ele, a voz mais leve, quase brincalhona. — Ele só tem um braço.

Ergo a sobrancelha, curiosa, mas cautelosa.

— Ah, é?

— É — prossegue ele. — Ele perdeu o braço no Exército cinco anos atrás. Estava protegendo um carro blindado e *bum*... perdeu o braço.

Continuo séria, sem saber se rio ou fico boquiaberta. Ele me observa, um sorrisinho se insinuando nos lábios, como se soubesse exatamente o efeito que sua história está tendo em mim.

— É verdade — diz ele. — Na época foi terrível, mas hoje ele até brinca com o que aconteceu. — Ele está com um brilho nos olhos travessos. — Ele gosta de dizer às pessoas que o braço dele saiu voando.

Não consigo me segurar. Rio do absurdo da história. Só que aí a dúvida volta. *Ele está tirando uma com a minha cara?* Isso aconteceu mesmo com o irmão de Saint ou ele está inventando? Semicerro os olhos e tento entender sua expressão.

— Pera aí. É verdade mesmo?

O rosto de Saint continua perfeitamente neutro.

— É totalmente verdade.

— Então não posso incluir isso no livro?

— Não, por favor — diz ele de imediato. — Ficaria parecido demais com a minha vida. — Ele limpa a boca e fecha sua embalagem. — Agora quem é que está se esquecendo de se manter no personagem? Estou contando histórias da vida real. Elas não são muito úteis para uma escritora que precisa de conteúdo que possa usar.

Adoro ver que ele saiu do personagem.

— Ser outra pessoa é mais difícil do que parece — digo.

Saint me observa com atenção.

— Com você, acho difícil não ser eu mesmo.

Essa frase deixa minha boca seca. Tomo um gole de água e o ajudo a pôr todo o lixo no saco. Depois que arrumamos nosso espaço no carro, ele sai, vai até uma lixeira e joga o saco lá dentro. Contudo, ao voltar ao carro, ele se aproxima do lado do motorista, onde estou sentada. Abre a porta com sua autoconfiança silenciosa e estende a mão para mim. Enquanto me levanto, ele não a solta.

Em vez disso, com um gesto vagaroso e deliberado, ele me aproxima da porta de trás do carro e nos reposiciona para que eu fique com as costas pressionadas de leve contra a porta fechada.

E então a boca se encaixa na minha. O beijo é delicado, quase reverencial, como se ele estivesse indo devagar para saborear cada segundo, como se cada toque, cada inspiração, significasse algo a mais. Não há pressa, não há joguinho. Parece que de fato somos apenas nós dois neste momento, sem interpretar nenhum papel, sem erguer nenhuma defesa.

É o tipo de beijo que faz uma pessoa se sentir vista.

Só que aí, como se tivessem apertado um interruptor, sinto-o ficar tenso. A suavidade do beijo começa a diminuir e é substituída por algo mais comedido. Suas mãos, que estavam me segurando com tanta delicadeza, congelam de repente. Eu me afasto um pouco e vejo o que é: seu olhar vai de um lado para o outro conforme ele observa a rua como se tivesse acabado de lembrar que não estamos sozinhos. Estamos ao ar livre, em público, expostos. É como se a máscara que ele deixou cair por um segundo estivesse sendo colocada de novo com rapidez.

Saint recua, agora com a postura rígida, e afasta a mão da minha cintura. O calor que estava aqui apenas alguns momentos atrás esfria e deixa para trás a dureza da realidade. Seus olhos se voltam aos meus outra vez, e há um breve pedido de desculpa escondido em algum lugar de sua expressão tensa.

— É melhor eu ir embora — diz ele, agora com a voz mais baixa e controlada. Ele se afasta para me dar espaço. — A gente se fala, Reya — acrescenta ele, quase como se não importasse, quase como se estivesse se obrigando a dizer isso antes de se afastar.

Quero pará-lo, pedir mais, pedir que fique comigo só mais um pouco, mas as palavras ficam presas à minha garganta. Vejo-o se retrair e voltar ao Saint ao qual estou acostumada. O homem que sempre parece estar fugindo de algo, mesmo quando está parado.

Pego o celular depois de pensar isso e digito a frase para o meu livro. *O homem que sempre parece estar fugindo de algo, mesmo quando está parado.*

Nove

— "O homem que sempre parece estar fugindo de algo, mesmo quando está parado" — Nora praticamente grita a frase para mim. — Petra, isso é bom! Estou tão envolvida com a história, e você só me enviou um capítulo! Quando vai ter mais?

— Já tenho mais de dez — digo. — Quarenta e seis mil palavras.

— Sério? Você escreveu 46 mil palavras?

— Sim.

— Isso é, tipo, meio livro!

— Eu sei. É o maior alívio, mas tenho medo de ficar arrogante demais e isso dar azar.

— Está contente com o que escreveu até agora? — pergunta ela. — Você não vai jogar tudo fora, começar do zero e me deixar confusa mudando o enredo inteiro, né?

Ela me conhece bem demais até.

— Até agora, é pra valer — digo. — Se quiser ler mais do que já tenho, eu envio o restante.

Estou curiosa para saber o que ela vai dizer, se conseguir arranjar tempo para ler. Não sei se estou gostando do que escrevi até o momento por causa dessa história de muso inspirador que ainda não contei à Nora ou se é só porque gosto tanto de Saint que, por causa do que sinto por ele, não estou percebendo que escrevi uma porcaria. Seria bom ter a opinião de outra pessoa.

— Lógico, envie agora mesmo enquanto estou na linha.

Meu Deus, como eu a amo. Não sei se ela está mesmo animada para ler, mas Nora sabe o quanto a animação dela aumenta minha confiança. Abro o arquivo, anexo-o a um e-mail enquanto ela espera e envio.

— O texto está ruim — digo.

— Eu sei, eu sei, está um verdadeiro lixo, e você precisa desenvolver mais a história. Eu também trabalho com isso, sabia? — Ouço-a baixar o arquivo depois que o e-mail chega. — Ainda não tem título? — pergunta ela ao se deparar com a primeira página.

Não sei qual vai ser o título do livro, então agora, como título provisório, deixei apenas as palavras "Sem Título".

— Ainda não. Mas tenho uma lista de opções.

— Tá, vou começar a ler agora. Te amo, tchau.

Nora encerra a chamada, mas a pressa dela para começar a ler tudo que escrevi até agora me entusiasma. Estava prestes a me deitar quando ela ligou, mas agora quero me deitar com o notebook.

Não sei o motivo, mas, sempre que sei que tem uma pessoa lendo um dos livros que estou escrevendo, sinto que preciso voltar ao começo e lê-lo como se eu fosse ela, sem saber onde o livro vai parar, olhando-o sob uma nova perspectiva. Gosto ainda mais de fazer isso quando é Nora quem está lendo, pois ela me manda mensagens à medida que avança na leitura.

É o que eu mais gosto na escrita: o apoio dos meus colegas de ofício.

O que eu menos gosto é o pavor que sinto quando penso que ela pode muito bem me dizer que o manuscrito não está bom. Que ainda não sei escrever um triângulo amoroso, apesar de estar correndo um risco tão grande ao participar de um.

Eu me jogo na cama com o notebook e o abro enquanto ajeito os travesseiros. Meu celular está no modo "Não perturbe" desde o encontro de mais cedo, então fico surpresa ao me deparar com o tanto de mensagens que pipocam no meu notebook assim que ele liga.

É a Mari. Você não mandou mensagem até às 23h.

Petra, são 23h03.

São 23h06, você está morta?

23h09, agora estou ficando preocupada.

Ok, tô indo atrás de você.

Deixa. Acabei de ver você passando de carro. Pelo visto você está viva.

A menos que ele esteja disfarçado de você e dirigindo seu carro.

Não acredito que esqueci de mandar mensagem para ela. Liguei para Nora assim que passei pela porta da frente e esqueci por completo da Mari. Respondo de imediato e aviso que estou deitada em segurança, então ponho o notebook no modo "Não perturbe" para com sorte conseguir produzir algo enquanto os últimos resquícios da minha conversa com Nora ainda fluem.

•

Pego no sono com o notebook aberto. Isso acontece muito. Acordo no meio da noite com o peso familiar no peito, satisfeita por saber que trabalhei até não conseguir escrever mais nenhuma linha.

Sinto a ponta fria do computador nas minhas costelas quando tento me virar para o lado, então o afasto e o ouço deslizar até o outro lado da cama por cima da colcha. A luz da tela brilha por um segundo antes que eu estenda o braço e o feche, e depois o quarto fica escuro.

Escuro *demais*.

Abro mais os olhos enquanto sinto um medo repentino de me mexer. Não sei o motivo. Não acho que algo tenha me acordado nem ouço nenhum barulho estranho.

Entretanto, é esse o problema. É quase como se estivesse silencioso demais, como se houvesse uma imensa ausência de barulho. Não ouço o ventilador de teto. Não sinto o ar circular. Não ouço o zumbido do ar-condicionado.

Fecho os olhos com força e tento me convencer a dormir de novo. *É só voltar a dormir.*

Porém, há algo errado. No começo não sei o que é, mas há uma quietude sinistra no ar. A casa está *tão* quieta que é como se o mundo exterior tivesse ficado sem som. Está *escuro demais*. Meu coração começa a acelerar. Está *silencioso demais*. Um alarme instintivo dispara no meu peito. Estou *sozinha demais*. Pisco algumas vezes para tentar me livrar da sonolência, mas minha inquietação só se intensifica.

Abro os olhos, que na mesma hora se voltam à porta do quarto. Não sei a razão. Talvez seja a sensação de que não estou sozinha, de que tem algo à espreita.

E então eu a vejo.

Uma sombra.

Ela ocupa a porta inteira, escura e imóvel, fundindo-se à escuridão do quarto, mas o contorno ainda é distinguível. A silhueta de uma pessoa. Não consigo enxergar detalhes, mas ela está ali e está me olhando. Uma onda gélida de terror se espalha por mim e aperta meu peito como um alicate de pressão.

Não pode ser real.

Por um instante, fico paralisada, incapaz de me mexer, quase sem conseguir respirar. Meu corpo congela de medo, os músculos contraídos enquanto encaro o vulto à porta. Quero gritar, mas parece um daqueles pesadelos em que você tenta pedir socorro e não consegue emitir um barulho sequer.

Sinto a garganta apertada, a voz presa bem no fundo de mim.

Instintivamente, estendo o braço para pegar o celular, os dedos tremendo na colcha, desesperada para encontrá-lo nesse breu. Meu coração bate tão forte que parece que vai explodir, sair do peito. Não consigo pensar. Não consigo me concentrar em nada que não seja a sombra, que agora está *se mexendo.*

O vulto se lança para a frente, e nessa fração de segundo meu corpo enfim reage. Sai um berro da minha garganta enquanto tento ir para o outro lado da cama. Minhas pernas se emaranham nos lençóis conforme tento me afastar, escapar.

Contudo, não sou rápida o bastante.

A mão — grande e forte — agarra meu tornozelo com uma força brutal, puxando-me para trás com tanto vigor que perco todo o senso de equilíbrio. Tento agarrar os lençóis, querendo me segurar a algo, mas não adianta. Deslizo pela cama, e meu corpo é arrastado na direção do vulto.

Meu celular escorrega dos meus dedos, bate na beirada do colchão e cai ruidosamente no chão.

Estou chorando, as lágrimas embaçam minha visão e arfo de pânico. A mão faz mais força no meu tornozelo, fria e implacável, puxando-me para a beirada da cama. Balanço a perna solta, desesperada para escapar, mas é em vão. Estou presa, sem ter o que fazer.

No fundo da minha mente surge um pensamento: *será que é Saint?*

Mas não, isso me parece pior. Parece um pesadelo do qual não consigo acordar.

Nunca senti uma adrenalina tão avassaladora no corpo.

— Pare! — grito, implorando para quem quer que seja.

Será que é o dono do chalé?

Não. Louie não teria essa força toda. Não pode ser ele.

Sinto um imenso terror, elétrico e lancinante, todos os nervos em extremo alerta. Meu coração bate com tanta violência que tenho certeza de que vai estourar. Minha respiração está rápida, ofegante de um modo irregular, de um jeito cada vez mais desesperado.

— Saint, se for você, pare, por favor. *Por favor.*

Minha súplica é inútil. Tento lembrar tudo o que aprendi na aula de defesa pessoal, as técnicas, os movimentos, as estratégias para lutar, mas não tenho tempo de pensar. De reagir. Tudo o que aprendi me parece distante, como uma recordação que não consigo acessar direito.

Mexa-se, Petra! Faça algo!

Antes que eu sequer consiga tentar, sou puxada para fora da cama com tanta força que mal consigo assimilar o que está acontecendo. Meus pés balançam muito, procurando alguma coisa, qualquer coisa, em que eu possa me prender, mas não há nada. O chão parece deslizar para longe de mim enquanto sou arrastada, o tecido áspero do carpete rala minha pele. Solto um grito forte e repleto de terror, mas ele é interrompido pela mão que tapa minha boca, silenciando-me num instante.

Por favor, seja Saint. Por favor, seja Saint.

Esse pensamento cruza minha mente como um relâmpago, e me odeio por isso. Por que estou torcendo para que seja Saint? *Por quê?* Mesmo que ele tenha levado nosso jogo longe demais e que esteja aqui, invadindo minha casa na calada da noite só para me assustar, suas ações ainda assim são pavorosas. Ainda assim são indesculpáveis.

No entanto, no fundo, sei por que quero que seja ele. É porque, se for Saint, ao menos vou saber quem é. Vou saber por que isso está acontecendo. Vou poder argumentar, talvez. Vou poder lembrá-lo dos limites, das regras implícitas que criamos para toda essa coisa confusa que está rolando entre nós dois.

E se não for ele… A alternativa é muito, muito pior.

Bato os pés no chão para tentar obter qualquer tipo de vantagem. Começo a me debater para encontrar uma saída, mas ele está se movendo rápido demais. Ele é forte demais. Sempre que penso que estou conseguindo algo, ele me segura mais forte e sou arrastada ainda mais, sem poder fazer nada contra a força que me puxa pelo chalé. Meus dedos arranham o carpete, tentando agarrar algo, mas não adianta. Não consigo detê-lo.

— Por favor — grito, palavras em vão.

Saint não seria tão violento assim comigo. Mesmo se estivesse aqui fazendo uma cena entre Cam e Reya, não desconsideraria o meu medo. Não desconsideraria a própria força.

Quem quer que seja essa pessoa, não está nem aí para mim e para o meu conforto.

O chalé está tão escuro. Mais escuro do que o normal. O tipo de escuridão que pressiona, sufoca e envolve tudo. Mal consigo enxergar o que está a um metro de distância, mas, enquanto sou arrastada pelo corredor e para dentro da cozinha, percebo uma coisa que faz minhas costas arrepiarem. Não estou vendo as luzinhas dos eletrodomésticos. Elas costumam ficar acesas no micro-ondas, no fogão, na geladeira, mas estão apagadas. Completamente.

Cortaram a luz.

Sinto uma nova onda de pânico. Perceber isso é como ser atingida por um soco na barriga. Quem quer que seja essa pessoa, não chegou aqui do nada. Ela planejou tudo. Assegurou-se de que o chalé estava completamente escuro, de que ninguém conseguiria ver ou ouvir o que estava acontecendo. Pensou em despistar os outros. *Estou sozinha.*

Começo a gritar de novo, mas a mão tapa minha boca outra vez. Ela é forte. Asfixiante.

Todas as cortinas estão fechadas, bloqueando as luzes externas. Não tem ninguém para ver, ninguém para ajudar. Sinto uma dor no abdômen quando me debato contra o braço que me segura com firmeza. Ele está imobilizando meus dois braços com apenas um braço seu, deixando-me parada, sem que eu consiga me mexer. Estou presa. Completamente à mercê dele.

De repente, a mão se afasta da minha boca, e por uma fração de segundo eu ofego, tomada pelo medo. Esta é minha oportunidade. Preciso entender o que está acontecendo, quem é ele. *Preciso saber.*

— Saint? — Minha voz sai como um sussurro trêmulo, quase inaudível em meio aos soluços de choro que ameaçam escapar. O som do meu desespero faz a humilhação se espalhar por mim, mas não consigo me conter. — Saint, por favor.

Não acredito que estou dizendo o nome dele, implorando por ele, mas preciso saber.

É ele?

Tento virar a cabeça para olhar o homem atrás de mim, vislumbrar seu rosto, mas, assim que tento me mexer, ele dá uma pancada que empurra minha cabeça para a frente.

Forte demais. Agressivo demais.

A mão agarra meu maxilar, imobilizando-me, e meu corpo inteiro vibra em descontrole sob sua força. Agora ele está tão perto, mas tão perto, que consigo sentir o calor de seu hálito na minha pele, o peso opressivo de seu corpo contra o meu. Ele aproxima a boca da minha orelha e, por um instante, paro de respirar. Congelo e espero o que quer que vá acontecer agora, torcendo — *rezando* — para que reconheça algo familiar na voz dele. Contudo, o silêncio é pior do que qualquer coisa que ele possa dizer.

Então ouço uma voz grave e horripilante:

— Fique. Parada. Porra.

Ele me empurra contra o assento de uma cadeira com violência, e o impacto faz meu corpo inteiro sacudir.

Não parece a voz de Saint.

Ofego de um modo intenso, em pânico, e o choque faz tudo parecer mais surreal. Será que é outra pessoa? Estou mesmo em perigo?

Lágrimas deslizam pelas minhas bochechas e entram na minha boca. Sinto o gosto salgado enquanto choro.

A incerteza se enrosca na minha garganta e dificulta ainda mais minha respiração. *Será que é Saint?* Como não reconheci a voz, o medo que fervilha dentro de mim só fica mais potente, mais sufocante. Meu coração está tão acelerado que temo que ele vá parar.

Tento pular para longe da cadeira, decidindo escapar de alguma forma, mas não sou rápida o suficiente. Antes mesmo que eu consiga pisar no chão, mãos agarram meus pulsos com brutalidade e me empurram para baixo outra vez. É uma força tão grande que parece que meus ossos estão sendo esmagados. Franzo o rosto de dor, mas minha boca logo é tapada com um pedaço de fita adesiva. Ela gruda de imediato, pressionando meus lábios, acabando com qualquer chance de gritar pedindo socorro. Sinto as pontas da fita repuxando minha pele, prendendo-me no silêncio.

Por favor, que seja Saint.

Não sei por que ainda quero que seja ele, pois, a essa altura, nem importa mais. Mesmo que seja Saint, estou sentindo dor, assustada e chorando. Entretanto, a ideia de que pode ser outra pessoa, uma pessoa com intenções piores, faz meu sangue congelar.

Alguém puxa meus braços para trás com tanta força que uma dor aguda e penetrante se espalha pelos ombros, braços e costas. Dou um berro, mas, assim que escapa da minha garganta, o barulho é engolido pela fita. Não consigo fazer mais nada além de produzir esse som abafado, pois minhas mãos estão bem amarradas atrás da cadeira. A textura áspera da corda irrita minha pele, ralando-a a cada movimento que faço.

Franzo o rosto, rangendo os dentes atrás da fita, tentando ignorar a dor lancinante que irradia dos meus pulsos. A corda pressiona tanto a pele que é como se estivesse me ferindo, como se eu fosse começar a sangrar a qualquer momento. *Como foi que isso aconteceu? Como cheguei aqui?* O pânico é avassalador, mas tento me concentrar, pensar em alguma coisa, *qualquer coisa*, que me ajude a sair desta.

Consigo dar alguns chutes desesperados, balançando as pernas numa última tentativa de me soltar. Meus pés batem em algo, um corpo, talvez suas pernas, mas isso não o detém. Ele solta um gemido, e por uma fração de segundo me sinto triunfante, mas dura pouco. Ele puxa meus tornozelos para baixo com uma força brutal e os prende ao chão por tempo o bastante para atá-los. Eu luto, resisto, mas não adianta de nada. Meus pés são amarrados às pernas da cadeira com tanta firmeza que mal consigo mexer os dedos sem sentir a pressão.

Lágrimas escorrem dos meus olhos, descontroladas e espontâneas. Quanto mais tempo passa, menos consigo controlar o corpo e a mente. Minha visão embaça quando as lágrimas se mesclam ao pânico, fazendo tudo parecer mais distorcido, mais caótico.

Isso é real. Está mesmo acontecendo.

Saint jamais deixaria o jogo chegar a esse ponto, digo a mim mesma, tentando sentir algum pingo de esperança. Ele não deixaria isso acontecer. Não deixaria que eu sentisse tanta dor.

Pela primeira vez desde que acordei uns minutos atrás, a ficha cai friamente: *talvez eu não saia desta viva*. Pela primeira vez, sinto de verdade que minha vida está em risco.

Meu corpo para. A adrenalina que me fez espernear e lutar apenas alguns momentos atrás começa a passar, deixando-me entorpecida e paralisada de medo. Tento conter as lágrimas, ciente de que agora elas não vão me ajudar.

Preciso me acalmar. *Preciso pensar.*

Enquanto tento me concentrar, minha respiração fica irregular e trêmula.

Pense, Petra. Pense.

Não consigo mexer as mãos, não consigo sequer dobrar os dedos sem sentir as cordas ferindo meus pulsos. Minhas pernas estão igualmente amarradas, e cada movimento faz uma dor aguda subir pelas panturrilhas. Estou completamente presa, cada centímetro do corpo imobilizado.

O que eu faço?

Ouço barulhos atrás de mim — coisas caindo no chão. É um som repentino, violento. Dou um pulo a cada estrondo, os músculos se contraindo de maneira involuntária. Tento captar todos os ruídos para entender o que ele está fazendo. Ouço gavetas sendo abertas e fechadas bruscamente, uma após a outra. Sinto pânico outra vez, mas agora ele está gélido e se infiltra nos meus ossos.

Ele está procurando algo? Uma faca?

Esse pensamento me arrepia toda, e minha mente dispara, cogitando as terríveis possibilidades. Mal consigo respirar enquanto os minutos passam devagar, repletos de barulhos caóticos.

O que ele está planejando fazer?

Quanto mais o barulho continua, mais meu coração aperta. Estou presa, impotente, sem ter como me defender nem mesmo de ver o que está acontecendo atrás de mim. Cada estrondo parece uma contagem regressiva, como o tique-taque do ponteiro dos segundos num relógio, enquanto ele se prepara para o que vai fazer. Torço para que não encontre o que quer que esteja procurando. Torço para que não esteja preparando algo bem pior.

Quando acho que não vou mais aguentar a tensão, um novo som se espalha pelo ar. A porta do chalé se abre.

Ela não se fecha.

Ouço o barulho de passos se afastando. A porta ainda está aberta, no entanto. Consigo sentir o frio, a brisa exterior entrando no chalé. Não sei se ele vai voltar. Fico ouvindo em silêncio. Sinto o vento gelado roçar minha nuca, arrepiar minhas costas. Cada rajada parece uma intrusão, uma lembrança de que ainda estou vulnerável, à mercê do que quer que vá acontecer agora.

O silêncio é sufocante aqui dentro. Não ouço nada além do leve sibilar do vento entrando pela porta e dos sons da minha respiração irregular e do meu choro abafado. Sinto um peso no peito, e cada fôlego é uma luta para não deixar a histeria falar mais alto. Sentada amarrada à cadeira, as batidas do coração ecoando nos ouvidos, por um instante parece que o tempo parou de vez.

Fecho os olhos com o máximo de força possível para tentar bloquear o mundo ao meu redor. *Por favor, que ele tenha ido embora.* Digo mentalmente as palavras como um mantra, uma súplica desesperada. Faz anos que não piso numa igreja, mas, neste momento, rezo com mais fervor do que nunca. *Deus, por favor. Eu volto. Eu compenso todos os cultos que perdi. Mas peço que ele tenha ido embora. Por favor, não deixe que ele volte.*

As orações surgem como ondas, velozes e urgentes, uma passando por cima da outra dentro da minha cabeça. Rezo para que, por algum milagre, ele já tenha ido embora. Que ele tenha saído por aquela porta e desaparecido noite adentro para nunca mais voltar. Rezo para encontrar uma maneira de me soltar, de conseguir me livrar das cordas e sair correndo.

Preciso sobreviver. Não sei há quanto tempo estou rezando. Os minutos mais parecem horas, e o terror faz cada segundo virar uma eternidade. Minha mente está acelerada, mas meu corpo continua congelado de medo.

Depois de um tempo, começo a me mexer. É um movimento pequeno, relutante, apenas uma leve sacudida nos pulsos para ver se a corda não cede um pouco. Sinto a pele arder de imediato com a fricção, mas insisto, esperando que talvez eu consiga encontrar algum jeito de me soltar.

Minhas mãos estão doloridas e meus pulsos esfolados devido aos nós apertados, mas continuo tentando. *Preciso tentar.*

Passo o que parece uma hora inteira esfregando os pulsos um no outro, afrouxando a corda aos poucos. Após certo tempo, consigo senti-la começar a ceder. Também consigo sentir minha pele em carne viva enquanto afasto a mão direita da corda. Assim que a solto, caio no choro. Desamarro a corda da outra mão e tiro a fita da boca, ofegando ruidosamente.

Em seguida, passo a tentar soltar as pernas. Como agora estou com as mãos livres, não demoro tanto. Assim que sou capaz, tento me levantar, mas caio de joelhos e mãos no chão. Ainda há tanto medo e choque circulando pelo meu corpo que sequer consigo andar até o quarto. Vou engatinhando, chorando, até alcançar o celular.

No instante em que sinto um pingo de esperança, no instante em que meus dedos apertam o primeiro número para chamar a polícia, eu os ouço.

Passos.

Meu Deus.

Meu coração, que tinha acabado de começar a desacelerar, se aperta de angústia, e o pânico retorna mais forte do que nunca. Cada músculo do meu corpo se contrai, e fico paralisada, o celular encostado no peito, enquanto os passos ficam mais altos.

Ele está voltando.

Meu corpo inteiro vibra de medo. *Não consigo. Não consigo enfrentá-lo de novo.*

Começo a engatinhar para o armário, prendendo a respiração para que ele não me ouça no quarto. Só que então, mesmo sentindo as fortes batidas do meu coração nos meus ouvidos, ouço uma voz familiar lá fora.

— Petra?

Congelo e, por um instante, não sei se ouvi direito. Só que aí ouço de novo, agora com mais nitidez:

— Petra!

É Saint.

O som de sua voz trespassa meu medo, e meu coração parece despencar até o chão. Ele diz meu nome com preocupação, com uma urgência que destoa do terror que estou sentindo. A porta do chalé se abre ainda mais, ouço-a bater na parede, e, antes mesmo que eu possa entender o que está acontecendo, Saint chega ao meu quarto, atravessa-o e se ajoelha do meu lado.

Sua presença me confunde. Não sei se devo me sentir aliviada ou ainda mais assustada.

Ele me fita e arregala os olhos ao ver o estado em que me encontro. Estou tremendo, meus olhos estão sem foco, lágrimas escorrem pelo meu rosto, e estou completamente apavorada. O rosto dele fica sério, mas agora há algo a mais em sua expressão.

Raiva?

Não. *Preocupação.*

Sem dizer nada, ele vai em disparada até a cozinha, e consigo ouvi-lo abrindo as gavetas e procurando algo freneticamente. Fico ouvindo, a mente acelerada, tentando entender o que está acontecendo. Ele entra no meu quarto, mas ainda está escuro demais para que eu consiga enxergar. Vejo de nuance o brilho da faca. Ele volta ao meu lado num instante e se ajoelha enquanto começa a cortar a corda que ainda está amarrada ao meu tornozelo esquerdo.

A corda cai no chão, e o fim repentino da pressão me faz ofegar. Meus braços e minhas pernas continuam a latejar devido ao sangue que volta a fluir até eles. No entanto, não estou aliviada. Ainda não.

Ver Saint me faz sentir uma onda de emoções, e as lágrimas que tanto tentei conter caem descontroladas. Não são mais apenas lágrimas de medo, são lágrimas de tudo.

Lágrimas de confusão, frustração, alívio e pavor, tudo ao mesmo tempo.

Saint ergue a mão e afasta o cabelo do meu rosto, mas, em vez de me sentir livre, eu me sinto mais presa do que nunca. Não consigo falar. Não consigo encontrar palavras para descrever as emoções caóticas que rodopiam em minhas entranhas. Tudo que consigo fazer é chorar, soluçando mais agora do que quando eu estava sendo arrastada pelo chalé.

Saint solta a faca ao lado dele no chão, e suas mãos pairam perto de mim, como se ele quisesse me consolar, mas não soubesse como.

— Petra — diz ele baixinho, a voz mais calma, mas não consigo responder. Nem sei se quero responder.

Minha mente está rodando. Tenho tantas perguntas, mas no momento nenhuma delas faz sentido. Tudo que sei é que ele está aqui, que voltou e que, de certa maneira, ainda não estou segura.

Não há razão para ele aparecer aqui a esta hora da noite. *Nenhuma mesmo.*

— Por favor, conte o que aconteceu — diz ele.

Foi ele quem fez isso. Eu sei que foi. Não há outra explicação.

Ninguém mais sabia onde eu estava, ninguém mais sabia como entrar aqui, como cortar a energia. Apenas um policial sabe esse tipo de coisa.

Meu corpo estremece enquanto tento afastar esse pensamento, mas ele gruda em mim com uma certeza sufocante.

Saint me levanta, mas caio em cima do seu corpo, fraca demais para fazer qualquer coisa que não seja tremer, chateada demais para bater no peito dele como eu gostaria de fazer. A ardência nos meus pulsos, causada pela fricção da corda, está intensa demais. Esfrego os pulsos um no outro instintivamente, mas a dor é tão pungente que paro. Saint põe os braços ao meu redor e diz meu nome com muita preocupação.

— Petra, está tudo bem. Eu estou aqui.

Estou surtando por ter percebido que foi *ele* quem fez tudo isso. Foi *ele* quem me fez passar por esse pesadelo.

— Pare de *fingir*! — grito.

Eu o empurro, minhas mãos batendo no seu peito. A ardência aumenta, mas ela não é nada em comparação à dor emocional que sinto se espalhar por mim. Ele tenta agarrar meus pulsos para que eu pare de bater nele, então dou um passo para trás e cubro a boca com as mãos para tentar conter os soluços de choro que escapam de mim. Sinto um aperto no peito, a respiração superficial. Agora as lágrimas chegam mais intensas, e não consigo contê-las. Nem sequer tento.

— Petra, sou eu. Saint — diz ele, a voz suave e tranquilizadora, como se pudesse consertar tudo com essas palavras. — Eu estou aqui. Você está segura.

Segura.

Essa palavra me parece oca. Vazia.

Não há nada de seguro nessa situação. Ou nele.

Sinto a corda ainda encostando no meu tornozelo, então começo a chutá-la na mesma hora, desesperada para tirá-la de perto de mim, para me livrar de todas as lembranças do que acabou de acontecer. Meus pés tremem enquanto chuto, meu corpo todo ainda treme fora de controle. A sensação de liberdade deveria me trazer alívio, mas não traz. Sinto-me presa na minha pele, presa nesse momento do qual não consigo escapar.

Saint se aproxima de mim de novo, os braços se erguendo para me abraçar, mas ver isso faz algo se arrebentar dentro de mim.

Não quero que ele encoste em mim.

Sem nem pensar, dou um empurrão nele, com força. E dou outro. E mais outro. Ele começa a dar passos para trás, mas eu o acompanho, empurrando-o sem parar para a porta. É uma reação instintiva, alimentada pela raiva, pela confusão e pelo imenso terror. Empurro-o com toda a força que consigo reunir, querendo apenas que ele saia de perto de mim. Minhas mãos tremem enquanto faço isso, e minha respiração está ofegante, irregular, mas não ligo. Não dá para acreditar que ele pensou que eu acharia isso tudo aceitável. *Como ele pôde pensar que eu queria isso?*

Não lhe dou tempo de reagir. Nem sequer o olho depois que o tiro do meu quarto. Apenas bato a porta na cara dele, e corro até o banheiro, meus pés se movendo mais depressa do que minha mente.

Bato a porta assim que entro enquanto procuro o interruptor na parede. Tento acender a luz, desesperada para que ela me reconforte, mas nada acontece. Continua o maior breu.

Quando percebo que ele de fato cortou a energia do chalé, sinto mais uma onda de pânico. Meus dedos tremem enquanto estendo a mão para abrir o chuveiro, deixando a água no mais quente possível. O barulho que ela faz ao bater no chão é a única coisa em que consigo me concentrar no momento, a única coisa que me impede de desmoronar por inteiro. Tiro a roupa com as mãos trêmulas e entro no box. Com a respiração superficial e apavorada, sinto a água quente na minha pele.

A água está quase escaldante, mas não me importo. Deixo-a bater em mim, torcendo — *rezando* — para que, de alguma maneira, ela seja capaz de levar consigo o medo, a confusão, a sensação avassaladora de traição que me consome de dentro para fora. Fecho os olhos e me encosto na parede, tentando acalmar a respiração, mas não adianta nada. Estou ofegante, a respiração cada vez mais frenética.

Isso não está acontecendo. Isso não pode estar acontecendo.

Está escuro demais.

Dez

Está claro demais.

Fecho os olhos, mas de repente o banheiro inteiro é inundado por uma luz branca e forte.

Em vez de me acalmar, isso só piora tudo. O fato de que a energia voltou, com tanta facilidade assim, só comprova uma coisa: foi *Saint* quem a cortou. Ele estava no controle o tempo todo. É por causa dele que fiquei sozinha e apavorada no escuro.

E então eu a ouço: uma leve batida na porta do banheiro.

— Petra?

A voz de Saint é abafada pela porta, mas consigo ouvir a suavidade de seu tom, a preocupação. É a mesma voz que ele sempre usou comigo, a voz que antes me fazia sentir segura. Agora, ela só me faz sentir ainda mais encurralada.

— Vá... embora — consigo dizer em meio ao choro.

Tento falar com raiva, mas não consigo. Minha voz está fraca e aguda, repleta de medo, em vez de fúria. *Era para eu estar com raiva.* E *estou*, mas no momento só consigo sentir medo.

A porta se abre com um rangido, e sinto um frio na barriga. Minhas pernas tremem tanto que mal consigo ficar de pé. Meu coração bate tão alto no peito que tenho certeza de que Saint consegue ouvir.

— Petra — diz ele baixinho enquanto entra no banheiro. Sua voz está calma, reconfortante, mas não diminui em nada a tempestade que há dentro de mim. — Petra, desculpe. Achei que...

— Achou que eu queria que você me *atacasse*? — grito, a voz falhando de nervosismo. Puxo a cortina para o lado e uso parte dela para cobrir o corpo, mas preciso olhar em seus olhos. As lágrimas continuam a escorrer pelo meu rosto enquanto o encaro com toda fúria por trás da água e do vapor. — Você enlouqueceu, porra?

Ele dá um suspiro alto e abaixa os ombros como se minhas palavras o tivessem machucado fisicamente. Contudo, não ligo. Não ligo se ele está arrependido. Não ligo se lamenta o que fez. Saint passou dos limites, nunca imaginei que ele faria isso, e não dá para voltar atrás.

Fecho a cortina do banheiro e aperto os olhos com força, tentando ignorar a confusão, o redemoinho de emoções conflitantes. Será que pensei *mesmo* que ele não passaria desse limite?

Ou será que lhe pedi para fazer isso?

Minha mente acelera à procura de alguma explicação lógica, alguma razão para Saint levar as coisas até esse ponto. Penso em cada conversa, cada olhar, cada palavra que trocamos, tentando desesperadamente compreender a situação. No entanto, por mais que eu tente, não consigo pensar em uma única justificativa.

Não. Eu não pedi isso.

Eu não pedi nada disso. Não pedi que ele invadisse o chalé na madrugada, que me apavorasse, que me amarrasse a uma cadeira. *Tudo o que fiz* foi falar do livro, contar os detalhes do meu processo de escrita. Não foi um convite para me deixar apavorada. Não foi um convite para entrar na minha vida e embaralhar tanto o limite entre ficção e realidade a ponto de eu achar que ia *morrer*, porra.

Contudo, cá estamos nós, e não consigo deixar de pensar... *será que ele achou que eu queria isso?* Será que achou que era o que eu estava pedindo? Pedindo que ele invadisse minha vida, meu espaço, meus pensamentos?

Será que o deixei confuso?

Nem sei mais o que pensar. Desde que ele entrou na minha vida, tudo tem sido tão intenso, tão tomado por emoções, que já não sei se sou capaz de entender o que realmente está acontecendo.

Eu tenho o direito de ficar com raiva dele por causa disso?

Esses pensamentos me espicaçam, afiados e cruéis. Odeio me questionar, duvidar do meu raciocínio. Entretanto, a verdade é que não sei se tenho direito de ficar com raiva.

Lá no fundo, uma parte envergonhada de mim se pergunta se não era exatamente isso que eu queria. Se, em algum canto do meu subconsciente, não desejei esse frenesi caótico e sombrio.

Será que, no meu subconsciente, eu desejava que isso acontecesse?

A pergunta faz meu corpo todo arder e deixa um rastro de culpa e confusão. Não quero acreditar que desejei isso. Não quero pensar que, de certa maneira, convidei essa insanidade à minha vida. Contudo, a dúvida está aqui, agarrada a todos os cantos da minha mente, sussurrando que talvez seja eu a culpada.

Encosto-me na parede do box e deixo a água escorrer pelo meu corpo, misturando-se às lágrimas que não param de cair. Eu me sinto tão diminuída, tão perdida no momento, dividida entre querer pôr a raiva para fora e querer encolher e sumir.

Agora meu choro está mais brando, mais resignado.

Eu cheguei a trancar a porta ontem à noite?

Esse pensamento me atinge como um soco na barriga.

Não. Não tranquei.

Eu *sei* que não tranquei.

Depois que Saint e eu nos separamos, fui consumida pela inspiração repentina e me vi tão ansiosa para passar para a página tudo o que rondava minha mente que levei meu notebook para o quarto assim que cheguei e escrevi até não conseguir manter os olhos abertos.

No entanto, já tem anos que faço retiros de escrita, e eu *nunca* me esqueci de trancar as portas de noite. Ontem, contudo... ontem eu esqueci. Eu me deixei exposta, vulnerável. E agora, parada sob esse chuveiro, estou pagando pelo meu erro.

Minhas mãos continuam a cobrir meu rosto, os dedos tremendo enquanto tento me recompor. Então ouço o barulho da cortina do box sendo puxada. Meu coração dispara, fico paralisada, apavorada demais para olhar. Não quero vê-lo. Não quero lidar com ele, não assim. Entretanto, consigo sentir sua presença.

Que raiva. *Meu Deus, que raiva.*

Estou envergonhada e humilhada devido à maneira como as coisas saíram do controle. No entanto, por trás de tudo, continuo assustada, *aterrorizada* até. Eu me sinto tão impotente, e a última coisa que quero é confrontar o homem culpado por tudo isso.

— Meu Deus, Petra. — Ouço voz de Saint, suave e cheia de remorso, em meio ao barulho da água. — Me desculpe mesmo.

As palavras pairam no ar, mas não me reconfortam como eu queria. Ele não tem o direito de se desculpar. Não depois do que fez. Não depois de passar de todos os limites. Contudo, mesmo enquanto minha mente grita com ele, mesmo enquanto digo a mim mesma que devo odiá-lo pelo que fez, meu corpo me trai.

Não consigo parar de chorar. Não consigo parar de tremer.

Mantenho as mãos na frente do rosto, sem querer que ele me veja assim, mas o sinto se aproximar. Fico atônita ao sentir a água mudar de direção e, em seguida, os braços dele me envolverem, puxando-me com delicadeza para perto. O tecido encharcado de suas roupas roça minha pele nua, e por um instante paraliso, perplexa demais para reagir. Ele entrou no chuveiro comigo, todo vestido, as roupas pesadas de água, mas está me abraçando com força como se tivesse medo de me soltar.

Não entendo por que permito. Não entendo mais *nada*.

Eu deveria afastá-lo. Deveria gritar com ele, berrar, fazer algo para que ele entenda o quanto isso tudo é *errado*. Entretanto, em vez disso, fico parada, encostada no seu peito, tremendo e com o choro abafado pelo tecido da camiseta dele. Por mais que eu me odeie por isso, por mais que eu queira esmurrá-lo e fazê-lo sentir ao menos uma fração do medo e da confusão que senti, não posso negar que neste momento… eu preciso dele.

Preciso que ele me abrace. Preciso sentir que tem alguém aqui, que alguém se importa.

Talvez isso tenha sido uma terrível falha de comunicação.

Essa ideia me consola um pouco, é algo em que posso me agarrar em meio a essa tempestade emocional.

— Quando você me falou do livro — começa Saint, a voz mais suave do que nunca —, achei que estava me pedindo para...

Balanço a cabeça depressa, interrompendo-o antes que ele possa concluir.

— Eu sei — sussurro, a voz rouca de tanto chorar. Estou exausta demais, emocionalmente drenada demais para discutir os detalhes do que aconteceu. — Eu sei — repito, porque, de certa maneira, eu sei mesmo. Eu *de fato* pedi algo, só não sabia que as coisas iam acontecer assim.

Tiro as mãos do rosto e as deixo cair ao redor dele. Eu enrosco sua cintura com os braços, puxando-o para perto, e apoio a bochecha no tecido molhado da camiseta dele. O calor de seu corpo se infiltra no meu, e por um momento permito que sua presença me reconforte. Não sei se isso me deixa mais fraca ou se é disso que estou precisando, mas não o solto. Seguro-o mais forte.

— Não sei se era isso que eu estava pedindo — admito, quase em um sussurro. — O que a gente tem feito... é confuso. Eu mal te conheço, e agora isso...

Minha voz fica mais baixa à medida que sinto o peso da situação se assentar nos meus ombros. O redemoinho de emoções, a paixão, o medo... é coisa demais. Quase não consigo reconhecer meus sentimentos, quanto mais entender o que pedi a ele.

Saint dá um leve beijo no topo da minha cabeça e depois apenas me abraça. Com calma. Com firmeza. Sem dizer nada. Existe apenas o calor de seus braços ao meu redor, o ritmo constante de sua respiração no meu cabelo, a sensação de estar ancorada depois de tanto tempo à deriva.

Passamos minutos assim, o som da água cascateando ao redor, levando embora a tensão em ondas pequenas e reconfortantes. Minhas lágrimas enfim começam a diminuir, e respiro fundo, afastando-me um pouco para vê-lo. Seus olhos estão cheios de remorso, e dá para perceber o quanto ele está arrependido, o quanto queria poder desfazer o que fez. Há uma ternura que, lá no fundo, mexe comigo.

Ele leva a mão até meu rosto e roça o polegar debaixo do meu olho com delicadeza para enxugar as manchas de rímel que devem ter se espalhado pelas bochechas depois de tanto choro. Seu toque é tão suave, tão cuidadoso, e é neste momento que percebo que ele não estava tentando me machucar. Ele nunca quis me assustar. Apenas… entendeu errado. Assim como eu.

Saint estava apenas tentando me ajudar. Tentando me fazer sentir algo que nunca senti.

— Desculpe — diz ele, a voz repleta de sinceridade. — De verdade. Naquela noite, achei que você estava detalhando o que acontece com Reya porque era sua maneira de… sei lá. De me dar instruções.

Pela primeira vez desde que o conheci, percebo que ele está envergonhado.

Assinto devagar, sentindo a tensão entre nós dois começar a diminuir e o medo suavizar.

— Tudo bem — sussurro com a voz frágil, mas confiante. — Mas… a partir de agora, antes de fazer algo, tenha certeza de que estou mesmo te pedindo para fazer. Não presuma nada.

Há um leve tremor na minha voz, um resíduo do pânico que senti mais cedo, mas falei sério.

A expressão dele suaviza ainda mais.

— Prometo. — Suas mãos continuam na minha bochecha, o polegar acariciando minha pele, como se ele estivesse tentando me tranquilizar, trazer-me para este momento. Ele observa meus olhos por um instante. — Quer que eu vá embora?

A pergunta fica no ar, e considero essa opção por uma fração de segundo. Um lado meu acha que devo pedir que ele vá embora, dizer que preciso assimilar o que acabou de acontecer e controlar minhas emoções. Contudo, não consigo proferir essas palavras. Por mais que eu estivesse morrendo de medo dele alguns minutos atrás, não foi *ele* quem me assustou. Foi o personagem que ele estava interpretando. Foi a situação que nós dois criamos, mesmo sem ser de propósito.

Não posso culpá-lo por isso. Não completamente.

Balanço a cabeça depressa por instinto.

— Não — digo com a voz suave, mas firme. — Mas será que podemos não... Hoje eu não quero fingir.

Estou cansada demais para continuar com a farsa. Não tenho energia para entrar nos papéis que estamos interpretando. Esta noite, quero apenas que tudo seja simples e real.

Saint faz que sim, e percebo compreensão nos seus olhos. Ele me puxa para o seu peito de novo, abraçando-me outra vez, e sussurra:

— Está bem. Seremos só nós dois.

Só nós dois.

Não era para eu me sentir tão bem assim ouvindo isso. Depois de tudo o que aconteceu, depois do medo, da confusão e de todos os limites os quais ultrapassamos, não era para eu achar essas palavras reconfortantes. No entanto, por algum motivo, eu acho que são. Um calor se espalha por mim, algo inesperado, mas bem-vindo. Suas palavras se infiltram em mim, amenizando minimamente minha ansiedade. Pela primeira vez desde que ele entrou no chuveiro, sinto um pouco de paz.

— Desculpe — sussurra ele de novo, e pressiona os lábios na minha testa. — Lamento de verdade.

— Eu sei — sussurro.

E sei mesmo. Sinto o remorso dele a cada toque, a cada palavra, e, por mais que eu saiba que essas coisas não apagam o que aconteceu, por ora elas bastam. E me ajudam a respirar de novo.

Começo a voltar ao momento presente. Percebo o quanto está claro aqui dentro, a água escorrendo pela minha pele sob o jato do chuveiro, e sinto cada centímetro exposto do meu corpo. Tirando alguns beijos mais intensos, nunca cheguei a ter tanta intimidade com esse homem a ponto de me sentir à vontade assim, completamente nua diante do seu olhar, ainda mais sob a luz forte desse banheiro. É uma vulnerabilidade estranha que não dá para ignorar.

Como é que vou conseguir sair deste chuveiro sem que ele fique me olhando?

Como se sentisse a mudança no clima, Saint ergue o olhar com uma delicadeza surpreendente, em perfeita sintonia com meus pensamentos. Sem dizer uma palavra, estende o braço para fora do box e pega uma toalha pendurada em um gancho próximo. O gesto é fluido, natural, como se já o tivesse repetido mil vezes em mil situações diferentes, sempre sabendo exatamente o que fazer para tranquilizar quem estivesse com ele. Ele fecha o chuveiro e coloca a toalha ao meu redor com um toque cauteloso. Não é só a toalha que me envolve como uma proteção — é também o jeito como ele me trata. Um jeito brando, não invasivo, respeitoso.

Um contraste imenso em relação a poucos minutos atrás.

Ele se inclina e beija minha testa por tempo suficiente para me tranquilizar, mas não me sufocar. Então, com a mesma delicadeza com que me envolveu na toalha, sai do box, devolvendo-me a privacidade de que preciso.

Assim que sai, ele tira a camisa encharcada e a observa, franzindo o cenho como se, de repente, não soubesse o que fazer. É um instante breve e humanizante, que me faz perceber que ele não é tão infalível quanto eu ocasionalmente acho que ele é. Nem mesmo Saint, tão controlado e seguro, sabe o que fazer com uma camisa encharcada.

Saio do box com cautela, apertando mais a toalha em volta do corpo, e pego outra para ele no armário.

— Vou botar suas roupas para secar — digo, entregando-lhe a toalha. — A única coisa que tenho que deve caber em você é a toalha.

Ele assente e abre um sorriso modesto que não chega a alcançar os olhos. Saio do banheiro, sentindo o controle voltar de modo sorrateiro ao meu peito enquanto o observo abrir a porta e me entregar as roupas molhadas. Há algo estranhamente satisfatório em saber que, por ora, ele depende de mim, que não vai poder ir embora antes que as roupas sequem. De uma maneira esquisita, isso me dá uma sensação de poder.

Quando ele enfim me entrega o amontoado de tecido molhado, levo-o à área de serviço e coloco tudo na secadora. O zunido mecânico da máquina é quase reconfortante, um contraste marcante em relação às batidas erráticas do meu coração apenas instantes atrás. *Ele não vai poder ir embora agora*, penso, e isso me traz certo alívio. Saint vai ter que passar mais tempo aqui do que das outras vezes, e, por motivos que não sei explicar direito, quero que ele fique. Mesmo depois de tudo.

Quando volto à cozinha, eu o encontro diante do fogão, a toalha amarrada na cintura, as costas largas viradas para mim enquanto ele põe a chaleira no fogo. Vê-lo assim, informal, quase doméstico, faz uma onda de calor se espalhar pelo meu corpo e apazigua ainda mais a raiva que senti.

— Quer chá? — pergunta ele, olhando-me por cima do ombro com uma expressão tranquila.

— Quero, seria ótimo — respondo, a voz mais branda do que eu esperava.

Continuo apenas de toalha, o tecido úmido por um instante faz com que eu me sinta mais exposta do que gostaria. Contudo, ver Saint — ver *essa versão* dele, vulnerável, também só de toalha, no meio da minha cozinha —, me faz sentir estranhamente à vontade. Não é como antes, quando eu sentia que precisava me esconder. Agora, tudo parece mais nivelado.

Enquanto ele cuida do chá, coloco o robe que usei na noite em que o conheci. É algo familiar, uma camada de conforto que me parece ideal para este momento. A lembrança daquela primeira noite brota na minha cabeça, como me senti exposta, como eu estava nervosa na frente dele. Entretanto, agora parece diferente. De alguma forma, a dinâmica de poder mudou. E agora que é ele quem está ali parado, seminu, com apenas uma toalha em volta do corpo, e me sinto mais... confortável. Mesmo depois do terrível mal-entendido entre nós dois, agora me sinto mais no controle. Sua posição de vulnerabilidade faz eu me livrar do medo que estava me consumindo antes.

Estranhamente, colocar qualquer outra coisa além desse robe me daria a impressão de que estou *arrumada demais*, como se o momento exigisse simplicidade. Amarro a faixa à cintura e deixo o tecido cair sobre a pele enquanto volto à cozinha. O aroma do chá começa a se espalhar, quente e convidativo, e me encosto na bancada observando o preparo da bebida.

Encontro o olhar dele, e, pela primeira vez desde aquele momento aterrorizante no chuveiro, sinto certa calma se estabelecer entre nós dois. Talvez seja por causa da intimidade tranquila da cozinha, do chiado da chaleira, ou do fato de que, pela primeira vez, não há nenhum fingimento, nenhum jogo.

Somos apenas nós dois.

Saint e Petra.

Aproveito enquanto ele prepara o chá para me reorganizar. Volto ao banheiro, olho-me no espelho e vejo que meu cabelo está um caos. Seco-o com o secador e faço um coque no alto da cabeça. Quando vou guardar o secador na gaveta, vejo um frasco de Xanax. Suspiro aliviada, abro o frasco e engulo um comprimido.

Quando saio do quarto e me junto mais uma vez a Saint na cozinha, ele está servindo duas xícaras de chá.

Saint sem camisa é exatamente como o descrevi no livro: músculos das costas bem definidos, cintura fina, pele macia e bronzeada de sol.

Porém, vou precisar mudar a descrição de seus braços. Agora que sei da força incrível que têm, percebo que o que eu escrevi não faz jus a eles. Mais cedo, lutei com tudo o que eu tinha, e Saint reagiu como se não estivesse fazendo o mínimo esforço. É reconfortante saber que ele usaria essa força para me proteger.

Saint empurra o chá para mim.

— Aqui está — diz ele, entregando-me a xícara.

Nossos dedos roçam uns nos outros quando a pego, e, durante uma fração de segundo, sinto a faísca familiar, aquela que está sempre presente entre nós dois.

— Obrigada — digo, levo a caneca aos lábios e dou um gole.

O chá está quente, quase quente demais, mas o calor se espalha por mim e acalma meus nervos cansados.

Estamos parados na cozinha, tomando nossos chás, eu, de robe, ele, de toalha. Por um instante, isso parece a coisa mais normal do mundo.

O Xanax está começando a fazer efeito, e era exatamente disso que eu estava precisando.

Saint me observa enquanto toma o chá devagar. Quero lhe fazer tantas perguntas, mas também gosto do mistério que o cerca. Tirando seu nome e sua profissão, não sei quase nada sobre ele. No entanto, se eu fizer perguntas demais, talvez as respostas destoem de todas as características que associei ao seu personagem na minha cabeça.

Saint põe o chá na bancada e então pega a minha xícara e faz o mesmo. Ele desliza as mãos pelas minhas costas até agarrar minha bunda, depois me ergue e me põe em cima da bancada ao lado do fogão.

Ele segura minha mão com delicadeza e a aproxima dele enquanto seus olhos se voltam ao meu pulso. Seus dedos encostam nas marcas vermelhas causadas pela corda, e o contraste entre elas e seu toque morno e macio me deixa toda arrepiada.

Ele ergue minha outra mão, repete o mesmo movimento e passa os polegares nas áreas sensíveis onde a corda feriu minha pele.

Há uma brandura no seu olhar enquanto examina meus pulsos, um raro momento de vulnerabilidade, e consigo sentir sua preocupação.

— Eu te machuquei? — pergunta ele baixinho, a voz grave, quase cautelosa, como se temesse minha resposta.

Balanço a cabeça, a voz firme:

— Eu estou bem.

Saint não parece convencido. Ele inclina um pouco a cabeça, franzindo a testa e semicerrando os olhos por não acreditar.

— Seja sincera — pede ele com um olhar penetrante, buscando a verdade.

— Eu estou bem — repito, desta vez com mais firmeza. Percebo que ele ainda não está convencido, então suavizo meu tom para sossegá-lo. — Eu vou ficar bem.

Abro um sorriso tranquilizador, mas ainda estou meio que tentando entender a noite. Tentando entender como o perdoei com tanta facilidade.

Acho que é porque só agora estou percebendo o que ele me deu. Tanto como leitora quanto como escritora, tendo a preferir o lado mais sombrio do suspense e do romance. Mas os fetiches de alguns leitores e escritores fazem até eu mesma ficar constrangida.

Porém, até os livros mais sombrios têm um público que os aprecia. E, apesar de nós leitores não querermos viver certas fantasias sobre as quais lemos, isso não significa que não gostamos de lê-las.

Não gostei do que Saint fez hoje. No entanto, entendo que ele estava tentando me proporcionar, de um jeito seguro, uma experiência que achava que eu tinha pedido. Tirando o fato de que fui amarrada, não cheguei a correr perigo de verdade. Ele só queria que eu achasse que estava correndo perigo.

O que é estranho é que parece que ele fez essas coisas no livro, e não na vida real. É bem mais fácil perdoar um personagem do que um amigo ou namorado, mesmo quando o personagem faz coisas bem piores. Sinto que estou lhe dando o perdão que daria a um personagem, e não a uma pessoa real da minha vida.

Essa noite inteira foi surreal, mas sinto o remorso dele e posso aceitá-lo. Posso usar os acontecimentos da noite. Com certeza vou usá-los.

Saber o que Reya sentiu naquele momento me faz compreender e respeitar de forma muito mais profunda o medo e a dor que ela carrega.

As marcas vermelhas nos meus pulsos ainda são recentes, e sinto uma leve ardência quando fecho as mãos, mas não é nada grave. Elas devem sumir daqui a um ou dois dias, sem deixar dano permanente. Já aguentei coisa bem pior em momentos mais passionais, com a mistura de prazer e dor. Ele não estava tentando me ferir. Estava seguindo um roteiro, interpretando um papel que nós dois aceitamos.

Entrando no jogo a que eu dei início.

Pelo menos… eu *acho* que o iniciei.

Um lado meu nem tem mais essa certeza, mas sei que quero ele aqui. Sei que não quero que ele pare. Quero descrever agora mesmo todas as emoções que acabei de sentir. Quero descrever o medo de Reya, a força das mãos do desconhecido, a maneira como a voz de Reya a traiu quando ela mais precisava.

Dá quase vontade de agradecer a Saint por ter me proporcionado isso.

Quase.

— Acho que você é louco — sussurro.

Saint ri baixinho.

— Bem, mas eu ainda estou aqui, então qual de nós dois é mais louco? — Ele desgruda um fio de cabelo molhado da minha bochecha. — Petra, tem certeza de que não precisa de um tempo sozinha? Eu entenderia.

— Não. Não vá embora.

Quero mais dele, mais do que quer que esteja rolando entre a gente. Mais tempo com ele. Mais atenção. Mais cuidado, especificamente.

Entretanto, acima de tudo, quero ter mais experiências com ele que me façam retomar o prazer de escrever. Não quero que o que aconteceu se repita nunca mais. Foi intenso e brutal demais, mas a experiência em si está atiçando uma curiosidade minha. Não consigo deixar de pensar em outras maneiras como ele poderia arrancar emoções de mim de um jeito que me ajude a acreditar que de fato as senti.

Agora seu olhar está mais ardente, fervilhando com algo silencioso, mas dá para perceber que ele está se contendo. Saint me fita com se estivesse se reprimindo, como se esperasse que o próximo passo viesse de mim, deixando a escolha nas minhas mãos. É diferente de antes; mais cedo, era ele quem estava guiando a cena, no controle, mas agora... agora ele o passou para mim. Sinto-o hesitar, percebendo o quanto esse momento é frágil.

Ergo a mão devagar, os dedos roçando seus lábios bem de leve. Ele ofega com suavidade perante meu toque, e sentir os lábios sob meu polegar acende um calor que vai do peito à barriga. Passo o dedo em todo o contorno de seu lábio inferior, apreciando a maciez, a boca se abrindo de modo sutil. Os olhos estão repletos de desejo, mas, ainda assim, ele continua esperando.

Eu me aproximo, sem deixar espaço algum entre nós dois, e pressiono os lábios nos dele. O beijo é vagaroso, suave, como se ele estivesse testando, sem saber até onde quero que isso vá. Ainda assim, sinto a tensão por trás de seu comedimento, o jeito como seu corpo roça de leve no meu, como se suplicasse permissão para ir além.

Decido conceder essa permissão.

Deslizo a língua para sua boca, intensificando o beijo, e ele reage na mesma hora. Os braços dele me envolvem, puxando-me para perto, mas ainda com delicadeza, com cautela, como se ele quisesse ter certeza de que eu sei que quem está no controle sou eu. O beijo fica mais ardente, mais forte, e sinto o calor entre nós dois aumentar a cada segundo.

Não há mais hesitação.

Suas mãos deslizam pelas minhas costas, os dedos pressionando minha pele, e sinto meu corpo se curvar para perto dele, ansiando pelo seu toque. O comedimento de antes sumiu, substituído por algo real e vigoroso. Não estamos mais interpretando papéis. Somos apenas nós dois, Saint e Petra, duas pessoas presas no calor de um momento do qual não queremos escapar.

Ele está entre minhas pernas, e a toalha, uma barreira frágil demais entre nós dois, deixa evidente o momento em que o sinto endurecer, quase instantaneamente.

Enrosco minhas pernas nele, e é então que ele toma de mim o controle do beijo. Saint segura minha cabeça com a mão esquerda, intensifica o beijo e me puxa para a beira da bancada com a mão direita, quase como se estivesse me segurando.

Deixo a cabeça cair para trás enquanto sua boca desce pelo meu pescoço. Fecho os olhos, zonza pelo toque dele. Dedos chegam ao nó do meu robe.

— Posso? — pergunta num sussurro.

Ergo a cabeça, olho para ele e assinto calada.

Ele fita meu peito e desamarra o robe. Eu me ergo um pouco enquanto Saint o puxa e tira. Ele o joga por cima do ombro, ofegando depressa ao me ver, depois seus dedos descem pelo centro do meu peito.

Não consigo deixar de encarar sua aliança enquanto sua mão se move para apalpar meu seio.

Será que meus seios são mais bonitos do que os da esposa dele?

Será que *eu* sou mais bonita do que a esposa dele?

Ele põe a boca no meu mamilo, e eu agarro o cabelo dele, pressionando ainda mais seus lábios no meu seio. Ele o chupa e mordisca, sem sinal algum da delicadeza que demonstrou desde que saí do chuveiro.

O lado passional de Saint fala mais alto, e de repente sua boca começa a deslizar por todo meu corpo: passa entre meus seios, vai para meu pescoço, volta à minha boca. Mal consigo notar em que parte do meu corpo ele se concentra antes que parta para a próxima.

Saint me ergue da bancada e me segura no colo, uma das mãos na minha cintura e a outra na minha bunda, a língua, mergulhada na minha boca.

Que bom que ele me leva no colo, pois acho que estou tonta demais para andar.

Ele me põe no sofá, tira a toalha e se deita em cima de mim.

— Eu preciso de camisinha? — pergunta ele.

Tomo anticoncepcional, então quanto a isso estou protegida, mas como posso garantir que ele não me transmitiria nada? Nem o conheço direito, e minha capacidade de tomar decisões não está muito boa hoje. Estou nua debaixo de um homem que me fez chorar de medo mais cedo.

Minha hesitação é a resposta que ele procurava.

— Está na minha carteira. Já volto.

Ele atravessa a sala escura, e o ouço mexer na carteira. Ouço inclusive quando ele rasga a embalagem enquanto volta para perto de mim.

Então Saint se deita de novo em mim, já de camisinha, e pressiona a boca na minha outra vez. Ele voltou tão rápido que nem consegui vê-lo direito para saber se vai doer ou não.

Nunca tive experiências sexuais como as das mulheres dos meus livros. Todo homem com quem já estive tinha um tamanho médio, então sempre fui obrigada a imaginar como seria ser comida por um homem tão grande que chega a doer.

Assim que enrosco minhas pernas nele, fica evidente que não vou mais precisar imaginar. Sinto seu comprimento intimidante roçando minha coxa.

Quando ele se reposiciona para me penetrar, estremeço. Sua boca vai e vem em cima da minha.

— Se quiser que eu pare, é só avisar, tá?

A suavidade de sua voz está acompanhada de um olhar reconfortante que me faz derreter debaixo dele.

Saint começa a pôr o restante de si dentro de mim, e fecho os olhos, saboreando cada segundo. Presto atenção à dor, ao prazer, aos barulhos que estamos fazendo. Imagino como vou descrever tudo na hora de passar para o livro.

Isso dói, mas sacia.

É sensual, mas animalesco.

Encontramos um ritmo quase que de imediato, e paro de pensar em como descrever as coisas. Só consigo prestar atenção a quanto isso tudo é gostoso. Volta e meia bate uma preocupação com o estado atual da minha moralidade, mas é fácil ignorá-la quando Saint me beija.

Eu poderia me acostumar a isso.

De verdade.

Esse pensamento me apavora enquanto meus gemidos ecoam pela casa.

Onze

O clique da porta da frente se fechando ainda está espalhado pela casa quando acordo. Na mesma hora, dou uma olhada na sala, erguendo o tronco no sofá.

Saint foi embora.

Vou até a janela da sala e, escondida atrás das cortinas, observo o carro escuro sair da frente do chalé e desaparecer mais à frente na rua. Sinto no peito uma estranha mistura de alívio com um vazio inquietante. Ele sempre vai embora.

Fico esperando. Um minuto. Dois. Sou consumida pela vontade de saber, de ver, de entender quem ele é e de onde vem. É um desejo perigoso, e sei que não devo ceder a ele, mas não consigo me conter. E, se eu ficar parada aqui até me convencer a não fazer isso, vai ser tarde demais.

Corro até o quarto, coloco o único vestido leve que trouxe, calço um chinelo e pego a chave, meu coração batendo em um ritmo frenético.

O sol está baixo, nascendo ao leste, pintando longas sombras douradas na rua. *É uma péssima ideia*, grita o lado racional do meu cérebro. *Ele vai me ver*. No entanto, o outro lado, mais insistente, o que Saint cativou desde que chegou à minha vida, me instiga para fora do chalé.

Meu carro parece um farol ofuscante quando começo a dar ré. Dirijo depressa pela rua, presumindo que ele virou à esquerda para ir ao centro. Continuo a dirigir depressa por mais um minuto, até avistar o que parece ser seu carro. Mantenho uma boa distância entre nós enquanto seguimos para tentar passar despercebida entre os poucos carros da manhã. Seguro o volante com força até os nós dos dedos ficarem brancos. Todo carro que passa provoca um pequeno ataque de pânico, e cada virada traz uma possível revelação. Só quero saber aonde ele vai, onde mora. Quem sabe não consigo vê-la por um instante: a esposa. A mulher que participa da outra parte da vida dele, da parte *real*.

Quinze minutos se passam. Ele está fazendo um caminho que não conheço, e me distancio cada vez mais do refúgio do chalé. Sinto um frio na barriga, uma mistura de expectativa e pavor, quando ele entra numa rua menor. O que será que vou ver? O que vou descobrir?

Será que vou me arrepender?

Então, assim que viro na rua, vejo as luzes do seu freio acesas, o vermelho delas contra o verde das árvores. Ele parou o carro.

Saint já está do lado de fora.

E está à minha espera.

Perco o ar. *Como foi que ele descobriu? Como foi que me viu?* Minha mente acelera em busca de alguma desculpa, algum motivo plausível para eu estar nesta rua, nesta vizinhança.

Ele está encostado do lado do motorista, de braços cruzados, olhando diretamente para o meu carro. Não dá para interpretar errado o que seu maxilar tenso e seus olhos semicerrados revelam. Sinto um aperto no peito. *Ele com certeza sabe.*

Saint move a cabeça em um pedido para que eu encoste. É um gesto rápido, mas me sinto uma criancinha pega no flagra com a mão dentro do pote de biscoitos.

Paro o carro enquanto ele começa a se aproximar. Aperto o botão para abaixar a janela, e o sibilo do vidro descendo parece alto demais no silêncio repentino.

— Saia, Petra.

A voz está baixa, autoritária. Não zangada, ainda não, mas há uma veemência inegável.

Hesito, paralisada por uma mistura intensa de vergonha e medo. Minhas bochechas ardem. Ele nota minha relutância e, com um suspiro, abre a porta do carro e estende o braço.

Antes que eu possa contestar, ele me segura. Põe um braço forte atrás das minhas costas e o outro debaixo dos meus joelhos. Ele me ergue sem esforço, como se eu não pesasse nada. A brusquidão e a intimidade inesperada me deixam sem ar. Agarro seus ombros por instinto. Meu corpo parece surpreendentemente leve, quase flutuante, enquanto ele me carrega até a frente do carro.

Com uma facilidade que causa frio na barriga, ele me põe sobre o capô, as pernas pendendo. Minhas coxas grudam no metal aquecido pelo motor.

Suas mãos se apoiam no carro, em cada lado das minhas pernas, prendendo-me entre seus braços. Ele se inclina, aproximando o rosto, os olhos tomados por uma intensidade indecifrável. O cheiro dele avassala meus sentidos.

— Acho bom você parar de se intrometer — diz ele com a voz grave, fazendo uma advertência.

Sinto o calor irradiando dele, a firmeza de seu peito tão perto do meu. Minha pulsação acelera.

— Eu… eu só… — gaguejo com a voz fina e patética.

— Você já sabe que sou casado.

Não é uma pergunta. É uma afirmação, uma lembrança, cheia de repercussões implícitas.

Abaixo o olhar, sem conseguir fitá-lo. Sou tomada pela vergonha, uma onda morna.

— Eu só queria saber mais a seu respeito — sussurro, as palavras quase inaudíveis. Até para meus ouvidos, elas parecem ocas. Uma desculpa esfarrapada que oculta algo bem mais complicado.

Ele suspira, exalando lenta e deliberadamente, e sinto os pelos das minhas têmporas se mexerem.

— Achei que a gente tinha um acordo. — Suas palavras são firmes, estabelecendo um limite no ar entre nós dois.

Olho-o nos olhos.

— Eu não ia fazer nada. Só queria ver para aonde você vai quando não está comigo. Onde você mora.

— Não é da sua conta — diz ele.

— Eu sei. Eu só…

Não consigo me expressar. Os homens quase nunca, ou talvez nunca, me deixam tão nervosa e sem palavras como Saint.

Observo seu rosto e faço a pergunta que mais me deixa curiosa:

— Eu só queria saber algumas coisas. Coisas que vão me ajudar com o meu livro.

— Tipo o quê? — responde ele com a voz inexpressiva.

— Você é feliz?

A pergunta sai antes mesmo que eu possa detê-la, uma súplica desesperada por alguma rachadura em sua fachada cuidadosamente construída.

Seu maxilar enrijece quase que de maneira imperceptível.

— Sim. — A palavra sai seca, definitiva.

Sinto um gosto amargo na boca.

— Então por que está traindo sua esposa comigo?

A acusação paira no ar.

Ele semicerra os olhos.

— Você *pediu* que eu fizesse isso.

A franqueza de sua resposta dói. É uma dose gélida de realidade. E é verdade. Eu pedi, talvez não diretamente. Entretanto, com certeza fui eu quem deu início a isso, levada por um desejo imprudente que eu sabia que não deveria sentir.

— Mas você se sente culpado? — insisto, a voz um pouco mais aguda, desesperada para encontrar uma fissura na armadura dele, um sinal de culpa, qualquer coisa.

— Essas perguntas são mesmo por causa do livro? Ou tenho que me preocupar de limites estarem sendo ultrapassados?

Seu tom é quase condescendente. Eu me sinto diminuída, insignificante, apenas mais um segredo a ser guardado entre os muitos outros que ele esconde.

— Não é justo com ela — argumento, sentindo surgir dentro de mim uma forte vontade de proteger a mulher que nem sequer conheço. — *Eu* me sinto culpada e nem sei quem é sua esposa.

Não sei o que estou fazendo nem por que estou dizendo isso. Acho que quero apenas saber o que ele está sentindo.

Ele se afasta um pouco do carro, o bastante para interromper o intenso contato físico, mas não tira os olhos de mim.

— Se é assim que você se sente, vou parar de ir à sua casa.

As palavras são proferidas sem emoção alguma, como a mera constatação de um fato, mas me atingem como um golpe físico. A ideia de ele não ir mais ao chalé, de não ocupar mais esse espaço na minha vida com sua presença, faz um pavor gélido se espalhar por mim.

Fico sem ar. Ele vê a reação dos meus olhos. Sua expressão suaviza, um momento fugaz de algo que parece compreensão, ou talvez pena. Ele se aproxima de novo, mais do que antes, e sua voz vira quase um sussurro:

— Tirando o que ela não sabe, sou um bom marido. Mas, se você estiver começando a questionar as coisas que ela não sabe que estamos fazendo, talvez seja melhor pararmos.

Ele mexe as mãos, que estavam apoiadas no carro durante a conversa. De um jeito lento, intencional. Ele as desliza do capô para o tecido fino do meu vestido e para nas minhas coxas. Sinto uma forte corrente elétrica atravessar o corpo. Minha pele se arrepia sob suas mãos. Minha respiração começa a ficar superficial, curta. Ele move os dedos de leve, acariciando a parte interna das minhas coxas. Meu corpo reage antes mesmo que a mente consiga assimilar tudo, e um calor familiar, um desejo primitivo, se espalha por mim.

— Você quer que a gente pare de fazer as coisas que minha esposa não sabe que fazemos?

Seus olhos, impetuosos e semicerrados, encontram os meus. Balanço a cabeça.

— Não. Ainda não.

Dá para ver o desejo em seu olhar, refletindo o meu. O ar entre nós dois fica pesado, carregado com uma tensão inegável. Nossa respiração fica mais ofegante, irregular, quase sincronizada.

— Se quer saber a verdade, me sinto o maior cretino — sussurra ele, a voz áspera suprimindo emoções, enquanto ele continua a me acariciar, subindo as mãos pela minha coxa.

— Talvez você seja mesmo — sussurro, minha voz rouca, quase irreconhecível.

Ainda sinto a vergonha pulsar em mim, mas ela está sendo eclipsada por outra sensação mais urgente.

— Minha esposa merece mais do que isso — diz ele, e sinto a voz vibrar na minha pele enquanto ele continua a subir as mãos pelas minhas coxas, fazendo uma dança vagarosa e inebriante.

— Petra merece mais do que isso — rebato, e as palavras surpreendem inclusive a mim mesma.

É uma faísca de rebeldia, uma discreta afirmação do meu valor, mesmo em meio a essa situação caótica e complicada.

Um sorriso sutil, quase imperceptível, insinua-se no canto dos seus lábios. Não é um sorriso bem-humorado, é mais como se ele concordasse.

— Petra. Você merece *muito* mais do que isso.

Ele desliza os dedos para dentro da minha calcinha e depois para dentro de mim.

Ofego.

A outra mão, vigorosa e confiante, abre mais minhas pernas em cima do capô. Meu vestido sobe e expõe a pele ao ar fresco, mas quase nem me dou conta. Meus sentidos estão sendo consumidos por ele, pela força inebriante de sua presença.

Ofego, e minhas costas se erguem do capô e se apoiam na sua mão. Ele se abaixa, a boca encontra a minha, silenciando qualquer contestação, qualquer barulho, com um beijo ardente.

É passional, é urgente, é tudo que eu não deveria desejar, mas que desejo com uma intensidade desesperadora. O fato de estarmos ao ar livre, no meio da rua, a vergonha que vou sentir caso um carro se aproxime, tudo isso esvaece e é substituído pelos barulhos que saem de mim.

Saint me observa, exposta em cima do carro, enquanto derreto completamente na sua frente. Seu olhar continua febril, mas, enquanto tremo na sua mão, vejo a faísca de algo novo. Algo que ele queria que fosse só fingimento.

Depois que minha respiração desacelera, Saint afasta a mão, sem jamais interromper o contato visual.

Minhas pernas latejam, e meu corpo continua a formigar. Há um redemoinho de emoções na minha cabeça. Vergonha, desejo, confusão, uma rebeldia surpreendente.

— Você vai dizer a ela que passou a noite onde?

A pergunta sai rápida, ofegante, uma tentativa desesperada de agarrar alguma parte tangível de sua outra vida, de entender a mulher que o divide comigo.

Ele dá um suspiro forte e pesado. Afasta-se do carro, abrindo um pequeno espaço entre nós dois.

— Pare de fazer perguntas sobre ela. Não gosto de pensar nela quando estou com você.

— Você gosta de pensar em mim quando está com ela? — pergunto com a voz baixa e vulnerável.

Ele desvia o olhar e encara algo mais ao longe, o maxilar contraído.

— Não. Mas penso mesmo assim. E não é bom gostar de ficar com alguém que não é minha esposa. — Sua voz está seca, mas as palavras têm um grande peso. Ele volta a me encarar com um olhar direto, inflexível. — Volte para o chalé, Petra. Não me siga. Você não ia gostar do que encontraria.

Então Saint se vira e começa a se afastar, sem olhar para trás. Ele entra no carro, liga o motor e vai embora, me deixando sozinha, exposta no capô do meu carro, o sol matinal lançando longas sombras solitárias ao meu redor.

Faço o que ele pediu. Volto ao chalé e escrevo.

Doze

Passei dois dias escrevendo.

Não tive notícia alguma de Saint desde que ele me deixou no carro dois dias atrás. Nenhuma mensagem, nenhuma visita, nenhuma surpresa. Entretanto, não achei ruim. Escrevi muito. Ainda estava zonza de medo por ter sido amarrada e também eufórica após o que ele tinha me feito sentir no capô.

Escrevi tanto que mal consegui comer. Fiquei elétrica depois do jeito que ele agarrou meus quadris no carro, depois de ter sido o maior babaca. Eu adorei. Adorei me sentir vulnerável.

É algo novo, e é surpreendente o quanto me excita.

Concentro minha energia no manuscrito e digito no teclado com uma velocidade a qual não estou acostumada.

Revivi na minha mente todos os detalhes de nós dois no sofá, vívidos e inegáveis. Antes de Cam ir embora, transamos de novo na cama. Não foi rápido nem frenético como da primeira vez. Foi mais lento, calculado, como se ele soubesse que passaríamos um tempo sem nos ver. As mãos se moviam pela minha pele como se ele a estivesse decorando, memorizando como era me tocar. O quarto estava todo escuro, e os únicos sons eram a nossa respiração, o ranger da cama e os sussurros ocasionais dele no meu ouvido.

Até agora, consigo sentir o rastro dos dedos na minha cintura, a diferença de temperatura entre nossos corpos.

Não sei o que ele disse à esposa que ia fazer ontem à noite — talvez trabalhar no turno da noite —, mas me avisou que hoje à tarde estaria de volta. Acho que é assim que essas coisas são mesmo. Momentos escondidos, mentir para quem fizemos a promessa de passar a vida juntos, tudo por causa de algo que fingimos ser irresistível. Era para eu estar me corroendo pela culpa, mas, em vez disso, sinto uma estranha mistura de expectativa e pavor rodopiando dentro de mim. Um lado meu conta as horas para encontrá-lo de novo, outro morre de medo ao pensar no que pode acontecer se essa história for mais longe.

Uma batida na porta me arranca da escrita. Olho o relógio e vejo que já passou um pouco da hora do almoço. Seria estranho Saint vir aqui a essa hora.

Talvez seja Mari.

Fecho o notebook com a expectativa de que seja Saint, e não algum dos Longsetter. Seria uma boa maneira de fugir um pouco do trabalho, faz mais de 48 horas que não o vejo. Estou começando a ficar com abstinência.

Talvez ele também esteja.

Penso em colocar uma roupa de verdade, pois estou só de camisola, mas parece trabalhoso demais, e estou cansada demais da maratona de escrita para me importar com isso.

Olho para a janela que dá para a frente do chalé à espera de ver o carro de Saint, mas paro na mesma hora.

Sinto um nó no estômago ao ver o carro que está aqui na frente. Não é o de Saint.

É o de Shephard.

Merda.

Merda, caralho, merda!

O que *ele* está fazendo aqui? Era para este ser o meu momento, o meu refúgio de escrita, para que eu desconectasse de tudo, inclusive da minha família. *Sobretudo* da minha família. Meu Deus. Ele trouxe as meninas junto?

O pânico sobe pelo meu peito como uma onda que ameaça me engolir inteira. Não dá para acreditar. Shephard nunca aparece nos meus retiros de escrita sem avisar. Temos um acordo. Esse é o meu retiro, o meu refúgio, o único lugar onde posso escapar do mundo real, onde posso me concentrar no meu trabalho e nada mais.

Agora, contudo, a bolha que construí com todo o cuidado estourou, e não faço ideia de como reconstruí-la.

Bem quando estou me virando para o quarto, a fim de garantir que não haja nenhum rastro de Saint, vejo Chloe pôr as mãozinhas em torno dos olhos e encostar o rosto na janela.

— Mamãe! — grita ela, a voz abafada pelo vidro, mas com um entusiasmo inconfundível. Ela se afasta da janela e aponta para mim toda radiante e sorridente. — Papai, estou vendo a mamãe!

Agora Shephard também olha pela janela, com uma expressão de total felicidade, como se fosse me fazer a melhor surpresa do mundo. Ele acena para mim com um sorriso que eu adoraria arrancar de seu rosto agora.

— Surpresa! — grita ele, a voz atravessando o vidro, como se esse fosse exatamente o meu desejo.

Parece que estou andando em areia movediça enquanto me aproximo da porta. Cada passo é lento e cauteloso, e tento compreender o que está acontecendo. Meu coração acelera, meus ouvidos latejam. Dou uma olhada na sala para vasculhar a área à procura de qualquer indício de que Saint esteve aqui — de qualquer coisa que revele o que tem acontecido aqui desde que saí da minha casa.

Não há nada óbvio, nada que grite *infidelidade*, mas as lembranças dele estão por toda parte. No ar, nos lençóis da cama, no cheiro dele que ainda está grudado à minha pele.

O que foi que eu fiz?

Onde eu estava com a cabeça, porra?

Talvez Saint passe aqui hoje. É *provável* que ele passe aqui hoje. A rotina durante esse caso tem sido assim: um dia intenso, uma pausa, outro dia intenso, outra pausa. Na programação de Saint, hoje é um dia intenso, o que não pode acontecer de jeito algum. Fico abalada e percebo, aflita, que preciso mandar uma mensagem para ele assim que possível pedindo que não apareça aqui hoje.

Minhas mãos tremem quando se aproximam da tranca. Hesito por um breve instante, os dedos pairando sobre a maçaneta, então enfim destranco a porta e a abro.

Chloe e Andi passam correndo pelo pai e me envolvem com seus bracinhos antes mesmo que eu possa as cumprimentar direito. Elas agarram minha camisola com as mãos pequeninas, os rostos colados em minhas pernas, e, por um instante, a culpa por tudo o que fiz me atinge com força total.

Para ser sincera, as semanas no lago costumam ser as mais difíceis do ano porque fico longe delas. Amo minhas filhas mais do que tudo, mas, ao mesmo tempo, aqui estou eu no rescaldo desses dias em que fingi que não sou mãe delas, em que fingi que não sou esposa de Shephard.

Esses retiros me permitem escrever os livros muito mais rápido para que eu tenha mais tempo com as meninas quando estou em casa, mas nunca tive uma experiência como a dessa vez. Sempre viajei para outro lugar e apenas trabalhei. Trabalhei de verdade. Nunca fiz nada terrível que pudesse destruir minha família. Destruir minhas filhas.

Ajoelho e dou um abraço ainda mais forte nelas, com firmeza, como se as manter perto de mim fosse apagar a culpa que me corrói.

— A gente veio fazer uma surpresa! — exclama Andi, o entusiasmo transbordando enquanto ela pula várias vezes nos meus braços.

Olho para Shephard com um sorriso forçado, tão genuíno quanto as circunstâncias permitem.

— Estou vendo.

Shephard nos abraça, sua presença parecendo maior agora que ele está dentro do chalé. Quando me levanto, ele me dá um beijo rápido, e os lábios roçam os meus de um jeito que me parece estranho depois de tudo o que fiz.

— Desculpe — diz ele em tom pesaroso. — Elas insistiram para eu não te contar.

— Tudo bem — digo, a voz calma, apesar do redemoinho de emoções que percorrem meu corpo inteiro. Espero que a reação seja convincente, que ele não consiga enxergar o que há por trás da máscara que estou usando. — Eu estava mesmo precisando de uma pausa.

Shephard está com duas sacolas de compras. Ele as deixa na bancada com determinação e começa a se dirigir à porta de novo antes que eu sequer consiga assimilar o que está acontecendo.

— Vamos fazer um jantar para você — explica ele por cima do ombro, um sorriso largo e genuíno. — Vou pegar o restante das compras.

Ele sai, e afasto as meninas de mim com toda a paciência que consigo ter no momento.

— Mamãe precisa tirar a camisola — comento, tentando falar com leveza enquanto as levo à cozinha. — Podem começar a guardar as compras.

Obviamente, elas são pequenas demais para saber guardar compras em uma casa que não conhecem. Andi tem quatro anos, e Chloe, cinco. Shephard e eu preferimos ter uma depois da outra, na esperança de que isso facilitasse os anos mais puxados. Agora, enquanto as observo subir nas cadeiras para alcançar a bancada, as carinhas bem concentradas tirando as coisas das sacolas, sinto uma pontada de culpa tão forte que é quase uma sensação física. Era para eu ser uma pessoa melhor. Era para eu ser uma mãe melhor, uma esposa melhor. E não estar nessa vida dupla, desfrutando de momentos roubados com um homem que não é meu marido.

Olho pela janela da cozinha e vejo Shephard buscar o restante das compras no porta-malas. Sinto um embrulho no estômago, uma mistura de pavor e urgência. Corro até o quarto e pego o celular, as mãos trêmulas enquanto abro as mensagens para Saint. Digito freneticamente, e cada palavra parece confirmar algo inevitável.

Seja lá o que você for fazer hoje, pelo amor de Deus, não venha aqui.

Jogo o celular na cama e tiro a camisola, o coração ainda em disparada, temendo pelo que aconteceria se Saint aparecesse. Só de pensar, quase perco a cabeça. Ouço a vibração da resposta enquanto coloco uma camisa pela cabeça.

Minhas mãos ainda estão trêmulas quando pego o celular e leio a mensagem.

Está tudo bem?

Hesito por um instante, o polegar pairando sobre a tela. Não quero mentir para ele, mas, por algum motivo, parece que o traí. Ele nunca me perguntou se sou casada, então ele não tem motivo para se chatear. Além do mais, também é casado. Ele vai entender. É provável que fique até aliviado.

Meu marido e minhas filhas acabaram de chegar.

Apago todas as mensagens dele e termino de me vestir. Guardo o celular no bolso traseiro para que Shephard não me veja inquieta por causa disso. Saio do quarto bem na hora em que ele chega à cozinha com o restante das compras.

Chloe vem correndo até mim com um quebra-cabeça que tirou de uma prateleira.

— Mamãe, a gente pode montar o quebra-cabeça?

— Por favor? — implora Andi.

Assinto e olho para Shephard.

— Quer montar com a gente?

Estou disposta a fazer qualquer coisa para fingir que sou uma boa esposa e uma boa mãe, e não o ser humano terrível que me tornei desde que cheguei aqui.

— Podem ir montando. Vou começar a preparar o jantar.

Shephard parece à vontade quando começa a tirar os ingredientes das sacolas. Ele parece mergulhar de cabeça na normalidade da rotina, sem ter noção do caos que eu trouxe à nossa vida.

Treze

O tilintar das panelas e o cheiro sutil reconfortante de alho se espalham pela cozinha, criando uma sensação de normalidade que destoa demais da tempestade que ameaça cair dentro de mim. Shephard está diante do fogão, de costas para mim, mexendo algo em uma frigideira reluzente e cantarolando baixinho. É um som alegre e desafinado; ele está completamente à vontade em desempenhar o papel de marido e pai dedicado. Ele prepara o jantar enquanto fico sentada à ilha da cozinha, encurvada sobre o quebra-cabeça colorido com as meninas. Andi, minha caçula, ri, os dedos pegajosos encaixando uma peça com cautela. Chloe sussurra instruções:

— Não, Andi, isso é uma asa, e não uma cauda!

Shephard está tão absorto nas próprias tarefas, fatiando com perfeição as ervas, derramando um fio de azeite, que parece não perceber o quanto estou distraída. Volto a olhar para as peças chamativas do quebra-cabeça, depois observo o relógio de parede, em seguida a janela e por fim os ombros largos dele.

Entretanto, por que ele perceberia? Faz anos que cumpro meu dever, entrando e saindo de personagens como se fossem fantasias que posso trocar a qualquer momento.

A mãe serena e dedicada. A esposa amorosa e prestativa. A palestrante que cuida dos negócios. Finjo cumprir todos esses papéis quando é preciso e, ao mesmo tempo, tento não pensar demais em tudo. Já estou acostumada — fui assim a vida inteira. Faço o que tem que ser feito em todas as áreas da minha vida, mas me sinto mais eu mesma quando minha mente está silenciosa. Hoje, porém, não parece que estou representando uma fantasia; a sensação é de que colocaram uma camisa de força em mim.

Shephard para de cantarolar. É quase imperceptível, uma rápida pausa na respiração, uma interrupção para mexer na panela. Meu olhar, que estava fixo em uma peça azul-clara, desvia para Shephard. Ele volta a mexer a comida devagar, hesitante. Inclina um pouco a cabeça e semicerra os olhos enquanto olha pela janela, uma sutil mudança no foco. Há uma pausa, um instante de hesitação que se espalha pela cozinha silenciosa, e então ele passa a prestar total atenção na frente do chalé, e seu corpo enrijece quase que de modo imperceptível.

Algo na mudança em sua linguagem corporal dispara um alarme na minha cabeça, que soa de um jeito frenético. Fico toda arrepiada. Sinto um embrulho na barriga, como se tivesse um punho cerrado nela. Contudo, não olho de imediato. Não consigo. Em vez disso, continuo a encarar as peças do quebra-cabeça diante de mim na tentativa de formar com elas uma imagem coerente, embora minha mente esteja em outro lugar, em rodopios descontrolados.

— Mamãe, achei! — exclama Chloe, e empurra uma peça amarela até meu campo de visão.

Andi assente em aprovação. As meninas estão rindo do meu lado enquanto me ajudam animadas com suas mãozinhas a montar a imagem de uma fazenda agitada, cheias de uma alegria inocente. A risadinha delas, que costuma ser um bálsamo, parece-me um eco distante no meio do zumbido repentino nos meus ouvidos.

Era para ser um momento calmo e simples em família, do tipo que digo a mim mesma que valorizo. No entanto, não estou nem um pouco calma, pois um carro acaba de parar aqui na frente, uma presença não convidada, agourenta. Minhas mãos tremem enquanto abaixo uma peça verde, sem encaixá-la direito, a visão turva enquanto meus pensamentos não param.

Digo a mim mesma que está tudo bem, que vai ficar tudo bem, que são apenas os vizinhos, uma entrega, ou... *qualquer pessoa, menos ele.*

Contudo, lá no fundo sinto um nervosismo incômodo que não consigo ignorar, uma certeza gélida, que está me corroendo desde que avisei a Saint que meu marido e minhas filhas estavam aqui. Ele não respondeu. O silêncio falou mais alto que qualquer rugido.

Estou tensa desde que enviei a mensagem, qualquer sombra me faz sobressaltar, estou à espera de tudo desmoronar, de a paz frágil que construí se estilhaçar.

É isso mesmo? Será este o fim da minha tranquila vida familiar? É agora que tudo vai ser arruinado? O cheiro de alho e do molho ao fogo, antes reconfortante, agora me parece pesado, sufocante, enjoativo.

Enfim crio coragem de ver para onde o olhar de Shephard está fixado. Sinto o pescoço rígido, resistindo ao movimento. Quando vejo o que é, fico ainda mais rígida, e cada músculo meu se contrai. Um carro preto, de janelas de vidro fumê, que reflete a tarde clara como espelhos escuros. É aquele tipo de carro que se vê em filmes, que é sinal de apuros, que pertence a homens que agem na surdina.

É o carro que segui dois dias atrás. O carro que parou e me esperou.

É o tipo de carro que ninguém quer ver estacionar na frente de casa sem aviso. Tento pensar em uma explicação, mas no fundo já sei o que está acontecendo. Sei antes mesmo de ele sair do veículo escuro. Minha intuição, aguçada e incômoda, grita o nome dele.

Shephard desliga o fogo e se afasta da bancada.

— Chegou alguém. — Sua voz está baixa, tensa, uma pergunta e uma advertência ao mesmo tempo. Ele também está percebendo. Sabe que há algo muito errado.

A porta do carro se fecha em um movimento silencioso, quase elegante. Parece que o sangue se esvai do meu corpo inteiro, drenado da cabeça, e fico tonta, zonza. Minha visão turva. O mundo parece perder o eixo, tombando de um jeito nauseante, as tábuas do piso oscilando. De repente, o ar parece denso demais, pesado demais para que eu consiga respirar, e pressiona meus pulmões. Meu coração solavanca, uma batida violenta e dolorosa. Um frio na barriga me assola, como se estivesse em queda livre. Pisco com força, uma, duas vezes, na esperança de que tenha sido apenas imaginação, de que minha mente esteja me pregando uma peça cruel, de que seja um pesadelo que sobrou de ontem à noite.

Entretanto, é real. Ele é real. *Filho da puta.*

O sol bate no contorno definido do maxilar de Saint, no brilho escuro de seu cabelo. Saint. Ele está aqui. E caminha até o chalé. Até Shephard. Até minhas filhas.

Fico sem ar, e o que resta entala na minha garganta. *O que ele está fazendo aqui?* As palavras são um sussurro desesperado, quase inaudíveis, ditas a ninguém, uma súplica contra algo impossível.

— Quem é aquele? — A pergunta me atinge como um trem de carga e transforma meus pensamentos em um turbilhão de puro pânico. A indagação em voz baixa de Shephard ecoa pelo silêncio repentino e cavernoso da cozinha, mas por dentro estou gritando. Todo pensamento racional evapora, dissolvido como fumaça; estou desesperada para encontrar uma razão que justifique a presença inacreditável dele aqui e que não envolva a verdade causticante e inegável do que fiz.

Não consigo pensar direito. Só consigo ouvir um barulho estrondoso, como ondas quebrando ao longe, e o fluxo constante do sangue latejando nas veias me impede de ouvir as risadinhas inocentes das minhas filhas que continuam a montar o quebra-cabeça na ilha.

Meu coração bate forte no peito, um passarinho frenético tentando escapar, as asas batendo num ritmo descontrolado.

— Você conhece aquela pessoa? — pergunta Shephard.

De repente fica difícil respirar, e cada inspiração é superficial, desesperada, ofegante. Sinto as paredes da cozinha austera se fecharem em torno de mim, o conforto familiar me confinando de supetão. Meu instinto grita para que eu impeça isso, que encontre uma maneira de o deter antes que tudo seja arruinado, antes que a fachada frágil da minha vida se estilhace em um milhão de cacos irreparáveis.

— Não faço ideia de quem seja — minto, a voz firme, mas com a vergonha.

Shephard começa a se dirigir à porta com passos determinados. Quero gritar com ele, impedir que ele a abra, agarrá-lo e segurá-lo, bloquear seu caminho fisicamente, mas minha voz está presa na garganta, um sussurro entalado, seco.

Desço Andi do colo com uma força quase exagerada assim que Shephard diz:

— Por que um policial viria até aqui?

Agora sua voz está mais casual, com um leve tom de confusão, como se ele estivesse um pouco perplexo com a visita inesperada, mas não assustado de verdade. Ele não sabe o que está acontecendo, não sabe que o policial lá fora não está aqui apenas para uma visita de rotina, não sabe que ele não é apenas um funcionário público amigável. Contudo, *eu* sei. Sinto uma certeza nauseante, e o pavor que se acumula no meu estômago é como um líquido frio e viscoso, quase insuportável, e tem gosto de cinzas.

Minhas pernas estão bambas como gelatina, mas me obrigo a ir até a porta com Shephard, e cada passo é um esforço monumental. Sinto cada um deles como se eu estivesse a caminho da minha execução, para o cadafalso. Olho pela janela e fico sem ar ao observar Saint dar uma volta vagarosa no carro de Shephard e o rodear como um predador. Os movimentos são cuidadosos, calculados, uma coreografia aterrorizante, como se ele estivesse sem pressa alguma e soubesse o poder absoluto e devastador que tem em mãos neste momento, alguém no controle das cordas invisíveis de marionetes.

Fico longe de Shephard, uma distância de alguns metros entre nós dois, enquanto tento aparentar alguma compostura e projetar uma imagem de calma.

A mão dele já está na maçaneta, e sua expressão ainda é de ligeira confusão. Ele abre a porta, e é como se eu literalmente conseguisse ver minha família se dissolver como um castelo de areia atingido por uma onda inesperada. Os alicerces que construímos, a vida que compartilhamos, tudo isso parece inacreditavelmente frágil, como se pudesse se estilhaçar com uma palavra errada, um olhar equivocado, uma mentira perfeitamente dita.

Quero gritar, dizer a Saint para ir embora e voltar ao lugar de onde veio, mas estou congelada. Paralisada.

Por que outro motivo Saint estaria aqui? Não há nenhuma razão plausível, nenhuma explicação que não revele a verdade de um jeito bem catastrófico e sofrido. Ele está aqui por alguma razão calculada e devastadora que vai me destruir.

Shephard sai para o alpendre, sociável e hospitaleiro, e continuo paralisada à porta, agarrada à maçaneta para me apoiar, os nós dos dedos brancos. Sinto as pernas fracas, como se eu fosse cair a qualquer momento, mas me obrigo a ficar de pé, a me manter firme, a endireitar a postura. Não posso deixar esses homens perceberem o quanto estou apavorada. Não posso deixar Shephard saber que tenho motivos para me sentir culpada, e não posso deixar Saint saber quanto poder ele tem nas mãos.

Saint dá uma olhada rápida e desdenhosa em Shephard, depois seus olhos, frios e intensos, se voltam a mim. Vejo neles uma expressão severa, indecifrável, como obsidiana polida, mas algo na mandíbula contraída, na tensão em torno da boca, causa um aperto ainda maior no meu coração e embrulha meu estômago.

A farda dele está impecável, bem passada, e ele exibe uma aparência perfeitamente profissional. O brilho do distintivo, o tecido escuro da camisa realçando a largura de seus ombros, a arma no coldre, uma presença austera e glacial.

No entanto, seus olhos... estão cravados em mim com a intensidade de raios laser e penetram até minha alma. Ele sabe muito bem o que está fazendo, como se entendesse perfeitamente o tipo de caos que está prestes a causar, as consequências negativas de seu plano meticuloso. A mandíbula tensa está contraída em uma linha rígida, e sua expressão é severa, quase ameaçadora. Não consigo respirar. Não consigo nem sequer me mexer. Sou uma estátua apavorada.

— Desculpem o incômodo — começa Saint, a voz perfeitamente modulada, um exemplo de profissionalismo cordial.

Contudo, consigo ouvir nela uma irritação sutil, quase imperceptível. Aos poucos, ele volta o olhar para Shephard, depois de passar um segundo a mais do que o necessário fixado em mim, uma silenciosa promessa de destruição.

Saint para no degrau mais baixo, e sua presença parece grande mesmo de longe, emanando um poder desconcertante.

— Estou apenas fazendo uma patrulha rotineira e percebi que você não tem uma identificação de visitante. — As palavras são casuais, quase casuais demais, ditas com uma tranquilidade que é extremamente assustadora.

Shephard inclina a cabeça, e a confusão se mostra aparente em seu rosto pela ruga de preocupação que surge entre as sobrancelhas.

— Identificação de visitante? — Sua voz está repleta de surpresa, uma perplexidade genuína. Percebo que ele está tentando entender o que está acontecendo, tentando encaixar essa interação esquisita em seu mundo previsível e confortável. Ele dá de ombros. — Faz anos que a gente vem a esse lago.

Saint faz que sim, a expressão inabalável, uma máscara perfeita e firme.

— É o novo regulamento do condado. Todos os veículos que entram e saem desta área agora precisam usar identificação de visitante. É procedimento padrão, foi implementado este mês.

Shephard solta uma rápida risada de surpresa, achando um absurdo precisar usar identificação num lago público que nem faz parte de um parque governamental. É uma risada leve e desdenhosa, como se ele estivesse tentando usar o humor para fazer pouco caso da visita esquisita.

Não consigo nem abrir um sorriso forçado. Minha boca está seca como se estivesse cheia de algodão, e minhas mãos tremem de leve quando as entrelaço na minha frente para tentar me acalmar, tentar me ancorar nesta realidade que se desestabiliza depressa.

Sei que Saint está mentindo. Todo o meu ser me diz isso aos berros. Não há qualquer exigência de identificação de visitante nesta área. Nunca houve. Faz anos que a gente vem ao lago e nunca tivemos que lidar com nada desse tipo. Ele está fazendo um jogo perigoso.

É uma mentira arriscada e incrivelmente audaciosa que faz minha mente acelerar com uma mistura nauseante de perguntas e pavor. No que Saint está pensando? Ele acha mesmo que Shephard vai acreditar nessa balela toda? E, mais importante, qual é o plano dele? Qual será seu próximo lance nesta partida de xadrez aterrorizante?

Saint não tem ideia se Shephard conhece direito as leis locais nem se presta atenção em regras da região. A esperança dele é que meu marido acredite em sua palavra, que esteja distraído demais e seja ingênuo e educado demais para questionar. E, por uma fração de segundo, uma fração apavorante e esperançosa, acho que vai dar certo. Shephard não parece estar suspeitando de nada — está apenas de testa franzida, confuso, com um ligeiro incômodo.

— Eu não sabia — responde Shephard, o tom ainda casual, mas ele continua de testa franzida e se vira para mim em busca de confirmação. Ele parece um pouco encucado, mas não há nenhuma preocupação, nenhuma suspeita, nenhuma acusação. — *Você* sabia disso, Pet?

Sinto o olhar de Saint em mim, me encarando com uma intensidade que dificulta minha respiração. Shephard me chamou pelo apelido na frente de Saint, e agora parece que estou grudada no batente da porta.

Pet.

Engulo a seco, como se qualquer palavra que eu dissesse fosse me trair, revelar a mentira frágil. Saint me encara fixamente, um olhar inabalável, e sei que isso é um teste. Ele quer ver se vou saber lidar com isso, se vou ceder sob a pressão ou entrar no jogo, se sou uma boa atriz.

Parece um momento crucial, como se eu estivesse andando sobre a lâmina de uma faca. Uma palavra errada e um olhar hesitante destruiriam tudo que eu amo.

Assinto, um movimento rígido e quase imperceptível, e me obrigo a ostentar uma expressão de leve indiferença, de compreensão, embora por dentro pedaços de mim estejam se estilhaçando. Pigarreio para tentar engolir o nó doloroso e quente que se formou na minha garganta e me esforço para manter a voz tranquila.

— Sabia — digo, a voz quase sem firmeza, como um fio delgado de som. — É uma lei nova. Eu... esqueci de te avisar.

A mentira, espessa e repugnante, pesa e gruda na língua, mas consegui falar, rezando para soar convincente, para que ele acredite, pela minha salvação.

Shephard parece aceitar minha explicação sem hesitar. Ele até dá uma risadinha e estende a mão para mim, com um sorriso tranquilo e relaxado, como se tudo isso não passasse de uma grande piada, de uma pequena inconveniência, de algo engraçado.

— Ela se esqueceu de me dizer — comenta Shephard com uma breve risada, e o som se espalha enquanto ele olha para Saint, como se quisesse acabar com o constrangimento, transformar este momento estranho e inquietante em algo normal, leve. Ele está querendo arrancar um sorriso de Saint, ter um momento de cumplicidade masculina.

Entretanto, não consegue nada disso.

A expressão de Saint permanece inalterada, uma máscara estoica. Seu olhar está cravado em mim, inabalável, intenso, sinistro e penetrante. Ele não está aqui para rir, ser sociável e educado. Está aqui para dizer o que tem a dizer. O ar entre nós parece denso, carregado com uma ameaça implícita, e não sei se ele está atuando, sendo o rei da enganação, ou se isso é algo mais sombrio.

Saint continua a me fitar, os olhos semicerrando um pouco, como se estivesse esperando eu ceder. Cada segundo que passa parece mais uma eternidade, e a tensão se estende até eu achar que não vou aguentar a pressão.

— Só vou passar uma noite aqui — argumenta Shephard, sem perceber as correntes subterrâneas, o jogo fatal bem diante de si. Ele fala com calma, ainda tentando ser simpático, sem perceber a tempestade que está se formando. — Até as oito da manhã, já vou ter ido embora. Dá pra deixar passar desta vez?

Ele está apenas tentando ser educado, resolver uma pequena inconveniência, encerrar a conversa bizarra e voltar à vida confortável e previsível que construímos juntos, sem ter a mínima ideia de que ela está por um fio.

Saint enfim olha para Shephard, a expressão ainda severa, uma máscara fixa e autoritária, mas algo muda na sua postura, a tensão nos seus ombros diminui de modo sutil. Ele assente para Shephard, um gesto profissional e seco, o maxilar contraído, um músculo se movendo sob sua pele.

— Amanhã de manhã eu passo aqui para garantir que o carro já foi embora — afirma Saint, a voz inexpressiva, mas algo em suas palavras soa como muito mais do que uma promessa. É quase como se fosse uma advertência, uma ameaça sutil por trás da formalidade fria de seu tom profissional.

Seu modo de falar faz um calafrio glacial rastejar pelas minhas costas e penetrar nos meus ossos. E eu sei, com uma certeza absoluta e aterrorizante, que ele falou tudo a sério.

Não é só por causa do carro de Shephard: é uma questão de controle. Ele quer que *eu* saiba que ele não acabou, que isso não terminou, que ainda estou ao alcance dele. Ou talvez esteja apenas expressando sua raiva por eu não ter contado que era casada. Esse pensamento deixa um gosto amargo e incômodo na minha boca.

Shephard me olha com a sobrancelha erguida, uma mistura de incredulidade e curiosidade no rosto, como se não acreditasse no que está ouvindo ou no que acaba de testemunhar. Ele não diz nada em voz alta, mas leio a mensagem por trás do seu olhar: *esse cara é louco, que situação mais estranha*. E, durante um breve momento apavorante, percebo que concordo com ele. *Talvez ele tenha razão. Talvez isso seja uma insanidade completa*. Então logo me recomponho e penso melhor.

É Saint.

Não, é Cam.

Não sei quem é.

O personagem e o muso inspirador estão se infiltrando um no outro como aquarelas numa tempestade. Neste momento, não sei se Saint está fazendo o papel de Cam, ciumento e possessivo, ou se ele passou de um limite invisível e perigoso, como se o personagem tivesse consumido o homem. Seja como for, o medo frio e pegajoso que borbulha no meu peito não quer passar e se prende às minhas costelas.

Como se o momento não pudesse piorar, vejo um monte de cachos cor de laranja e um vestido de seda se aproximar do chalé.

— É sério isso? — sussurro bem baixinho, mas Shephard me olha.

— Quem é ela?

— Oiê! — cantarola ela e acena bastante. — Estava dando uma voltinha e achei ter ouvido crianças!

— É a vizinha. A dona do chalé.

Os olhos de Saint se voltam aos meus quando Mari para perto dele.

— Ah, olá, policial. É um prazer revê-lo. — Mari desvia o olhar para Shephard. — E quem é você? — pergunta ela e estende a mão enquanto sobe a escada. — Meu nome é Mari.

— Shephard, marido da Petra.

Mari para com brusquidão. Olha para mim. Em seguida para Saint. Depois para Shephard de novo. E por fim para mim outra vez.

— Ah. Que legal.

Quero morrer.

— Já vou indo — diz Saint, provocando meu primeiro suspiro de alívio desde que Shephard chegou. Ele encosta no quepe enquanto me encara, um gesto vagaroso e calculado, sem jamais tirar os olhos penetrantes dos meus, mantendo--me presa. — Desejo aos dois uma ótima noite.

Ele fala com os lábios curvados de modo sutil, como se estivesse se divertindo com a situação toda, com o meu terror, com o fato de Shephard não suspeitar de nada.

Então ele se vira para Mari e encosta no quepe, com movimentos fluidos, sem pressa, e se dirige ao carro, calculando cada passo, como se soubesse exatamente o impacto que está causando, exatamente quanto está me abalando. Ele entra no veículo preto de maneira silenciosa, de um jeito predatório. O ar nos meus pulmões parece rarefeito, errado, mas expiro o máximo possível.

— E quem são essas duas? — pergunta Mari, e aponta para a porta, onde as meninas estão agora.

— Andi e Chloe — digo depressa. — Mari, você se incomodaria de voltar em outro momento? A gente estava prestes a jantar.

Ela me encara, sem reação. Pisca muitas vezes.

— Óbvio que não. Eu só queria me apresentar para as suas visitas. — Ela olha para Shephard. — Se precisarem de algo, é só me avisar. Moramos aqui na rua.

— Pode deixar — diz Shephard.

Assim que Mari se vira, volto para o chalé com as mãos tão trêmulas que preciso pressioná-las nas laterais do corpo para conseguir controlá-las enquanto fecho a porta depois que todos entram. O clique da tranca me parece exagerado e definitivo. Sinto as pernas bambas, como se eu fosse cair a qualquer segundo, então sigo direto para o porta-vinho, e minhas mãos trêmulas pegam a garrafa com uma urgência desesperada.

Eu me sirvo de uma taça, o vinho transbordando um pouco. Meus pensamentos estão emaranhados de uma porção de sentimentos: puro pânico, remorso causticante, a terrível sensação de que a situação está fugindo do controle com tanta rapidez que não sou capaz de acompanhar nem compreender.

Shephard se vira para o fogão e balança a cabeça com um sorriso atônito, imerso em uma ignorância feliz.

— Aquilo foi muito esquisito — comenta ele, a voz leve, como se estivesse achando graça, como se já tivesse deixado a estranha interação para trás e a guardado no arquivo de "acontecimentos bizarros" de sua mente. Então acende o fogo da frigideira de novo e mexe a comida, o cheiro de alho ressurge avassalador. Ele está de costas para mim enquanto fala, os ombros relaxados. — Por que será que eles passaram a ser tão rigorosos assim?

— Sei lá — sussurro. Minha voz está tensa, a garganta apertada, seca e áspera, mas me obrigo a responder em uma tentativa de transmitir casualidade e tranquilidade.

Shephard vem até mim e me envolve em um abraço quente e familiar. Ele me puxa para perto e beija o topo da minha cabeça, e seu cheiro limpo, reconfortante e *seguro* me acalma por um momento, embora dentro de mim ainda haja uma tempestade caótica.

— Acho que é uma coisa boa, levando em conta que você está aqui sozinha — pondera ele com a voz suave, cheia de preocupação e amor, um som protetor em seu peito.

Ele está tentando me tranquilizar, dar-me uma sensação de segurança, ser minha âncora, mas as palavras só fazem o pânico se enterrar ainda mais fundo no meu peito, como uma lâmina gélida e afiada. A ironia é uma risada amarga que entala na minha garganta. *Sozinha*. Não estou nada sozinha aqui.

Dou um sorriso tenso e forçado, meu rosto ficando com os músculos doloridos, e assinto encostada nele.

— Sim. É… reconfortante — digo, as palavras saindo ocas, vazias, sem nem uma emoção genuína. Falo com a voz mais convincente, a mesma que uso em sessões de autógrafos e entrevistas, mas cada sílaba me parece uma mentira descarada e dolorosa. Não há nada reconfortante nessa situação toda. Nem Saint chegando sem avisar, nem seu olhar glacial, nem sua mentira descarada. Nem o risco apavorante e intimidante de ver tudo o que construí, tudo o que amo, desmoronar ao meu redor como um castelo de cartas no meio de um furacão.

É perturbador. Profundamente, extremamente perturbador.

Catorze

O restante da noite foi bem menos perturbador. Não houve qualquer incidente. Consegui evitar um ataque de pânico e fingi normalidade durante todo o jantar. Mari não reapareceu, nem Saint. Até o momento.

Cada garfada do frango perfeitamente temperado de Shephard pareceu cinzas na minha boca. Sorri, assenti, perguntei às meninas como foi a semana na escola, tudo enquanto sentia que tinha acabado de ganhar o prêmio de Pior Esposa e Mãe do Século. Consigo senti-lo como uma medalha invisível e manchada pesando no meu pescoço.

A tensão intensa que senti mais cedo agora se transformou em algo mais profundo e pesado. Não tenho como me livrar dela. Fazemos tudo como numa noite normal, a louça tinindo enquanto Shephard arruma a cozinha, os gritos familiares das meninas no quarto de hóspedes, mas nada me parece normal. Tudo parece um cenário barato de filme, e eu sou a péssima atriz da noite. Tento relaxar na rotina da hora de dormir enquanto ajudo as meninas a escovar os dentes, o cheiro de menta agindo como um conforto, e as coloco em suas respectivas camas com colchas coloridas e as beijo na testa enquanto elas pegam no sono. Os aconchegos familiares da maternidade deveriam me tranquilizar e ancorar, mas isso não acontece. Eles apenas amplificam a culpa lancinante.

As meninas dormem antes das nove, juntas no quarto de visitas. Paro à porta do quarto um instante e observo o semblante sossegado e inocente delas enquanto sou acometida por uma culpa tão profunda e pesada no meu coração que ameaça me engolir inteira. Como posso conciliar o fato de que traí irrevogavelmente a vida que construí com Shephard, a vida que adoro como mãe delas, com o segredo sombrio e ilícito pulsando sob minha pele? A culpa me corrói, formando nós firmes e dolorosos no meu estômago, uma lembrança física que não me abandona. Entretanto, eu a escondo lá no fundo sob camadas de negação e vou até a sala.

Envio uma mensagem para Nora a caminho do sofá.

Shephard apareceu com as meninas aqui hoje sem avisar.

Ela responde na mesma hora:

Nãoooooo. Que babaca!

Eu me sento ao lado de Shephard no sofá e rio da resposta. Nora sabe como é ser escritora, estar num ritmo bom, e então ser interrompida inúmeras vezes por pessoas que não entendem nossa situação. É por isso que preciso sair de casa para escrever; porque minha casa é uma porta giratória. Se não é uma filha, é a outra, ou Shephard, ou minha irmã, ou minha mãe, ou um entregador. Contudo, o entregador em geral é culpa minha. Quando fico nervosa em relação ao trabalho, costumo fazer compras on-line.

Chegam *muitos* pacotes.

Shephard não me olha quando me sento no sofá e continua a fazer o que quer que esteja fazendo. Tudo parece normal quando estamos acompanhados das meninas, mas, quando somos apenas nós dois, há uma distância que não existia antes, ou talvez ela sempre tenha existido e agora esteja se transformando num grande abismo. Desde que emperrei na escrita e os problemas financeiros começaram, nós discutimos mais do que nos elogiamos. Até então, ele tinha uma vida confortável.

Agora vive estressado. O tempo todo. Quando comecei a ganhar mais, Shephard aceitou um emprego de salário menor para ter menos estresse, mas se arrependeu. Ele não disse isso com todas as letras, mas dá uma ou outra alfinetada que evidencia o fato. Eu me limito a ignorar. Sim, obviamente eu gostaria de ter um marido que entende o trauma emocional pelo qual passei, mas acho que os dois cônjuges acabam sentindo as consequências dos problemas financeiros, então entendo que ele também esteja estressado.

Shephard está do meu lado fisicamente, o calor familiar de sua perna roçando a minha através da calça jeans, mas mental e emocionalmente, estamos muito distantes, orbitamos planetas distintos. Ele está com o notebook no colo, a tela lançando um suave brilho no rosto, os dedos pressionando as teclas enquanto ele põe o trabalho em dia, paga contas, cuida das coisas rotineiras e responsáveis.

Está focado, absorto no relatório ou e-mail que está escrevendo, a testa franzida de concentração. Será que ele sente a mudança entre nós dois, o abismo se alargando, o silêncio entre a gente ficando mais profundo devido às mágoas não ditas? Ou será que de fato não percebe nada?

Shephard não faz ideia de que não é o último homem que beijei. O último homem que me viu pelada. O último homem que me penetrou. Esse pensamento se assenta no meu estômago como uma pedra fria e gelada.

A televisão está ligada, e na tela vejo cenas caóticas de algum programa do qual nem sei o nome. Tiros distantes e música dramática. No entanto, não consigo prestar atenção. Os personagens se movem e dizem coisas que mal consigo assimilar. Estou com a cabeça em outro canto.

Eu nunca tinha traído Shephard. Nunca nem tive vontade. Durante anos, nosso casamento me pareceu firme, construído sobre uma base formada pela nossa história, um companheirismo silencioso, e um amor que, embora não fosse intenso, parecia seguro e verdadeiro. Tivemos altos e baixos, é óbvio. As flutuações normais de qualquer relacionamento duradouro. Estresses financeiros, discussões a respeito da criação das meninas e o afastamento natural causado pela rotina. Contudo, nunca, *nunca* imaginei que eu seria o tipo de pessoa que teria um caso, que ultrapassaria esse limite. É o tipo de coisa que acontece com outras pessoas, em outros relacionamentos. Não no meu. Pensei que eu fosse uma pessoa melhor, mais forte, mais firme. Entretanto, cá estou eu, afogada nas consequências devastadoras das minhas escolhas. Nunca imaginei que eu faria tais escolhas. Nunca imaginei que seria capaz de fazê-las.

E foi tão fácil. Fácil *demais*. Mal pensei em Shephard naqueles momentos. Foi como se, com Saint perto de mim, quando a intensidade dele preenchia o ambiente, Shephard sumisse da minha cabeça. *Por quê?* Por que foi tão simples trair o homem que prometi amar pelo restante da vida? O homem que está a apenas alguns centímetros de mim, sem desconfiar de nada.

— Você está me ouvindo? — O tom de voz de Shephard, mais ríspido do que eu esperava, interrompe meus pensamentos. Agora ele está me olhando, o notebook fechado pela metade, uma pequena irritação no olhar.

— Hã? — Obrigo meu olhar a ir da tela ao rosto dele. — Desculpe. Estou … cansada.

A mentira é imediata, automática.

Ele suspira, um som baixo, exausto.

— Eu estava dizendo que enfim terminei nosso relatório de despesas, mas quero garantir que listei todas as contas antes de encontrar o contador. Então, se você estiver a fim, pode dar uma olhada antes de eu e as meninas irmos embora de manhã.

Seu tom é cautelosamente neutro, mas percebi uma sutil mudança no seu tom ao dizer "se você estiver a fim", um arame farpado disfarçado de preocupação.

Sinto um ressentimento já bastante conhecido. O humor dele parece variar de acordo com os altos e baixos da minha carreira. Quando meus livros saíam voando das prateleiras, quando os adiantamentos eram expressivos, ele era meu maior torcedor e, de modo mais sutil, meu agente, meu consultor financeiro, e se orgulhava do *nosso* sucesso. No entanto, com as críticas ao meu último livro, com a cultura do cancelamento arreganhando os dentes, com minha criatividade zerada há meses… está tudo diferente. O orgulho virou outra coisa. E ele se comporta como se fosse um mártir e estivesse nos salvando das minhas escolhas ruins.

É como se ele quisesse tomar meu sucesso para si, mas, no momento de fracasso, a culpa virou só minha.

— Não tenho espaço mental para os problemas financeiros, Shephard — digo, a voz mais firme do que eu queria. — Foi por isso que vim para cá, para tentar *resolvê-los*. Analisá-los com mais detalhes só vai piorar meu bloqueio criativo.

Ele ergue a sobrancelha, uma curva sarcástica nos lábios.

— Beleza. Bem, a fonte já está meio que secando, Petra, e não posso continuar torcendo para que você se sinta inspirada. Boas intenções não pagam conta nenhuma. Criar algo é o que paga.

— Pois fique sabendo que escrevi mais da metade de um livro desde que cheguei aqui. Valeu por perguntar. Eu estava num ritmo ótimo até…

Shephard põe o celular de lado.

— Até *nós* chegarmos?

Solto um suspiro.

— Combinamos que vou passar dois dias inteiros em casa no próximo fim de semana, no aniversário da Chloe. Não sei por que você achou que era boa ideia interromper mais dois dos meus dias dedicados à escrita. Isso significa que só vou escrever três dias da semana, no máximo. Isso não basta, e não é uma coisa que se liga e desliga assim.

— As meninas estavam com saudade — retruca ele, as palavras ríspidas. — Lamento se tem pessoas que te amam.

Ele se levanta e se dirige à cozinha.

— Isso não é… — Droga. Ponho as mãos no sofá, nas laterais do corpo, e solto um gemido. — Isso não é justo. A escrita é um troço estranho, e você sabe que eu trabalho melhor quando passo um tempo sozinha. Eu amo você, e amo minhas filhas, mas é como se você fosse incapaz de passar uma semana inteira sem que eu te dê tempo pra descanso. Quando é que *eu* vou ter meu descanso?

— Quantos episódios de *Love Island* você assistiu desde que chegou aqui? Não vá me dizer que você de fato passa o dia todo escrevendo. Eu fiquei trabalhando, cuidando das meninas e também tentando dar um jeito de organizar as finanças antes da reunião com o contador. Desculpe, mas não entendo como passar férias num... — Ele dá uma olhada ao redor. — Nem dá pra chamar isso de chalé. Não entendo como passar férias numa casa *incrível* pode ser uma tortura. Tudo o que pedi foi para você dar uma olhada em alguns números. Foi mal. Pode deixar que eu me viro sozinho.

Sinto o golpe intenso e preciso. Sempre terminamos falando de dinheiro, da minha carreira, do fato de que eu, por muito tempo, ganhava mais. E, agora que estou enfrentando dificuldades, o equilíbrio de tudo mudou, e ele não está sabendo lidar muito bem.

— Está insinuando que não trabalhei? — Ergo a voz, um calor defensivo ruborizando minhas bochechas. — Você faz alguma ideia do quanto é difícil escrever sob tanta pressão? Com todo o burburinho?

Ele se recosta na bancada, cruza os braços e fecha a cara.

— Pressão? Petra, você ganha dinheiro escrevendo histórias. Eu passo o dia inteiro em reuniões, lidando com planilhas e política corporativa, tentando fazer um bom trabalho para que um garoto que acabou de sair da faculdade não me substitua por metade do meu salário. Nem venha me falar de pressão. E, francamente, esse ***burburinho*** é em parte culpa sua. Você não queria mais fama, e eu tentei te avisar que, se você deixasse que fizessem uma adaptação de um dos seus livros, sua vida só iria se tornar mais estressante.

— Então agora o problema é meu sucesso? Achei que o problema fosse minha *falta* de sucesso.

— Não, o problema é que você ganhava uma boa grana e agora não está ganhando nada. Que bom que você está escrevendo, mas ver que você se irritou com nossa presença aqui me irrita um pouco. Não é um dia que vai determinar o futuro do seu livro. Você está sendo uma cuzona.

Fico de queixo caído.

Ele contrai o maxilar na mesma hora. Dá um passo para perto de mim, puxando-me para um abraço.

— Desculpe. Desculpe mesmo. Eu só... estou estressado, tá?

Em todos os nossos anos de casamento, ele nunca me xingou assim.

— Eu não disse que você *é* uma cuzona. Foi só... *cacete*. Nosso futuro financeiro não está tão tranquilo quanto na época em que você lançava um best-seller a cada seis meses. Tudo o que eu fiz foi pedir para você dar uma olhada nas despesas, e você está agindo como se eu não desse valor ao que você faz pela família. — Ele se afasta e me olha nos olhos. — Eu só preciso de uma ajudinha, Petra. Da *minha esposa*.

As palavras pairam no ar. *Minha esposa*. Um papel que estou desempenhando extremamente mal.

Shephard não está errado, não totalmente. Ele também carrega um fardo. Contudo, parece que não estou recebendo nenhum apoio porque ele é incapaz de compreender o bloqueio criativo e o desgaste emocional causado pela opinião pública. Ele sempre quer que eu seja a autora bem-sucedida e despreocupada, e não a humana complexa que acha difícil lidar com o peso de tudo.

— Eu sei — digo, a voz suavizando, a raiva diminuindo, deixando apenas exaustão. — Eu sei. É que... é difícil focar outra coisa. Minha cabeça não está nessas coisas agora. Ela está em... outras coisas.

Quase digo *Saint*, mas o nome entala na minha garganta, um segredo perigoso.

Ele apenas suspira e então me solta. A conversa chega a um beco sem saída, sem resolução, o que tem acontecido com frequência. Cada um guarda suas mágoas não discutidas e seus ressentimentos silenciosos. Ele está estressado, eu estou me sentindo culpada e sem criatividade, e a situação financeira deixa uma tensão constante no ar.

Olho para ele, para seu perfil cansado, e sou tomada pela culpa. Shephard não é um homem ruim. Ele trabalha pesado pela nossa família. Entretanto, a conexão, a química, a *compreensão* que costumava preencher essas lacunas me parecem frágeis. E eu acabo de piorar muito mais a situação.

Não sinto que sou *Petra* aqui, então fiquei abalada com a chegada dele, que trouxe minha vida real ao meu isolamento criativo.

Estas semanas de escrita são uma oportunidade para eu sair da minha pele e entrar na de outra pessoa. Às vezes, envolvo-me tanto com o que escrevo que não apenas crio a personagem; eu me *transformo* nela. É como se eu vivesse em dois mundos ao mesmo tempo: em um deles eu sou Petra e me esforço para ser uma boa mãe e uma esposa a princípio fiel; e, no outro, sou a personagem, alguém que só existe nas páginas do livro, que não precisa lidar com consequências.

Certas pessoas chamam essa técnica de *escrita de método*, e acho que posso culpá-la pelas minhas ações, pelo fato de que me envolvi demais com a história da vez. Deixei os personagens assumirem e a narrativa me consumir, e, por um tempo, parecia que eu nem estava mais no controle. Contudo, isso não justifica o que fiz. Não muda o fato irrefutável de que fiz uma escolha, de que passei de um limite e nunca vou poder voltar atrás.

Traí meu marido, o homem que acaba de se sentar no sofá de novo para ver planilhas. E tudo o que posso fazer é torcer para que ele nunca descubra. Porque, se ele descobrir, o fio tênue que está sustentando nosso casamento vai se romper.

Quando penso na possibilidade de ele saber, de Shephard me olhar com uma expressão de profunda mágoa, sinto o estômago embrulhar, uma ardência ácida e nauseante. Isso acabaria com ele. Acabaria *com a gente*, com a vida que construímos de maneira meticulosa, um tijolo sofrido após o outro.

Sempre me orgulhei do meu autocontrole, da minha capacidade de separar ficção e realidade, de andar na fronteira entre minha imaginação e minha vida. Agora, no entanto, parece-me que tudo está se mesclando, ficando indistinguível, de maneiras que nunca imaginei.

Shephard fecha o notebook com um clique suave e decisivo, um som forte e definitivo, que interrompe o silêncio pesado que se instaurou. Já se passaram minutos desde nossa discussão, minutos preenchidos pelo zunido baixinho da geladeira e do volume baixo da televisão. Ele tira o notebook do colo e o deixa no sofá ao lado dele com movimentos lentos e deliberados, como se estivesse pensando em algo profundo e importante. Sinto que ele está me observando, seus olhos fixos em mim, um peso afetuoso e familiar na pele, mas não consigo mirá-lo nos olhos. Finjo que estou vendo televisão enquanto me obrigo a ficar de olhos grudados na tela, concentrando-me nas cores berrantes, apesar de não ter a mínima ideia do que está acontecendo nesse programa ridículo, a trama é um borrão insignificante.

— Eu não esperava por isso — diz ele.

Não esperava pelo quê? Sinto um aperto no estômago, frio e vazio.

O pânico irrompe no meu peito, quente e sufocante. Por uma fração de segundo, sou tomada por uma certeza absoluta e apavorante: *ele sabe*. Shephard sabe. Acho que ele descobriu, que, de alguma maneira impossível, entendeu a verdade. Eu me viro para ele na mesma hora, a pulsação acelerada, fazendo meus ouvidos latejarem de um jeito ritmado e frenético.

— Não esperava pelo quê? — pergunto, o tom de voz mais ríspido do que eu queria, o que revela meu medo repentino e avassalador.

Ele sorri com uma expressão suave, quase triste, e seus olhos gentis, mas curiosos, penetram minha máscara.

— Que você não fosse ficar feliz com nossa presença.

Ele fala de um jeito simples, não como uma acusação, e sim como uma observação. Ele me fita com atenção, à espera da minha reação, mas é evidente que não suspeita de nada além: minha frustração criativa, minha necessidade de isolamento.

Sua ingenuidade é tanto um alívio quanto um novo tipo de dor.

Não consigo relaxar, não de verdade. Continuo a sentir um aperto no peito.

— O quê? É óbvio que estou feliz — rebato, mas até para os meus ouvidos a resposta parece forçada, falsa, uma tentativa ridícula de falar com convicção. Abro um sorriso e mexo os lábios para aparentar tranquilidade, mas sei que ele parece de mentira, meus olhos ainda estão arregalados e apavorados.

Shephard ostenta uma expressão compreensiva, mas há algo a mais nela, uma sutil melancolia.

— Você estava num ritmo bom de trabalho, e a gente te interrompeu. Era para eu ter ligado primeiro. Desculpe. É como se tivéssemos te arrancado de um sonho, Petra.

Solto uma risada rápida e amarga, incapaz de contê-la, provocando um som áspero e seco.

— Ou de um pesadelo — sussurro bem baixo, as palavras escapando antes que eu as consiga deter, uma confissão franca e descontrolada.

Olho para Shephard, à espera de que não tenha percebido a tensão na minha voz, o duplo sentido sombrio, mas ele apenas ri de novo, uma risadinha leve, sem saber de absolutamente nada.

— Você sempre se cobrou muito — diz ele e balança a cabeça, uma exasperação carinhosa na voz. — Mas dá certo. Toda vez que vem pra cá, você sai com um livro novinho em folha. É o seu lugar mágico. Eu acredito em você, e me desculpe pela grosseria. Não é justo eu chegar aqui e criar um fardo para você.

Ele tem razão.

Porém, embora as palavras que preciso ouvir estejam saindo de sua boca, no fundo ele não entende que escrevo cada livro entre sangue, suor e lágrimas e que deixo parte da minha alma nas páginas.

Para ele, esses retiros são férias, uma maneira inteligente de me revigorar e achar inspiração, de relaxar e depois, de modo muito conveniente, voltar para casa com uma história concluída, com um novo produto. Ele nunca pergunta sobre o sofrimento, só sobre a parte financeira.

Não o culpo por isso. Por que o culparia? Ele me ama e me apoia da maneira dele, e de fato entende, com seu jeito prático, que escrever não é fácil. Contudo, uma pessoa só entende *de verdade* o quanto escrever um livro é emocionalmente desgastante, algo que nos consome por completo, se ela também tiver escrito um livro, se tiver colocado seu âmago em algo tão abstrato. Não são apenas as horas de digitação; é o que vem depois de todo o sangue, o suor e as lágrimas, é ver tanta gente encontrando defeitos no que você fez e dizendo que todo o seu esforço foi em vão porque você é uma merda.

E eu sou uma merda mesmo. Sou uma pessoa de merda, por vários motivos.

Estou sentada no sofá, de pernas cruzadas, enquanto tento me concentrar no ritmo constante da minha respiração, enquanto tento acalmar as batidas frenéticas do meu coração, ao passo que o suave brilho da televisão forma sombras que piscam pela sala e pelo rosto dele.

Shephard, sem ter a mínima noção da minha agitação interna, se move com sua tranquilidade de sempre, estende a mão e segura um dos meus tornozelos, seu toque carinhoso e familiar, um gesto habitual. Ele puxa minha perna para ele com delicadeza até que eu esteja deitada, com o corpo estendido debaixo do seu, assim como já aconteceu mil vezes antes. Desta vez, entretanto, há algo diferente. Há algo que me parece errado de uma maneira profunda, irrevogável.

Enquanto ele vem para cima de mim, seu corpo pressionado ao meu de um jeito que deveria ser reconfortante e familiar, sinto uma culpa insaciável e avassaladora inundar meu peito. Este sofá está corrompido pelo que fiz com Saint, e agora Shephard está se deitando em cima de mim, exatamente na mesma posição em que Saint estava alguns dias atrás.

A lembrança de Saint — suas mãos, seus lábios, seu corpo — brota na minha mente como um pensamento intrusivo que não consigo ignorar, sobrepondo-se ao rosto de Shephard de um jeito vívido e incômodo.

Ele me beija, e sinto os lábios macios e familiares, o hálito morno, mas não consigo me entregar como deveria, como eu fazia antes. Todo segundo do beijo me parece uma traição, uma lembrança causticante do segredo que estou escondendo dele.

Uma mentira sendo pressionada contra a sua boca.

Sei que o beijo não vai demorar. Shephard é bem previsível em momentos assim. Como sempre, ele vai nos levar ao quarto antes que as coisas esquentem demais, antes que a paixão de fato pegue fogo.

Na cama, ele é gentil, metódico, cuidadoso, quase... como se fosse um ritual. É a maneira como ele sempre foi: contido e panejado. Essa rotina e a previsibilidade são reconfortantes, transmitem segurança, mas hoje me parecem sufocantes, como se eu estivesse presa a um roteiro que segui por tempo demais, a uma peça sem lembrar as minhas falas.

Acho que nunca transamos espontaneamente num sofá. É estranho se considerar que estamos juntos há um bom tempo. Nossa intimidade sempre seguiu um padrão, um ritmo que nós dois entendemos, uma dança confortável. Nunca houve muito espaço para surpresas, para uma entrega descontrolada, para espontaneidade.

Já com Saint tudo foi imprevisível, intenso, com uma espécie de energia imprudente que eu nunca havia sentido. O contraste entre os dois homens, entre as duas experiências, é surpreendente, uma mudança chocante. Não consigo deixar de compará-los na minha cabeça, apesar de saber que isso é errado, que não é justo com Shephard, com nossa história, com tudo o que construímos. Ainda assim, a comparação acontece.

— Vamos para a cama — sugere Shephard de maneira previsível, a voz suave e cheia de carinho, um convite familiar.

Ele beija minha testa antes de se afastar e deixa espaço o bastante entre nós dois para me lembrar de que é assim que sempre foi, essa distância cautelosa, controlada. Assinto, apesar de estar com a cabeça em outro lugar, ainda presa na teia de mentiras que criei.

— Tá certo — digo e abro um sorriso que não chega aos meus olhos. — Já vou. Preciso mandar alguns e-mails primeiro.

A mentira escapa com uma facilidade assustadora.

— Sem pressa. Preciso tomar um banho também. — A voz de Shephard é um sussurro afetuoso e regular, repleta de um carinho familiar e descomplicado que parece uma manta pesada ao redor dos meus ombros. Ele se levanta do sofá, alonga os braços em cima da cabeça e suspira satisfeito, um som baixo, quase um ronronar, como se não houvesse nada errado no mundo, como se a conversa inquietante com Saint mais cedo tivesse sido um mero interlúdio esquisito.

Como se tudo estivesse exatamente no lugar, perfeitamente alinhado em seu universo previsível e confortável. Sua mão roça a minha de relance quando ele passa por mim, um leve calor, e então Shephard segue pelo corredor rumo ao quarto. Os passos são firmes, ritmados, a presença emana uma sensação abstraída de bem-estar. Hoje, no entanto, ela não está me gerando tanto bem-estar. Não agora. Não depois do que fiz.

Minha pele se arrepia quando as lembranças voltam, o cheiro *dele* ainda grudado em mim como um resquício do seu perfume.

A porta do quarto se fecha com suavidade, um clique baixo e quase imperceptível que ecoa como um tiro pelo silêncio repentino e cavernoso da sala. Aguardo, a respiração presa, os ouvidos atentos, à espera de ouvir o som da porta do banheiro se fechar depois de ele entrar. Ouço um leve rangido, em seguida o barulho inconfundível do chuveiro, da água caindo ritmada, sinal de que tenho tempo, um momento precioso e roubado. Tempo de fazer o que não devo. Tempo de cair ainda mais na armadilha que armei para mim, que eu mesma criei.

Passo direto pelo notebook, esquecendo seu propósito, uma mentira boba. Deslizo pelo piso de madeira em direção à porta dos fundos, levada por uma força invisível, irresistível. Destranco a porta, e o clique faz um barulho surpreendente na casa silenciosa. Saio do chalé e fecho a porta de tela.

O ar frio da noite atinge minha pele como um tapa no rosto, súbito e intenso, e me congela até os ossos, mas ao mesmo tempo me faz acordar para a realidade traiçoeira do que estou prestes a fazer.

Pego o celular com mãos trêmulas devido ao nervoso que se espalha por todo o meu corpo. Atrapalho-me com a tela, e quase derrubo o aparelho no alpendre de madeira. Sem hesitar, quase que por instinto, disco o número de Saint, a mente acelerada, um carrossel frenético de emoções: raiva bruta, culpa lancinante e uma centelha de entusiasmo.

Ele atende no terceiro toque, uma pausa deliberada que faz meus nervos vibrarem de expectativa.

— Bem que imaginei que você ia dar notícias antes de dormir. — A voz do outro lado da linha ostenta uma casualidade ensandecedora, um tom tranquilo, quase preguiçoso, como se ele tivesse acabado de acordar de um cochilo agradável.

— O que foi aquilo, porra? — pergunto sem delicadeza. As palavras saem com o peso esmagador de tudo que estou sentindo.

— Você é casada — responde ele no mesmo tom, sua voz perdendo a leveza na mesma hora e adotando um tom frio e severo como aço temperado.

Não há mais cordialidade, apenas uma rispidez que me penetra, um contra-ataque imediato. As palavras estão repletas de acusação, cheias de julgamento, como se *ele* tivesse o direito de me condenar, como se ele não fosse o principal incentivador de todo este caos devastador, o arquiteto do meu tormento atual.

— Você também — retruco, apertando tanto o celular contra o ouvido que os nós dos meus dedos doem. Agora minha voz está baixa, um rosnado gutural quase incontrolável, um sussurro tenso e grave, como se eu estivesse no limite da minha paciência, da minha sanidade.

— Eu nunca menti a respeito disso — se defende ele, e as palavras me cortam como uma faca fria e precisa. Sua voz está inexpressiva, sem emoção, sem inflexão, como se ele estivesse dizendo um fato verdadeiro que não pode ser contestado, uma realidade inegável e inconveniente.

E a pior parte é que ele tem razão. Saint nunca mentiu sobre ser casado. Ele expôs tudo de uma forma óbvia e intransigente. Nunca fingiu ser o que não era. Fui *eu* quem escondeu coisas, quem fingiu, quem construiu uma delicada farsa em torno da própria vida. Quando percebo isso, sinto um gosto amargo e metálico na boca, uma ferida que eu mesma causei.

Olho por instinto para a janela da sala, o coração acelerado, enquanto confiro se Shephard ainda está no banheiro, ainda escondido atrás do som monótono da água corrente. Respiro fundo, acalmando-me antes de falar e encontrando um mínimo de compostura em meio ao caos.

— Tecnicamente, eu também não menti — argumento, a voz ainda mais baixa, mais controlada, repleta de uma rebeldia calculada. — Você nunca perguntou.

Há uma pausa longa e atroz do outro lado da linha, o silêncio se prolongando entre nós como um abismo vasto e escuro. Quando ele fala de novo, sua voz está mais baixa, quase um sussurro:

— Você vai transar com ele hoje?

A pergunta me atinge como um soco na barriga, um golpe brutal que tira todo o ar dos meus pulmões e me deixa ofegante, com dificuldade para respirar. Minha garganta aperta e se contrai de repente, mas sinto um frio na barriga de excitação.

— Cacete, Saint. Ele é meu marido. O que você acha?

Como ele se atreve a perguntar isso? Como ele se atreve a me fazer *responder*?

— Então a resposta é não? — Sua voz volta a ficar travessa um instante, com um leve tom zombeteiro que é alucinante. É como se ele estivesse me testando, vendo até onde pode ir, o quanto consegue me abalar.

Saint não está nada zangado. Não. Para ele, isso faz parte do jogo, é uma atuação meticulosamente calculada. Ele está curtindo isso, curtindo meu sofrimento e minha confusão.

E então, com um discernimento repentino e glacial que atravessa a névoa da minha raiva, percebo o que ele está fazendo. Percebo por que ele veio aqui hoje para conhecer Shephard. Percebo por que ele fez o papel do policial severo e inflexível. Saint está sendo exatamente como eu queria que Cam fosse. Controlador, possessivo, ciumento. Ele está interpretando o papel que criei para ele na história de Reya, o papel de Cam, o amante obsessivo e perigoso.

Neste momento, consumida por uma mistura confusa e apavorante de puro terror e fascínio, eu o odeio por isso. E o amo por isso.

Odeio que ele me compreenda, que saiba exatamente como me abalar, que esteja me puxando para dentro da ficção de um jeito tão implacável que a torna assustadoramente real. Ele não está apenas interpretando um papel; está usando meus desejos contra mim.

Saint apareceu aqui no chalé hoje apenas para testar os limites da minha experiência. Ele queria que eu soubesse como era ter medo de que meu caso fosse descoberto, mas ele nunca quis que Shephard *de fato* descobrisse.

— Você está me deixando alucinada — sussurro. — Eu não imaginava que você fosse levar as coisas até esse ponto.

Quase consigo ouvir o sorriso por trás de suas palavras.

— Quer que eu pare?

Penso na pergunta por um instante. Penso em Shephard. Penso no que ele sentiria se descobrisse o que fiz. O que *estou fazendo*.

— É só me avisar, Petra. Se é disso que você precisa, nunca mais nos vemos de novo.

Sinto um nó na garganta.

— Não — sussurro. — Não quero que você pare.

— Ótimo — diz Saint. — Mas se a gente for continuar fazendo isso, quero que me faça um favor.

Fecho os olhos e sussurro:

— O quê?

— Quando estiver transando com o seu marido hoje, fique por cima e finja que está transando comigo.

Ele desliga, e eu fico boquiaberta. Afasto o celular do ouvido e o encaro. Então dou uma rápida conferida na janela de novo, sem querer que Shephard veja a expressão no meu rosto neste momento.

Que descaramento.

Que falta de respeito.

Eu gostei.

Não consigo ignorar o fogo dentro de mim. Ouvi-lo dizer essas coisas, exatamente o que Cam diria a Reya, me faz ter vontade de ir direto para o notebook escrever outra cena.

Entretanto, também me deixa com vontade de ir para a cama com Shephard e fazer o que Saint disse. Por mais que eu tente, simplesmente não dá para tirar Saint da cabeça.

Quinze

Tranquei as portas depois da ligação com uma série de cliques ruidosos e frenéticos, como se para impedi-lo fisicamente de entrar, para erguer um escudo impenetrável. Então apaguei todas as luzes da sala e da cozinha, deixando o ambiente no mais completo breu, querendo apagar os rastros de sua presença e me tornar invisível.

A casa enfim está silenciosa quando me deito na cama à espera de Shephard.

Sua rotina noturna é tão familiar e previsível quanto o nascer do sol: um banho longo e eficiente, os dentes escovados com vigor, uma última conferida obrigatória no e-mail do trabalho, um tempinho rolando a tela do celular antes de se deitar. Ouço o chuveiro ser desligado, o barulho da água cessar, e depois os passos suaves enquanto ele anda sobre os azulejos gelados do banheiro.

Sinto o frescor da colcha na minha pele, e, enquanto a puxo para cima de mim, Shephard sai do banheiro com uma toalha amarrada na cintura. Ele põe o celular no carregador da mesa de cabeceira com um clique suave e puxa a colcha do seu lado. Não dizemos nada, as palavras não ditas pairam no ar, e nós sabemos o que vai acontecer.

Fazemos nossa rotina matrimonial de relaxar um pouco no celular, cada um em seu respectivo lado da cama, separados por uma barreira tecnológica invisível. Ele costuma me mostrar um vídeo no TikTok que acha engraçado, algo bobo que me faz dar uma risadinha educada. Em seguida, mostro um meme que vi e me obrigo a sorrir. Então, depois de um tempo, ele costuma estender a mão, pegar meu celular e o largar na cama, um sinal sutil de que a noite continuará previsível. Em seguida me puxa para perto. Nós transamos. Ele põe os fones de ouvido e dorme na mesma hora.

Sinto a presença de Shephard do meu lado, o calor de sua perna roçar a minha debaixo da colcha. Era para ser uma sensação íntima que nos aproxima, mas parece algo mecânico, uma proximidade calculada. Estamos apenas seguindo a rotina de todas as outras noites. Uma dança conhecida e silenciosa formada por hábitos e suposições.

Depois de um tempo, Shephard faz o que sempre faz. Estende a mão, firme e familiar, tira o celular de mim e o solta na cama, sua maneira de me mostrar que o momento de relaxar no celular acabou e que a verdadeira intimidade está prestes a começar. Ele me puxa para perto, o corpo quente no meu, os lábios roçando a pele sensível do meu pescoço. Fecho os olhos em uma tentativa de relaxar a todo custo, de me entregar ao que estou acostumada, mas meus pensamentos se afastam teimosos, se recusando a obedecer.

Shephard costuma começar com beijos. Suaves, exploratórios. Depois costuma me tocar, suas mãos traçando percursos familiares. Em seguida, ele se deita sobre mim e me penetra. É previsível, um caminho já bem conhecido. Sempre temi que o fosse, mas Saint e sua intensidade bruta e indomada comprovaram isso e confirmaram uma verdade desagradável.

Eu amo Shephard. Sempre o amei. Ele é minha rocha firme, minha âncora silenciosa. Entretanto, às vezes, nos últimos tempos, tudo tem sido muito... *entediante*. A palavra ecoa pela minha cabeça, uma confissão vergonhosa e incriminatória.

Penso espontaneamente em Saint: em suas mãos, sua boca, o jeito intenso e determinado como ele domina o espaço, o jeito como ele simplesmente *toma* o que quer. Não era para eu estar pensando nele agora, não aqui, não com Shephard, mas não consigo evitar. Quanto mais tento ignorá-lo, tirar a imagem dele da minha cabeça, mais as lembranças se tornam vívidas, nítidas e insistentes. Sinto nos lábios o resquício de seu gosto quente e metálico, apesar de ele sequer estar aqui.

Eu me lembro das palavras de Saint mais cedo, o sussurro provocador que ainda vibra nos meus ouvidos. "Fique por cima e finja que está transando comigo." Foi uma ordem tão nítida, tão precisa, de uma audácia tão irresistível.

Espero alguns minutos, parando por um instante para criar coragem, para esfriar a cabeça. Então, devagar, de modo intencional, faço Shephard se deitar de costas, seu corpo se mexendo debaixo do meu enquanto ele solta um gemido de surpresa. Eu monto nele com um movimento habitual, e, quando o ponho dentro de mim, ele geme de novo, um som grave e satisfeito. Shephard agarra minhas coxas com as mãos fortes e possessivas, e começo a subir e descer em um ritmo lento e deliberado. Inclino a cabeça para trás e fecho os olhos enquanto imagino o teto do chalé e depois o rosto de Saint, e então faço de conta, com uma intensidade desesperada e vergonhosa, que não é Shephard sob mim, e sim ele.

Minha mente acelera enquanto penso em tudo o que Saint disse, em cada palavra provocadora. Sei que eu não deveria fazer isso, mas sigo suas instruções, seu desafio silencioso, e sinto a excitação em todo o meu corpo, despertando cada terminação nervosa.

Shephard não faz ideia. Ele acha que é por causa dele. Acha que somos *nós*.

Depois que Shephard coloca a mão no meio das minhas pernas e faz uma pressão morna e familiar em mim, ele começa a me esfregar. A intensidade aumenta devagar, e finjo que é a mão de Saint que me faz chegar cada vez mais perto do clímax. Eu me esfrego nele, acompanhando seu ritmo, fazendo mais força, acelerando, e, quando estou prestes a gozar, quando o prazer fica insuportável demais, abro os olhos.

Eu arquejo na mesma hora, um som rápido, e sinto toda a cor se esvair do meu rosto, sendo drenada, deixando-me fria e pálida.

Saint está parado do lado de fora da janela do quarto.

Ele está ali, uma silhueta alta e sombria sob a lua cheia, que lança um brilho incomum ao redor dele e confere um halo prateado em torno de seu corpo. Parte de sua sombra, longa e distorcida, cobre o rosto de Shephard, uma pavorosa mancha escura sobre suas feições inocentes.

Fico tão assustada com a presença que paro de me mexer de repente e congelo, o corpo paralisado, a respiração presa na garganta.

Shephard imagina que é porque ele está prestes a me fazer gozar. Seu corpo enrijece debaixo de mim, e sua respiração paralisa por um instante.

— Quase lá, linda — sussurra ele, a voz cheia de satisfação.

Faço o possível para convencê-lo de que minha reação é por causa dele com um gemido forçado e desesperado. A última coisa que quero é que Shephard erga a cabeça e olhe para a janela atrás dele. Estou encarando Saint, um grito silencioso se acumulando no meu peito.

Continuo com os olhos cravados em Saint, incapaz de desviá-los, com medo de que ele faça algo, como quebrar o vidro e revelar sua presença. Será que ele vai bater na janela? Quebrar o vidro para chamar a atenção de Shephard? Para me abalar? O que ele está fazendo aqui, porra? A presença dele é uma violação apavorante e eletrizante.

Ele me fita com uma intensidade voraz, os olhos como duas brasas gêmeas, e não sei se isso é porque está excitado, zangado ou enciumado, ou talvez seja uma mistura aterrorizante das três coisas.

Saint ergue a sobrancelha devagar, com determinação, ao perceber que congelei — em cima do meu marido —, e continuo parada, hipnotizada por ele. Saint abre um sorrisinho sombrio de cumplicidade, depois levanta uma das sobrancelhas outra vez de um jeito intimidador e assente quase que de maneira imperceptível, em uma indicação de que devo continuar o que eu estava fazendo antes de o perceber com sua autoridade silenciosa e inabalável.

Meus lábios começam a tremer, mas não por causa do toque de Shephard nem do prazer aumentando. É porque estou com medo. E, por mais que seja insano, por mais que me pareça errado e perverso, a situação toda também está me deixando com um tesão inegável. A empolgação proibida, a audácia perigosa, o risco de tirar o fôlego.

Começo a me mover em cima de Shephard de novo, de início devagar, depois acelero e entro em um ritmo frenético, desesperado.

O olhar de Saint percorre meu corpo todo com desejo, indo do meu cabelo até a minha cintura de um jeito possessivo e voraz. Ao ver essa necessidade bruta e intensa, essa ânsia selvagem, começo a rebolar ainda mais rápido em cima de Shephard, a uma velocidade vertiginosa, descontrolada, reagindo a *ele*, e não ao meu marido.

Não quero que Shephard me toque, não aqui, não agora. No momento, seu toque me parece errado, quase intrusivo, como se não fosse para mim nem para este instante. Então, quase sem pensar, tiro sua mão do meio das minhas pernas e a encosto no meu quadril, dispensando-a de um jeito firme e silencioso. Os dedos dele se contraem de leve em protesto e me apertam um pouco em um questionamento, mas ele não resiste e passa a apertar meu quadril.

Quando eu gozar, quero que seja por causa do olhar ininterrupto de Saint, por causa de sua autoridade silenciosa, e não por causa da mão familiar de Shephard.

Por uma fração de segundo, meu olhar passa de Saint para Shephard. Ele está de olhos fechados, o rosto relaxado em uma indicação de que não faz a mínima ideia do que está acontecendo lá fora, de que há uma sombra predatória em cima dele, de que tem outro homem vendo tudo e tomando para si este momento íntimo. É bom que ele não saiba de nada, mas, ao mesmo tempo, eu me sinto culpada outra vez.

Encaro Saint de novo, perdendo o ar. Parece que seu olhar ardente me atravessa, revelando cada parte do meu corpo, dissecando-me, consumindo-me. Ele não precisa estar aqui dentro do quarto; a presença dele já domina tudo, preenche o espaço entre nós dois, sufoca todos os outros pensamentos.

Devagar, de modo deliberado, subo minha mão até chegar ao seio, acompanhando as curvas do meu corpo, como se eu estivesse tentando imitar o toque imaginário de Saint, seu desejo silencioso. A reação é imediata: ele morde com força o lábio inferior, contraindo o maxilar e intensificando ainda mais o olhar. Isso me faz sentir uma nova rajada de calor, uma corrente tão forte que quase perco o controle, que quase faz meu corpo convulsionar. É como se ele estivesse me dominando, comandando meus movimentos sem dizer nada, como se eu fosse uma marionete e ele estivesse puxando minhas cordas na escuridão. Minha mão treme com sutileza enquanto continuo a me acariciar, seu olhar faz minha pele arder, e está cada vez mais difícil continuar a encarar seu olhar. Toda vez que o olho, é como um desafio: como se ele estivesse me incitando a ceder, a me entregar, a me estilhaçar por completo.

Shephard geme sob mim, a voz grave e áspera, o som familiar indicando que ele está perto de gozar, seu corpo se contraindo. Mal percebo seu gemido. Só consigo pensar em Saint, em seu olhar inabalável, na maneira como seus lábios estão separados de leve, como se ele estivesse imaginando estar aqui comigo no lugar de Shephard, como se estivesse me consumindo mentalmente.

Esse poder traiçoeiro que ele tem sobre mim é avassalador, é uma dominação total, extrema. Meu coração bate de modo frenético, e ponho a mão entre as pernas, ávida por terminar junto de Shephard, para acabar com este tormento agonizante e excitante. Contudo, preciso desesperadamente que seja pensando em Saint.

Quase na mesma hora, a sensação me atinge: uma rajada tão voraz, tão profunda, tão arrebatadora que solto um grito antes que eu consiga me conter, um som brutal e primitivo que irrompe da minha garganta. Nunca cheguei nem perto de sentir algo assim apenas com Shephard. Meu corpo inteiro é tomado pelo prazer, convulsionando, e não consigo ficar mais de olhos abertos. Faço tudo o que posso para não cair em cima de Shephard, meu corpo tremendo em descontrole, minhas pernas se contraindo, enquanto a sensação faz meu corpo inteiro pulsar sem parar, um clímax avassalador e sem fim. É como se o olhar de Saint tivesse provocado esse orgasmo, como se ele estivesse dentro do meu corpo, comandando cada onda de prazer que se propaga.

Continuo a rebolar em cima de Shephard, a mão ainda entre as pernas, mesmo depois de ele ter gozado e eu também. Nossos corpos estão exauridos. No entanto, não quero que chegue ao fim. Meu corpo ainda não alcançou esse ponto, e a sensação continua a se espalhar por mim como um abalo sísmico, um tremor demorado. Minhas pernas estremecem, e sinto um pequeno gemido escapar dos meus lábios quando desmorono em cima dele, incapaz de continuar com o tronco erguido, encostando o rosto no seu pescoço.

As mãos de Shephard sobem pelas minhas costas, suaves e reconfortantes, como se ele achasse que foi *ele* quem fez isso por mim, quem me proporcionou isso. Ele dá um beijo leve no meu ombro, mas o gesto me parece distante e vago.

Saio de cima dele lançando um olhar para a janela, para o lugar onde Saint estava. Ergo um pouco a cabeça, o coração palpitando, esperando vê-lo ali parado, mas... Saint foi embora. O luar entra no quarto pelo espaço entre as cortinas e, lá fora, ilumina apenas o quintal vazio, a quietude da noite. A ausência repentina de sua presença me deixa gelada, como se eu tivesse sido abandonada no meio de um pensamento, de um prazer, de um orgasmo, um vazio súbito e perturbador.

Fecho os olhos e encosto a cabeça no peito de Shephard, como se em busca de um refrigério, aconchegando-me no seu calor familiar, mas é um gesto fingido, insignificante. Consigo sentir as lágrimas mornas se formando, fazendo-as arder. E a pior parte é que nem sei por que estou chorando. É óbvio que me sinto extremamente culpada, mas não estou triste. Longe disso.

Porra, que insanidade.

Essa deve ter sido a coisa mais insana que fiz na minha vida inteira, passando de muitos limites.

Contudo, o pior é a verdade inegável que está me corroendo e que, por mais que eu tente, não consigo ignorar: eu faria tudo de novo se tivesse a oportunidade. Foi gostoso demais. Foi gostoso de um jeito perigoso, excitante.

— Você estava precisando, né? — comenta Shephard, a voz tomada pela satisfação, desconhecendo por completo a realidade arrasadora da minha experiência. — Foi... incrível.

Quero soltar uma risada áspera e brusca ao ouvir a palavra *precisando*, ao lembrar o quanto ele desconhece a realidade, mas me seguro e mordo o lábio para conter o som, para impedir que a verdade escape.

Precisando? Ele não tem ideia do quanto eu estava precisando disso, de que fazia um bom tempo que esse vazio silencioso e dolorido aumentava debaixo da superfície, à espera de que algo — ou alguém — como Saint lhe desse vida e vazão. Entretanto, não digo isso. Tento dizer algo que uma esposa e mãe inocente diria neste momento para manter a paz frágil.

— Acho que fiz barulho demais. Espero que as meninas não tenham acordado.

Minha voz é abafada pelo peito dele.

Shephard ri baixinho e beija minha testa, e sinto seu hálito morno na minha pele.

— Elas dormem pesado — sussurra ele, a voz cheia de satisfação, antes de se afastar para pegar uma toalha na mesa de cabeceira.

Vejo-o passá-la entre minhas pernas com cuidado e atenção. É um gesto pequeno, mas é uma coisa que sempre apreciei nele: Shephard cuida de mim mesmo nos momentos íntimos e vulneráveis. É um dos motivos pelos quais ele é um bom marido, um dos motivos pelos quais eu me sentia tão segura com ele.

Contudo, com Saint não houve limpeza. Não houve arrumação. Foi tudo pegajoso, caótico, e ele não parecia se incomodar. Na verdade, ele parecia até gostar, uma aceitação primitiva e animalesca. E o que é surpreendente e apavorante é que eu também gostei.

Saint é tudo o que Shephard não é, e isso é bom e ruim ao mesmo tempo. É um abismo, uma distância excitante.

Shephard ajeita a colcha para nos cobrir, seu corpo morno e costumeiro ao meu lado. Ele se deita de lado, de costas para mim, um grande sinal de conforto e confiança após o sexo. Então sussurra:

— Boa noite.

Eu me afasto dele, puxando mais a colcha, e abraço meu travesseiro com firmeza enquanto encaro a escuridão, as sombras na parede formadas pelo suave luar.

— Boa noite — sussurro, mas as palavras me parecem vazias, como se fosse para outra pessoa.

Para alguém que não está mais do outro lado da janela.

Preciso me preparar mentalmente, pois esta aventura comandada por Saint está ficando instável demais.

Dezesseis

Afivelo o cinto das meninas na cadeirinha do carro e faço carinho em seus cabelos macios. Chloe se mexe um pouco, sua energia agitada de sempre transbordando, uma força da natureza, enquanto puxa o cinto com impaciência. Já Andi está sentada comportadinha, enquanto me fita com olhos arregalados e inocentes, como duas poças gêmeas de água límpida.

Sinto que elas estão ansiosas para retomar a rotina familiar. Estou ansiosa para retomar a que criei aqui. No entanto, também sinto a pontada familiar no coração que sempre acompanha nossas despedidas, por mais que diga a mim mesma que preciso do isolamento para escrever. Eu me abaixo e beijo as duas na testa, me demorando só um pouquinho a mais do que o normal, inspirando o cheiro suave e doce do sono e da infância.

— Daqui a uma semana vou estar em casa para o seu aniversário — aviso para Chloe tentando pôr na voz toda a alegria que não estou sentindo, embora as palavras na minha garganta pareçam um nó seco e desconfortável.

Neste momento uma semana me parece uma eternidade, como se eu fosse ter muitos momentos com Saint até a viagem para casa no fim de semana que vem. Depois volto para mais uma semana aqui. A última semana com Saint, meu notebook e meus pensamentos. E, realmente, acho que vou sair desse chalé com um livro inteiro.

Talvez tudo acabe valendo a pena.

— Quanto tempo é uma semana? — pergunta Andi, a voz baixa e curiosa, um som pequenino e agudo, os olhos brilhando com sua infinita sede de conhecimento, seu fascínio inato. Ela ainda está tentando entender o conceito de tempo.

Antes que eu responda, Chloe afirma com a confiança inabalável que apenas uma criança de cinco anos pode ter:

— São apenas trinta dias — diz ela com seriedade, o tom cheio de certeza, como se fosse uma autoridade incontestável em todos os temas relacionados ao tempo.

Ela cruza os braços na frente do peito, um gesto de total convicção, orgulhosa da declaração, e Andi assente, como se a afirmação da irmã mais velha fosse uma lei absoluta, escrita em pedra.

Não consigo deixar de sorrir ao ver a assertividade de Chloe, apesar de ela ter cometido um erro hilário.

— Uma semana são apenas sete dias — corrijo com gentileza, ciente de que isso deve virar uma discussão que nenhuma de nós vai vencer. Ponho uma mecha de cabelo atrás da orelha de Chloe.

Ela balança a cabeça e franze a testa em frustração e determinação.

— Não, são trinta — insiste, erguendo um pouco a voz repleta de convicção, decidida a argumentar, a defender sua sabedoria escolar. — Às vezes, são trinta e um. A professora falou.

Seguro uma risada cansada, sem querer começar uma batalha que não tenho vontade de enfrentar, sobretudo agora. Sei que eu poderia explicar com calma a diferença entre dias, semanas e meses, as nuances do calendário, mas minha paciência está por um fio. Quero apenas que elas vão embora, que saiam daqui em segurança, antes que Saint apronte algo terrível de novo enquanto ainda estão aqui. Pensar nisso me causa uma nova onda de náusea.

— Tudo bem. São trinta dias — digo em rendição, querendo apenas encerrar a conversa e me despedir. — Amo vocês.

Eu me aproximo uma última vez e dou um beijo rápido na bochecha de cada uma.

Fecho a porta do carro com delicadeza, e o som ecoa pela quietude enganosa do ar matinal. Respiro fundo, a respiração entrecortada, ciente de que a semana vai parecer bem mais longa para mim do que para elas, uma eternidade se estendendo diante de mim.

Enquanto me afasto do carro, Shephard se aproxima e estende os braços para me abraçar, o rosto repleto de alívio e satisfação. Ele me abraça forte e me envolve com seu calor firme de sempre. Encosto nele só por um momento, tentando deixar sua presença física me acalmar, me afastar do precipício. Então me dá um beijo na bochecha, um gesto carinhoso e reconfortante, uma gentileza habitual, mas que não ameniza a tempestade que rodopia dentro de mim, o turbilhão implacável.

— Que bom que viemos — diz ele, a voz suave e cheia de um afeto sereno que, em outras circunstâncias, seria bastante tranquilizador. Para ele, essa visita foi apenas um bom descanso, uma chance de nos reconectarmos como família, de eu "voltar aos eixos", de ele me lembrar de que não estou enfrentando sozinha as dificuldades do declínio recente da minha carreira. — Talvez ontem à noite tenha sido a inspiração de que você precisava para enfim pegar no tranco de novo — acrescenta ele com um sorriso, os olhos brilhando com um otimismo esperançoso que parece completamente inadequado.

Ele não faz ideia. Não faz ideia do quanto está certo, mas por razões completamente erradas. A noite de ontem de fato me inspirou, só não foi uma inspiração do tipo que ele imagina, daquelas que seriam vistas em livros voltados para o público geral. Uma nova onda de culpa sobe até minha garganta, espessa e sufocante, mas a engulo e a obrigo a ficar lá no fundo, em um lugar onde ela não consegue me machucar nem me expor.

— Também achei bom — comento.

Dou um selinho quase mecânico nele, em uma tentativa de manter as aparências, impedir que os muros frágeis desmoronem ao meu redor. Recuo enquanto ele entra no carro, as meninas já acenando animadas do banco de trás e pressionando as mãozinhas no vidro. Abro um sorriso largo, forçado, e aceno de volta. Continuo a acenar até o carro sair do caminho de cascalhos na frente do chalé, até eu não conseguir mais ver os rostinhos das meninas encostados nas janelas, até o último reflexo do carro sumir depois das árvores.

Assim que não vejo mais o veículo, meu sorriso desaparece, evaporando do rosto feito fumaça. O alívio é imediato. Uma descarga intensa, excitante.

Quando tenho certeza de que eles foram embora e não consigo mais ouvir o ronco do motor, eu me viro e volto ao chalé. Faço tudo no automático, a passos rápidos e determinados, quase frenéticos, a mente acelerada com um único pensamento avassalador: *preciso ligar para Saint.* Não é uma pergunta. É uma necessidade impulsiva, desesperada.

Não paro de pensar nele desde ontem, a presença audaciosa permaneceu na minha mente como uma sombra inebriante da qual não consigo me livrar. Grudou nos meus pensamentos e vem à tona em cada breve momento de falsa calmaria. Preciso ouvir a voz dele, voltar a essa coisa assustadora e excitante que está acontecendo entre nós dois, essa dança que parece ter escapado por completo do meu controle.

Não chego muito longe. Assim que abro a porta, fico paralisada.

Saint está parado diante de mim, como se tivesse se materializado do nada, e sua estatura alta e imponente bloqueia todo o meu caminho, preenchendo o espaço da porta. Seus olhos sombrios e penetrantes se cravam nos meus com uma intensidade que faz minha pele arrepiar.

Um milhão de perguntas surgem na minha cabeça de uma vez, uma torrente caótica e descontrolada. *Como foi que ele entrou aqui? Tranquei as portas à noite, tomei todo o cuidado! Quanto tempo faz que ele está aqui? Saint estava me observando? Observando Shephard?*

Eu me sinto tão exposta, tão vulnerável, como se até as paredes do meu refúgio, um lugar supostamente seguro, tivessem sido violadas, e não tenho controle algum sobre o que vai ocorrer em seguida. De repente, o chalé familiar e silencioso me parece uma gaiola.

Saint não diz uma palavra. Não precisa. A presença dele já diz tudo enquanto me fita, afastando-se para que eu possa entrar. Sem advertência ou convite, ele vem atrás de mim e bate a porta com um estrondo assustador. O som da tranca ecoa pelo ambiente, em geral silencioso, e nos isola aqui dentro. Ele move a mão depressa, com uma eficiência apavorante, e passa o ferrolho com força, o ruído reverberando por mim. Antes que eu possa assimilar o que está acontecendo, ele me agarra e me empurra contra a porta. A força repentina de seu corpo pressiona o meu, me prendendo à madeira, e consigo sentir o calor irradiar de sua pele, o poder bruto e quase descontrolado de seu toque, dos músculos definidos do seu peito contra o meu.

Ele agarra meu rosto com a mão firme, apertando minha pele só o suficiente para que eu ofegue, e depois sua boca esmaga a minha em um beijo voraz e possessivo.

Não há delicadeza, nem hesitação, nem uma exploração suave. O beijo é uma reivindicação, uma lembrança brutal e inegável do poder que ele tem sobre mim, uma força que me aterroriza e excita ao mesmo tempo. Apesar do medo que lateja nas minhas veias, eu me sinto derreter, meu corpo traindo minha mente, reagindo com uma avidez desesperada.

Não sei por que amo tanto esse nosso joguinho insano, essa alternância entre controle e entrega. No entanto, em vez de empurrá-lo, em vez de enfrentá-lo — e é isso que minha versão casada e responsável me diz que *devo* fazer —, solto um gemido, um som gutural e grave, e o puxo para mais perto, agarrando sua camisa por instinto, segurando-a como se fosse um bote salva-vidas.

Acho que o que me atrai nele é o perigo imprudente e descuidado que permeia suas ações, a empolgação de estar tão perto de um abismo. Saint corre riscos que Shephard jamais correria, nem em um milhão de anos. Ele me põe em situações incômodas e excitantes, testa até onde vou, estilhaça minha complacência.

É evidente que ele aprecia cada segundo. Seu prazer é quase tão inebriante quanto seu toque.

Saint recua, afastando nossas bocas com um som suave e molhado, e encosta a testa na minha, os olhos penetrando minha alma. Sinto seu hálito morno no rosto, e ele sussurra:

— Vá se lavar para tirar tudo o que sobrou do seu marido.

A ordem, dita num tom grave e íntimo, me atinge como um golpe físico. É um insulto tão chocante e surpreendente, tão possessivo e humilhante, que minha reação imediata é pura rebeldia.

— Vá se foder — retruco, as palavras escapando dos lábios antes mesmo que eu consiga pensar.

Ele sorri, e vejo os dentes brancos na luz suave, o sorriso de um predador. Sem dizer nada, ele agarra meu punho com dedos firmes, mas sem machucar, e me puxa com uma força intensa e deliberada para o banheiro do quarto.

— A gente vai foder, fique tranquila — sussurra ele, a voz sombria. — Mas só depois que você se lavar.

Saint me leva até a porta do banheiro. Vejo a porcelana reluzente da pia e tento me defender, reconquistar algum poder de ação, alguma dignidade. Meu lado racional e protetor quer que eu fuja dele, escape deste vórtice inebriante que ele criou. Contudo, a maioria avassaladora do meu corpo está tomada por uma curiosidade mórbida, uma ansiedade excitante que deseja ver onde isso vai dar, até que ponto ele vai nos levar. Solto meu punho, um gesto mais simbólico do que eficaz.

— Você é louco — sussurro, a voz cheia de fascínio e terror.

Ele me empurra banheiro adentro, e de repente o espaço pequeno me parece ainda mais confinado e íntimo. Então, com uma força que surpreende pela suavidade, ele segura a parte de trás da minha cabeça, os dedos se perdendo em meu cabelo.

— E você ama isso — rebate ele, a voz áspera e baixa, logo antes de a boca encontrar a minha de novo, agora com mais força e desespero. E, sendo a vadia que sou, beijo-o com a mesma urgência, com a mesma necessidade desesperada, meu corpo exigindo o castigo e o prazer.

Ele desabotoa minha calça jeans enquanto me beija, os dedos rápidos e ágeis, surpreendentemente delicados, se livrando logo do botão. Ao alcançar o zíper, ele afasta a boca da minha, ofegante, e se ajoelha na minha frente. Seus olhos escuros penetram os meus enquanto ele tira com habilidade a calça e depois a calcinha, em um pedido silencioso para que eu tire as pernas de dentro dela. Estou quase sem equilíbrio, mas obedeço, e me livro do pequeno amontoado de jeans e renda. Então ele se levanta de novo, tira a camisa pela minha cabeça e me deixa pelada diante de seu olhar implacável.

Ele entra no box, abre o chuveiro e me olha com intensidade e expectativa.

— Entre, Petra — ordena ele com a voz suave, mas determinada.

Adorei que ele não me chamou de Reya nesse momento. Quando Saint diz meu nome, meu nome *verdadeiro*, é como se de fato fosse ciumento e possessivo. Esse ciúme bruto e masculino me encoraja, aumenta um entusiasmo rebelde. Entro no box e a água fria toca minha pele nua, enquanto ele começa a tirar as próprias roupas, livrando-se delas com fluidez e elegância.

Sei que ele trancou a porta da frente. Eu o vi trancar. No entanto, ainda assim, Shephard pode voltar. E se ele tiver esquecido algo? E se ele perceber que não estou na sala, que não peguei meu notebook? Se ele tiver esquecido algo e voltar... Essa hipótese me causa uma rápida faísca de terror, uma descarga de adrenalina necessária.

Meus pensamentos estão fragmentados, estilhaçados, e Saint entra no box comigo, seu corpo nu e quente pressionado ao meu dentro do espaço apertado. Ele pega a ducha e a tira do suporte com um leve clique. Em seguida, a posiciona entre minhas pernas e direciona o jato, e eu ofego, dando uma inspirada forte e involuntária, pois a água continua gélida, o que provoca um choque glacial na minha pele mais sensível.

— O que você está fazendo? — pergunto, a voz fina, quase um choramingo, surpresa com a intensidade repentina e visceral de tudo, a audácia descarada e absoluta.

Ele pressiona a boca no meu ouvido, o hálito morno na minha pele molhada, e suas palavras graves e guturais fazem meu corpo vibrar.

— Tirando da sua boceta o que sobrou do seu marido para que eu possa te chupar.

As palavras grosseiras e extremamente depravadas me fazem estremecer, um tremor intenso e involuntário que faz meu corpo inteiro chacoalhar. Encosto a cabeça na parede gelada de azulejos e me entrego à sensação, à vontade dele, e neste momento, diante de seu desejo, esqueço Shephard por completo. Esqueço meu marido, as mentiras, a vida que estou traindo.

Agora, é apenas... *Saint*.

Dezessete

Saint, Saint, Saint. Ele é um homem lindo.

O sol espalha um calor morno e benevolente sobre a minha pele enquanto o observo conduzir o barco pela superfície reluzente do lago. Ele leva jeito, se move com naturalidade e força, muito à vontade ao volante. Ele está sem camisa, e suas costas formam uma tela de músculos definidos que cintilam sob uma fina camada de suor. Cada contração, cada movimento dos ombros é uma exibição hipnótica de poder, um ritmo visual que me faz ofegar. Saint está absurdamente sexy aqui no lago, livre e indomável.

Eu também me sinto livre. Eu me encosto nas almofadas do barco, sentindo o tecido desgastado e morno, e tento me concentrar nas páginas do meu livro, um thriller psicológico que, no momento, parece bem menos perturbador do que minha vida. Entretanto, meu olhar não para de desviar para Saint. Ele também me encara com frequência, o que faz minha pele arder. De vez em quando, ao passar por mim para ajustar uma corda ou conferir um instrumento, ele se abaixa e dá um beijo quieto e demorado na minha cabeça, na minha têmpora, no canto da minha boca. A cada toque, ele evidencia seu controle sobre mim de maneira silenciosa.

— Precisa de ajuda? — pergunto um pouco ofegante quando ele passa por mim de novo, tocando meu braço. As palavras são automáticas, um reflexo dos anos de casada e do fato de que sou sempre a pessoa que se oferece.

Ele dá uma risada baixinha, mas ela não é grosseira.

— Relaxe, Petra. Você trabalha demais — diz ele com tranquilidade, uma observação simples, e as palavras ressoam com uma profundidade que me surpreende.

Eu me lembro da voz de Shephard, das alfinetadas sutis, do julgamento implícito quando eu *não* estou trabalhando, quando tento descansar. "A fonte está meio que secando", disse ele, uma acusação velada, me fazendo sentir culpada por não escrever, por nem sempre ser produtiva, por lidar com dificuldades artísticas. Saint, com essa única sentença, proporcionou uma libertação que eu nem sabia que desejava. Ele enxerga minha exaustão, e não meu fracasso.

O sol está esquentando, e uma marquinha de bronze começa a contornar minha regata. Dou de ombros e a tiro pela cabeça, me expondo ao céu límpido. Os olhos de Saint recaem em mim na mesma hora, e sinto aquele desejo de sempre. Ele solta um gemido grave, como se gostasse do que estava vendo, um som bruto e visceral que faz o ar vibrar. Contudo, ele não diz nada irritante, nada que pareça me objetificar, nenhum clichê, nenhum dos elogios baratos ou possessivos proferidos pela maioria dos homens. Apenas me fita com intensidade, sendo possessivo à sua maneira, em silêncio. É mais potente do que qualquer palavra.

Depois de um tempo com o vento balançando o cabelo e o sol refletido nos ombros, ele enfim vem se sentar junto a mim, com o barco balançando com suavidade. Saint apoia o cotovelo no joelho com o corpo virado para mim, a presença feito uma força magnética, quente. O silêncio se estende entre nós dois, confortável para ele, eletrizante para mim. Não consigo deixar de fazer a pergunta que não sai da minha cabeça e que me causa uma dor persistente no peito:

— Você se arrepende de ter feito isso? — pergunto, a voz quase inaudível, gesticulando vagamente para nós dois, em uma indicação de que *isso* é o caso, a traição, os segredos que compartilhamos.

Ele reflete por um momento demorado, os olhos observando o horizonte, uma expressão indecifrável. Então se vira para mim com um olhar direto, resoluto, brutalmente honesto.

— Eu só queria que não fosse um caso, Petra — responde ele com uma voz baixa, tomada por um remorso quieto que me surpreende. — Mas não. Não me arrependo de ficar com você. Nem por um segundo.

As palavras me atingem como um choque. Ele queria que não fosse um caso. Então queria que fosse algo a mais, algo legítimo. Penso na esposa dele, na mulher com quem ele é casado, com quem ele ainda fala todos os dias. Foi um elogio para mim, uma validação excitante, mas também foi um grande insulto para ela e para o casamento dos dois. É uma ironia deliciosa e cruel.

Outra pergunta se forma na minha língua, uma que me parece mais íntima, mais intrusiva do que a última.

— Você... você tem filhos? — pergunto, a voz suave, quase hesitante, passando de um limite do qual não sei se ele quer que eu passe.

Saint não responde de imediato. Apenas me encara, com um olhar de repente distante, quase frio, como se eu tivesse dito algo bastante inadequado, como se perguntar essas coisas fosse passar de um limite sagrado. Essa mudança repentina causa um aperto no meu coração.

— Você sabe que *eu* tenho filhas — insisto, o leve tom desespero na minha voz revelando minha necessidade de saber, de entendê-lo para além da paixão. — Quero saber mais sobre *você*.

Ele enfim interrompe o contato visual e passa a olhar a água reluzente de novo. Com a voz seca, desprovida de emoção, quase desdenhosa, ele diz:

— Eu não perguntei sobre sua família. Ela simplesmente apareceu aqui. É diferente.

É evidente o que ele quer dizer: minha vida, minha família e minhas circunstâncias foram apresentadas a ele. Saint não quis saber delas, não se intrometeu. No entanto, as dele... as dele são assunto proibido.

Sinto um embrulho de frustração no estômago, mas me seguro para não falar mais, sentindo uma barreira frágil na qual não devo mexer. Volto a ler o livro, fingindo estar absorta no enredo, mas parece que estou encarando uma página em branco.

Então, assim que desisto, quando parece que o silêncio vai se prolongar para sempre, ele começa a se abrir com uma voz quase inaudível em meio ao barulho suave da água batendo no casco do barco.

— Tentamos por anos — conta ele, ainda fitando o horizonte, o rosto tomado por uma dor distante. — Tentamos ter filhos. Fertilização in vitro não deu certo, tivemos falsos positivos, abortos espontâneos... foi um inferno. — Sua voz falha, só um pouco, na última palavra. — E, depois de muitos exames, descobrimos que era por minha causa. Não por causa dela. Era *eu* quem não podia ter filhos.

Endireito a postura, surpresa, e o livro cai do meu colo para o chão e faz um pequeno barulho. Estou *chocada*. A vulnerabilidade no seu tom e a profundidade de sua revelação me deixam sem ar.

— Caramba, Saint — sussurro, e estendo a mão para o seu braço, um gesto instintivo de consolo.

Ele se contrai um pouco com o meu contato, depois prossegue com suavidade e um toque de tristeza na voz:

— Ela começou a se ressentir de mim. Dava para perceber uma raiva sutil e que ela silenciosamente me culpava por ter acabado com os sonhos dela. Nós nos separamos seis meses atrás.

Minha mente acelera. Seis meses? É pouco tempo. Sinto um aperto no peito por ele, pelo fim arrasador desse sonho. E então surge outro pensamento, um mais egoísta.

Por que ele quis que eu acreditasse que ele tinha um casamento feliz?

— Você não me contou nada disso — digo, a voz trêmula por causa da revelação.

Ele se vira para mim, e os olhos escuros encontram os meus.

— Eu ainda uso aliança. Ainda me sinto casado. Não sei em que momento eu teria conseguido te explicar que me separei de um jeito complicado, e você disse que estava precisando de um homem casado para te inspirar. Além disso, você precisava ter a experiência completa, Petra. E eu me diverti. A culpa, o segredo, a excitação proibida. Você precisava vivenciar tudo isso para se sentir melhor em relação à sua escrita. Para pegar no tranco em relação a Reya.

Sinto um pavor glacial misturado a uma compreensão sombria e estranha.

— Você quer que seu casamento dê certo? — pergunto, as palavras escapando antes que eu consiga segurá-las, precisando desesperadamente entender tudo melhor. Estou em busca de algum sinal de uma emoção humana normal neste jogo caótico.

Saint volta a fitar a água com um olhar distante.

— É óbvio — diz ele em voz baixa. — Mas não quero ser um obstáculo. Não quero impedi-la de ter filhos. Não quero impedi-la de viver esse sonho com outra pessoa. — Há uma tristeza profunda na voz dele, um altruísmo quase insuportável levando em consideração o que ele acaba de admitir para mim.

— Vocês ainda moram juntos? — pergunto, insistindo por mais detalhes, tentando encaixar os fragmentos estilhaçados de sua vida, tentando entender o homem por trás do personagem.

— Não — responde ele, balançando a cabeça. — Não moramos. Mas nos falamos quase todos os dias. — Ele pausa e se vira para mim com os olhos atentos e vulneráveis, e nunca os vi assim antes. — Ela está achando difícil partir para outra. E eu também estou. — Ele muda de posição, o joelho roçando o meu. — Você… você tem algum conselho?

A vulnerabilidade repentina e a súplica genuína me pegam de surpresa. E, por um instante eu não enxergo Saint, o muso inspirador intrigante e manipulador, e sim um homem em sofrimento. Porém, a resposta é automática:

— Não — digo e balanço a cabeça, a voz inexpressiva. — Não tenho. Também não sei como partir para outra, apesar de volta e meia querer fazer isso. — As palavras são dolorosamente verdadeiras. — Mas você não tem filhos — acrescento quase sem pensar, um reflexo defensivo, uma maneira de diminuir sua dor em comparação à minha, para que a minha se torne mais válida. — Então talvez para você seja menos difícil.

No momento em que as palavras saem da minha boca, eu me arrependo delas. Ele fecha a cara na mesma hora, uma mudança sutil, mas profunda. Sua mandíbula enrijece, seus olhos ficam sérios, e ele se afasta de mim, criando entre a gente uma distância repentina e grande. É como se eu tivesse diminuído o peso de sua infertilidade, de sua ferida mais profunda, banalizado-a ao comparar impensada e imprudentemente aos problemas matrimoniais que eu mesma causei. A acusação, apesar de implícita, paira pesadamente no ar.

— Desculpe, de verdade — sussurro, a voz tomada por uma contrição imediata e genuína. — Saint, não foi isso que eu quis dizer. Eu apenas...

Não concluo a frase, incapaz de encontrar palavras.

Ele ergue a mão para que eu pare, ainda com uma expressão sofrida, porém mais branda.

— Está tudo bem — responde, a voz tensa. — E não quero pagar na mesma moeda, mas não poder ter filhos é bem mais difícil do que se divorciar de alguém com quem você tem filhos.

Ele tem razão. A dor dele é imensa porque houve um sonho destruído por algo fora de seu controle. Já o meu sonho... eu poderia estilhaçá-lo com minha mão por puro tédio. É difícil sair de qualquer relacionamento quando não há uma grande traição, sobretudo quando há crianças envolvidas. É provável que o tédio e a irritação não justifiquem um divórcio, mas talvez sejam o começo dele. Às vezes penso em escapar. E vejo neste momento como minha vida poderia ser sem Shephard.

Antes a presença dele era como o ar, me erguendo e me deixando mais leve. Agora, por algum motivo, ele parece ser cada vez mais um peso. Algo que preciso carregar para que todos nós sigamos em frente.

Saint fita a água de novo, contraindo a mandíbula. Então a voz fica mais baixa, quase em tom de confissão, e, mesmo com o sol quente, ela congela até meus ossos.

— Quando vi você se despedindo das suas filhas, e Shephard estava lá... — Ele para, e eu prendo a respiração. — Fiquei com raiva, Petra. Com tanta raiva. — Ele olha para mim, tomado por uma intensidade inquietante. — Queria que você fosse pega no flagra para que tivesse que deixá-lo. Assim eu poderia ficar com aquilo que ele não valoriza. Com aquilo que ele quase nem enxerga mais.

A confissão é um mergulho sombrio e vertiginoso em sua psique, revelando um nível de malícia calculada que deveria me repelir. Contudo, em vez disso, sinto uma empolgação perversa. Ele queria destruir minha vida, tomá-la para si. E quase fez isso.

Saint se aproxima e toca minha bochecha, o polegar percorrendo meu maxilar. Seus olhos, com uma mistura de fúria e desejo, se cravam nos meus. E então seus lábios descem, firmes e desejosos, tomando-me completamente para si. O beijo é feroz, um abraço primitivo do caos. E então, bem no meio do lago, sob o olhar amplo e indiferente do sol vespertino, transamos ao ar livre, ou talvez estejamos começando a fazer amor, sem nenhuma vergonha, um ato de rebeldia contra tudo o que acabamos de conversar e todos os limites que estilhaçamos.

•

Entramos na pequena gruta, a água batendo de leve no casco enquanto Saint manobra o barco até o cais de madeira. O sol, agora mais baixo, lança longas sombras na água e pinta o céu com tons de cor de laranja e roxo. Não dizemos nada, um silêncio pesado pairando, após termos transado com tanta vontade.

Iniciamos o processo de amarrar o barco, prendendo-o nas estacas desgastadas com movimentos sincronizados e eficientes, e aí começo a sentir na pele uma ansiedade rotineira. O mundo real, aquele de onde escapei por um tempo, está voltando depressa, exigindo o que lhe é devido. Enrolo a corda de modo mecânico, com a cabeça já no chalé e se afastando ainda mais, indo até minha casa, até Shephard, até a delicada farsa que preciso manter.

— Preciso ir para casa neste fim de semana — revelo, as palavras me parecendo quebradiças, quase como uma confissão, abalada com o súbito retorno para a realidade mundana.

— O quê? Achei que você ia passar mais duas semanas aqui.

Evito seu olhar e me concentro no nó que estou tentando apertar.

— Vou na sexta para passar apenas dois dias. É aniversário da minha filha. Preciso ir.

Saint paralisa, as mãos grandes ainda na corda, interrompendo os movimentos. Sinto seu olhar em mim, fixo e intenso, mas não ergo o olhar. O silêncio se prolonga com a tensão das perguntas não ditas e da realidade da nossa vida separada.

Ele apenas assente, uma única vez, calado. Sem fazer perguntas sobre Shephard, sem contestações, sem exigências. Há apenas essa aceitação simples e contundente. Sinto alívio e também uma leve decepção. Um lado meu ansiava pela intensidade dele, queria uma briga, uma súplica, uma demonstração de possessividade. No entanto, ele não me dá nada disso. Apenas aceita.

Depois que o barco está amarrado em segurança, Saint sobe no cais. Em vez de soltar minha mão, que encontrara a sua em algum momento durante o processo de amarração, ele a segura ainda mais firme e para.

Acompanho seu olhar até o lado oposto da água e, quando meus olhos veem o que o deixou paralisado, aperto sua mão até ela se afastar da minha.

Meu Deus.

Saint vai para a água antes que eu consiga assimilar o que estou vendo. Contudo, lá está ela, a uns cinco metros da margem, boiando na água. Mari, com seu cabelo laranja, de rosto para baixo, os braços moles, na superfície.

— Mari! — grita Saint, nadando até ela.

Eu me aproximo da beira do cais, pensando se devo ligar para a polícia, gritar por Louie ou pular na água e ajudar. Contudo, fico apenas paralisada, observando.

— Mari — sussurro. — Meu Deus, não.

Saint chega perto dela e a agarra pela cintura para virá-la. Assim que ele faz isso, ouço um grito agudo.

Entretanto, não é de Saint.

É de Mari, que está de óculos de natação, batendo na cabeça de Saint com um snorkel.

— Eu. Sei. Nadar. Seu. Bocó!

Meu Deus do céu.

Meu corpo inteiro suspira, e sinto todo o sangue que tinha subido para minha cabeça despencar até meus pés. Fico tão abalada que preciso me abaixar e me sentar de pernas cruzadas no cais.

— Desculpe mesmo — diz Saint. — Parecia que a senhora precisava de ajuda.

Mari aponta para o próprio corpo — para o maiô que está usando — e tira os óculos dos olhos. Os cachos molhados cobrem metade do rosto. Nunca a vi tão zangada.

— Meu snorkel estava para fora da água! Eu estou de maiô! Não era para um detetive enxergar esses detalhes? — Ela começa a se dirigir para a margem, a água respingando enquanto passa. — Eu, hein, a pessoa não pode mais nem nadar em paz por aqui — murmura ela.

Não consigo segurar a risada.

— Dá pra te ouvir rindo, sua pentelha — censura ela por cima do ombro para mim.

Também rio disso. Então olho para Saint e vejo que ele está vindo até mim devagar, todo encharcado. Contudo, tem um sorriso se insinuando nos lábios.

Ele sobe no cais e se senta ao meu lado.

— Vai colocar isso no livro? — pergunta ele.

— Com certeza.

— Você pode reescrever a cena dizendo que eu a salvei?

— De jeito nenhum.

Saint ri e tira a camisa. Então pega minha mão e me ajuda a levantar. Seus dedos se entrelaçam nos meus de novo, exatamente como estavam antes de ele tentar impedir uma mulher toda relaxada de se afogar. Sua mão é forte, quente. Minha âncora.

Voltamos ao chalé calados, e o suave rangido das tábuas velhas sob nossos pés é o único som que perturba a tarde silenciosa.

Além da água que pinga da roupa encharcada dele.

Sua presença ao meu lado ainda é imponente, ainda é eletrizante, mas agora o silêncio entre nós parece diferente. Não é o silêncio tranquilo e cômodo de um prazer compartilhado, e sim a quietude de cumplicidade, preenchida pela realidade de tudo o que confessamos no barco.

O fato de que ele está disponível, embora continue casado, talvez seja uma grande mudança.

Não consigo deixar de imaginá-lo no meu futuro, pensando em como seria não precisar mais carregar o fardo chamado Shephard.

Dezoito

Meu Deus, como ele é pesado.

— Shephard! Saia de cima de mim!

Ele estava tentando pegar uma bola de futebol americano, mas tropeçou na lareira externa e caiu bem em cima de mim e da minha cadeira. Tento empurrá-lo para fora do meu colo, mas ele está tendo dificuldade para se levantar. Acho que bebeu demais, mas é uma festa. Dá pra entender.

— Kev, me ajuda aqui — pede Shephard e estende a mão para nosso vizinho. Kevin enfim o ajuda a se equilibrar e se levantar, mas, antes de Shephard correr de volta ao jogo no jardim, ele se aproxima e beija a lateral da minha cabeça. — Foi mal, linda.

— Sem problema. Vá lá acabar com eles.

Os sons caóticos e agradáveis da festa de aniversário da minha filha se espalham pelo jardim. As crianças dão gargalhadas, e volta e meia um balão estoura. Também tem a voz estrondosa de Shephard, mais alta do que as conversas em geral.

— Mas que *palhaçada*! — grita ele.

Observo-o cair de novo e encostar a testa na grama num gesto de derrota. Dois outros vizinhos comemoram a vitória contra ele e Kev.

Ouço uma nova leva de risadas quando as meninas passam perto de mim correndo. Consigo ouvir Nora na cadeira ao lado, rindo da conversa com minha vizinha Esther.

É uma sinfonia de normalidade. De segurança.

É isso que amo na vida com Shephard. Esses fins de semana no jardim, fazendo comida, tomando margaritas enquanto as crianças brincam na rua sem saída. Por aqui, cada segundo banhado pelo sol parece um escudo, o que é estranho, pois o chalé me parece ser um escudo contra *esta* vida.

Ah, se eu pudesse ter ambas para sempre... Alternar entre o frenesi caótico de Saint e a normalidade caótica da minha família.

Entretanto, não dá para ter tudo sem acabar perdendo tudo.

— Onde você está com a cabeça? — pergunta Nora em voz baixa enquanto se aproxima. — Está pensando no policial gato?

Olho para ela cheia de culpa. Nora está sorrindo.

— O quê? Não — respondo como se ela estivesse falando de Saint, mas sei que só perguntou do livro. *Haja culpa, né, Petra?*

— Pera aí — diz Nora. — Eu conheço esse olhar. Petra, você apagou tudo? Juro por Deus, se você mudou algo no texto que me enviou, vou roubar seu notebook, recuperar o arquivo e publicar por conta própria.

— Não apaguei, não! — nego, na defensiva. — Não apaguei nada, juro.

Ela suspira.

— Tá bem. Ótimo. É que todas as vezes que tentei conversar sobre o texto que enviou, você mudou de assunto. Achei que não queria admitir que apagou tudo.

— Não, é que este fim de semana estou apenas no modo esposa e mãe. Não estou com o livro na cabeça.

— Eu entendo — diz Nora. — É proibido falar de trabalho na festa. — Ela ergue o copo descartável para fazer um brinde, então imito o movimento. — A um fim de semana sem trabalho.

— E a te encontrar pessoalmente pela primeira vez no ano — acrescento.

Nós brindamos, e logo ela volta a atenção para a conversa que estava tendo com Esther.

Tomo um gole de chá gelado e observo Andi correr atrás de um balão enquanto berra de alegria.

— Mamãe, olha só! — grita ela e estende a mãozinha.

Estou sorrindo e prestes a responder quando meu olhar se volta, quase que de modo preguiçoso, a algo que chama minha atenção no fim da rua.

Quase não percebo o veículo no começo. Ele é discreto. Contudo, quando meus olhos se fixam nele, noto que está quase camuflado pela sombra densa dos carvalhos antigos ao longo do meio-fio. Parece ter sido feito de modo intencional.

Minha respiração falha, fica dolorosamente presa na garganta.

Meu copo de chá gelado escorrega da minha mão úmida. Tento segurá-lo no ar, mas o vejo cair discretamente na grama, sem que ninguém ao meu redor perceba.

Não. Não pode ser. Ele não viria até um lugar tão longe.

No entanto, a presença inegável daquele carro, mesmo a esta distância, grita o nome dele.

Sinto a ansiedade gelar meu estômago, e logo uma raiva quente me faz cerrar os punhos.

Que cara de pau!

Ele ficou tão furioso quando me atrevi a segui-lo, quando entrei milimetricamente na vida real *dele*. E agora está aqui, feito um sentinela sombrio e silencioso, observando a *minha* vida? Sinto essa hipocrisia como uma chama causticante no peito. Quero ir até lá, confrontá-lo e perguntar: *Que merda você acha que está fazendo aqui?!* Minha mandíbula se contrai, e agora a sinfonia alegre da festa me parece corrompida e dissonante.

Tento ignorar, mas é difícil fingir que não estou sendo vigiada justamente pela parte da minha vida que escondo do restante do mundo. Meus olhos não param de se virar, quase que de modo involuntário, para o fim da rua, para a ameaçadora silhueta que está à espreita sob os carvalhos. É como um predador que observa sua presa.

Eu me recuso a me sentir como uma presa na minha casa.

Quando todos estão concentrados num jogo bastante barulhento entre os homens, aproveito a oportunidade. Afasto-me do grupo, dando a impressão de que vou entrar para usar o banheiro. Sigo escondida até a lateral da casa e passo para o quintal de Esther. Quando tenho certeza de que estou longe o bastante para que ninguém me veja, vou para a calçada. Meus passos estão determinados, direcionados para o carro dele. Cada movimento é cauteloso, como se eu estivesse entrando na cova de um leão. Continuo a olhar para trás para ter certeza de que ninguém está me observando, mas todos estão concentrados em qualquer outra coisa.

Passo por trás do carro para não correr o risco de ser vista. Ouço o clique das portas, e assim tenho a confirmação de que é Saint.

Abro a porta do passageiro e consigo ver seu braço, sua mão sobre o volante, sua coxa. O ar dentro do carro está fresco, um grande contraste em relação à tarde abafada de verão. Eu me sento no banco do passageiro, e aperto minhas coxas, os nós dos dedos brancos. Minha voz, quando sai, é um sussurro tenso que mal consegue esconder o rugido que há por baixo:

— Eu achava que era proibido ir na casa um do outro — afirmo, os olhos cravados no seu perfil.

Ele continua a olhar para a frente, para minha casa e minha família, um observador silencioso e nada bem-vindo no meu mundo cotidiano. Sua calma é exasperadora.

Ele vira a cabeça devagar, e seus olhos enfim encontram os meus. Não há pedido de desculpa nem explicação, apenas aquela profundidade inquietante de sempre.

— Agora é diferente — argumenta ele, a voz baixa e calma.

— Como que é *diferente*? — questiono e cruzo os braços por cima do peito, uma barreira defensiva.

Ele se reposiciona virado mais para mim e apoia o cotovelo no console.

— Você está correndo perigo.

Franzo a testa.

— Correndo perigo? Do que você está falando?

Um nervosismo gélido se junta à minha raiva.

— Reya, você recebeu ameaças de morte. Não posso deixá-la desprotegida.

Puta que pariu.

Eu o encaro, bufando incrédula, e solto um som rápido e involuntário.

— Eu estou na minha *casa*. É o *aniversário da minha filha*. Não tenho tempo para esse tipo de merda, *Saint*.

— Reya — repete ele.

— Pare de me chamar assim! Isso é ridículo. Você encontrou uma desculpa esfarrapada para invadir meu espaço pessoal, e estou com raiva.

Ele me olha nos olhos, sem ceder, com uma expressão indecifrável. Então enfim sai do personagem e encosta a cabeça no apoio do banco. Uma emoção acaba por irromper em seus olhos, e talvez seja apenas esperança minha, mas ele me parece um pouco arrependido.

Só que aí o canalha tem a audácia de sorrir.

— Petra — diz ele, enfim usando meu nome de verdade. — Relaxe.

Ele tenta pôr a mão no meu pescoço para me tranquilizar, mas a afasto.

— Não me diga para relaxar se você está literalmente na frente da minha casa.

Saint parece se surpreender de verdade com a minha reação. Ele se vira um pouco mais para mim.

— Está preocupada porque acha que vim aqui para confrontar seu marido?

— Para falar a verdade, eu não tenho ideia do que você é capaz de fazer. E isso é apavorante pra caralho.

Na mesma hora, ele para com o joguinho, com o sorriso, com a arrogância. Volta a ser o Saint do barco, os olhos tranquilizadores, a atitude reconfortante.

— Petra — repete ele com a voz baixa, quase suplicante, com uma vulnerabilidade bem sutil no seu tom. — Eu jamais faria isso.

— Você precisa ir embora — digo com a voz firme, apesar do tremor nas mãos que faço de tudo para disfarçar.

— Espere. Só um segundo — pede ele e segura minha mão.

— Não. Não consigo agir com normalidade com você aqui. Preciso que vá embora. Isso não está certo.

Ele não argumenta mais. Apenas me observa por mais um longo momento silencioso, seus olhos escuros me dissecando. Então assente de maneira quase imperceptível.

Não precisamos dizer mais nada. Ponho a mão na maçaneta, meus dedos se atrapalhando um pouco, e saio. Os sons da festa voltam depressa, mais altos e vibrantes, quase avassaladores depois do silêncio comedido do carro.

Volto para casa sentindo tensão em todos os músculos das costas. Enfim ouço o motor do carro aquecer e o veículo partir.

Vou direto para dentro da casa e para o banheiro. Tranco a porta e faço tudo o que posso para não surtar por completo.

Esta é a minha *casa*.

Acho que ele é louco.

Acho que *eu* sou louca.

Dezenove

Sou, sim. Sou mesmo louca.

Porque quem em sã consciência voltaria ao lugar onde fica à mercê de um homem que dirigiu duas horas para espiar a frente da sua casa sem permissão?

Eu. Mas, meu Deus, nunca senti nada parecido com isso. É como um puxão constante, como se uma corda espessa conectasse meu peito ao de Saint. Sou puxada sem parar, até ficar exausta demais para resistir.

Eis uma ótima definição de pessoa louca: alguém que ignora o instinto e o bom senso, e que dá ouvidos à atração e à curiosidade.

O zumbido dos pneus passando na estrada é o único barulho constante no silêncio opressor do carro. Seguro o volante com tanta força que os nós dos dedos estão brancos, o que reflete a tensão que se acumula no meu estômago. Hoje o sol parece hostil, iluminando as plantas perenes ao longo da estrada. Parece que cada quilômetro percorrido até o chalé adiciona mais uma camada de pavor e expectativa.

Já se passou um dia inteiro desde que pedi a Saint que fosse embora. Ele não deu notícias depois disso. Não enviou mensagem, não ligou, não mandou nem sequer um emoji enigmático desde que partiu.

Meu celular, virado para baixo no banco do passageiro, é inútil. Já o conferi umas cem vezes à espera de alguma notícia, qualquer uma, só para saber que ele não é um fantasma, que de fato teve a cara de pau de aparecer lá em casa, que não foi tudo um delírio. O silêncio é estrondoso.

Minha mandíbula está dolorida de tanto que a cerrei. Falei para mim mesma que voltaria para terminar o trabalho, mas, no fundo, sei que é porque ele está aqui e ainda quero ficar com ele. Porque fui puxada para a órbita de Saint e jamais quero sair dela.

Vejo a saída da estrada, a rua de cascalho sobre a qual os pneus passam e cujo som me transmite a sensação de chegada ao lar. Surgem as árvores familiares, altas e silenciosas, que formam longas sombras. Fico sem ar. *Por favor, que ele não esteja aqui. Por favor, que ele esteja aqui. Pelo visto quero duas coisas bem diferentes ao mesmo tempo. Estou tão confusa.*

Só que então, quando as árvores rareiam e vislumbro o pequeno descampado onde fica o chalé, avisto o carro dele. Escuro e imponente, igual a ontem, mas desta vez estacionado de modo descarado na frente do chalé, uma bandeira territorialista fincada na propriedade.

Saint está aqui. É óbvio que está.

A raiva da noite anterior, amenizada pela manhã frenética, volta à tona, intensa e imediata. Ele apareceu *na minha casa*. Na casa onde moro com Shephard e nossas filhas. Que cara de pau! Que audácia imensa, aterrorizante. E agora ele está… à minha espera? Como se eu lhe devesse algo? Seguro o volante com tanta força que meus dedos doem.

Estou radiante com a presença de Saint aqui, mas também furiosa. Estou com raiva de mim mesma por querer correr para seus braços e, ao mesmo tempo, querer deixar seu olho roxo com um soco.

Dirijo devagar, com cuidado, e paro atrás do carro dele. O motor faz um clique quando o desligo, e o silêncio súbito amplifica as batidas frenéticas do meu coração. Fico sentada por um instante, segurando o volante, apenas respirando, tentando controlar meus pensamentos acelerados. Não estou a fim de transar. Estou com raiva demais para isso. Entretanto, estou a fim de conversar. Talvez até discutir. Brigar. Seria um jeito de encerrar toda esta situação e, de alguma forma, aceitá-la.

A porta do carro range alto quando a abro em meio ao silêncio do ambiente. O alpendre de madeira, o cheiro de pinheiro e de terra molhada — tudo me parece estranho, corrompido, enquanto me dirijo à porta da frente. Minha mão paira sobre a maçaneta, hesitante. O que vou dizer? O que ele vai dizer? Será que vai exigir algo? Será que vai agir como se nada tivesse acontecido?

Abro a porta destrancada do chalé, devagar, com cuidado, como se esperasse que um animal selvagem fosse pular. O interior está fresco e iluminado por uma luz suave. Vasculho a sala e a cozinha com o olhar até encontrá-lo.

Saint está parado diante do fogão, de costas para mim, e um cheiro suave de ervas e molho de tomate preenche o ar. Usando calça jeans desbotada e camiseta escura, o tecido bem esticado sobre os ombros. Ele salpica algo em cima de um prato com uma das mãos; a outra está apoiada na bancada de um jeito casual.

Uma imagem de domesticidade que destoa por completo do homem que invadiu minha vida e minha casa ontem à noite.

Meu Deus. Ele está de meia. Por que curto tanto quando um cara está de meias limpas?

Ele se vira um pouco, apenas o suficiente para que eu veja seu perfil, concentrado, atento ao que quer que esteja preparando. Desço o olhar até a comida. A travessa de vidro exibe o que indiscutivelmente identifico como massa, um molho vermelho consistente e um creme branco.

Lasanha. Ele fez lasanha.

O cheiro saboroso e reconfortante me atinge. É um imenso contraste em relação à tensão no meu corpo, à intensa raiva que ainda sinto. *Lasanha*. Como se fosse uma noite normal. Como se ele não fosse o homem que foi embora após invadir meu espaço pessoal. Ele está apenas... *cozinhando* para mim.

Saint ergue o olhar devagar, como se sentisse minha presença, mas não parece estar surpreso. Seus olhos escuros encontram os meus do outro lado da cozinha. Não há medo nem arrependimento neles, apenas uma intensidade silenciosa que provoca uma nova onda de nervosismo em mim. Ele mantém o silêncio. Apenas fecha a embalagem de queijo parmesão e aponta com o queixo para a mesa posta para duas pessoas.

— O jantar está quase pronto — diz ele com a voz calma e baixa.

Sigo com movimentos rígidos, como aquelas marionetes com cordas. A mesa está bem arrumada. Há dois pratos, talheres e até guardanapos de linho. Vejo uma garrafa de vinho tinto aberta. Ele serve porções generosas da lasanha nos pratos, queijo e molho escorrendo. Em seguida, põe o prato à minha frente e depois se senta do outro lado da mesa.

O silêncio se prolonga, repleto de palavras não ditas, de lembranças caóticas do dia anterior. O cheiro reconfortante da comida me parece um truque cruel.

Ergo o garfo, mas estou sem apetite. Mexo num pedaço da massa, depois largo o talher. Não consigo comer. Ainda não.

Ele me observa, a expressão indecifrável. Por fim, suspira e exala devagar.

— Escute, Petra — começa ele, a voz mais suave. — Desculpe. Você tem razão. Passei dos limites.

— Você apareceu lá em *casa*, Saint. No *lar* da minha família.

Ele não reage. O olhar está firme, inabalável.

— Eu sei. Mas não vamos esquecer quem seguiu quem primeiro.

— Eu moro a duas horas daqui! Você dirigiu duas horas, estacionou perto da minha casa e ficou me espiando com meu marido e minhas filhas por sei lá quanto tempo.

— Foi só meia hora.

— Meu Deus do céu. *Isso não faz diferença.*

— Só fiz aquilo porque queria que você se sentisse realmente *viva*. Achei que ia ser divertido, ou que você ia perceber algo novo. Achei que ia te inspirar de alguma maneira.

Eu o encaro, a incredulidade se debatendo com uma mínima faísca de compreensão.

— A adrenalina inspira muito — prossegue ele simplesmente. — E, para ser sincero, acho que você precisa de mais adrenalina na sua vida. Eu vi como é o seu marido.

A alfinetada me deixa com raiva, mas também preciso me segurar para não rir. Odeio constatar que ele está tornando este momento mais humano com seu humor. Quero estar completamente furiosa com ele. Eu queria brigar.

Afasto meu prato, sem nem conseguir pensar em comida no momento.

— Estamos nos arriscando demais. — Não posso colocar toda a culpa nele. Por mais que eu esteja furiosa por Saint ter ido até lá, também desempenhei um papel naquilo. Fui eu quem iniciou esta brincadeira de espiar o outro quando tentei segui-lo até a casa dele. Contudo, eu jamais teria estacionado. — Você está colocando meu casamento em risco. Isso não é brincadeira.

Ele me fita e pega minha mão.

— Você tem razão. A gente devia ter definido regras antes de começar tudo. Eu me empolguei. Não vai acontecer de novo. Mas o meu objetivo aqui, o meu papel, não é destruir sua vida. É ajudar você a escrever. E a se divertir um pouco também. Nada mais.

Desvio o olhar do rosto de Saint para minha mão, de punho cerrado, debaixo da dele. *Saint não quer ameaçar meu casamento,* digo a mim mesma. É uma afirmação que deveria trazer certo alívio. E até traz um pouco. No entanto, indo mais fundo, há uma minúscula parte de mim que é mais rebelde, uma parte que mal conheço, e ela sente uma decepção perversa. *Seria ótimo se ele quisesse.* É um pensamento perigoso, intenso e vergonhoso. Se ele *fosse* uma ameaça, se Shephard tivesse que *lutar* por mim, se houvesse um risco real e tangível, talvez meu marido me desse mais valor.

Acho que ele gosta de mim, mas temo que me enxergue como um molde em que qualquer outra mulher se encaixaria. Nada me assusta mais do que ser comum. Não sei se ele enxerga o que tenho de especial, e isso me deixa triste.

— Está tudo bem entre a gente? — pergunta Saint. Ele acaricia meu pulso com o polegar. — É sua última semana aqui. Prometo que não vou aprontar mais.

Assinto. Saint também.

E acho que é isso. Mais uma crise evitada. Mais uma *red flag* ignorada para depois fingir que ela não existe.

Saint solta minha mão, pega o garfo e começa a mexer na lasanha. Contudo, ainda não estou muito a fim de comer.

— O que vai acontecer quando a semana acabar? — pergunto.

— O que você quiser.

— Posso confiar que você não vai aparecer lá em casa?

Saint sorri, mas é um sorriso tranquilizador. Não é presunçoso.

— Eu sei o que tudo isso significa, Petra. Sei o que estamos fazendo. Acho que é você quem vive se esquecendo de que é um jogo. E, se nunca mais quiser me ver, tudo bem. Mas você não vai se aposentar, e imagino que vá voltar a este lago. A decisão sempre vai estar nas suas mãos.

Meu Deus. A ideia de que o que estamos fazendo não tenha um fim definitivo me enche de pavor. Não porque eu não queira vê-lo de novo em algum momento no futuro, depois que eu for embora, e sim porque, se eu não encerrar isso de maneira efetiva, é bem provável que não consiga tirá-lo da cabeça após voltar ao mundo real.

Não quero que a decisão esteja nas minhas mãos. Não quero sequer que haja uma decisão ou que algo precise ser decidido.

Por que diabos as pessoas traem? Isso é estressante pra caralho!

Saint pega a garrafa de vinho.

— Eu li o que você me enviou por e-mail — diz ele enquanto serve o vinho. — Li enquanto espiava sua casa ontem. Antes de você me pegar no flagra.

Eu me mexo na cadeira, incomodada. Não sei se quero saber a opinião dele.

— Petra — diz ele, a voz mais suave, uma ressonância grave que faz o ar vibrar. — Não sei como você não é a escritora mais metida do mundo. Você é incrível.

O elogio inesperado me desarma e também me faz rir. Fico sem reação um instante, depois o olho nos olhos.

— Hum. Obrigada?

— É sério, eu não conseguia parar de ler. Ver como você interpretou os momentos que passamos foi a melhor experiência de leitura que já tive. A linguagem que você usa, a maneira como constrói as frases... é tudo muito intenso.

Ele toma um gole de vinho com um olhar pensativo.

Não sei por que as palavras me fazem ruborizar como uma menininha.

— Obrigada. Mas pode parar. Isso é muito constrangedor.

Ele estende o braço por cima da mesa, pega minha mão e acaricia meu polegar com o seu.

— Aceite os elogios. A antiga Petra os aceitaria. Eu disse que vi todos os seus vídeos. Vi quem você era antes da fama, e fico triste de perceber que aquele lado seu desapareceu. Eu queria ter te conhecido antes de você começar a acreditar na versão de você que *os outros* enxergam.

As palavras me atingem com força.

Também sinto falta daquela Petra. Não que eu me achasse uma escritora melhor, mas decerto ainda não era calejada, não estava exaurida.

Sinto falta da paixão que eu tinha. Sinto falta de interagir com os leitores. Sinto falta dos lançamentos de livros, das sessões de autógrafos, das viagens internacionais. Eu me divertia tanto. Acordava querendo ver quais amigos estavam on-line. Ou acordava apenas com o desejo de mergulhar no livro que eu estava escrevendo.

Agora a única coisa que faço é ficar deitada na cama, com pavor do que pode acontecer no meu dia de trabalho, com medo de chegar algum e-mail terrível que abale o restante do dia, de algum pensamento irritante me impedir de abrir o manuscrito.

— Eu queria conseguir reencontrar aquela Petra — comento, mais a mim mesma do que a Saint.

— Eu também queria. Esse tipo de escrita, o que você faz... é extremamente pessoal, mesmo quando é ficção. Você põe tudo de si nas páginas. E, quanto mais famosa você fica, quanto mais sucesso alcança, mais as pessoas acreditam possuir uma parte dele. Um pedaço *de você*. E elas vão fazer ainda mais barulho, chegar de todos os cantos, mas o que acha que acontece com essas pessoas quando você desaparece?

— Elas conseguem o que queriam? — respondo.

Saint balança a cabeça.

— Não. Elas não conseguem nada. Apenas partem para o próximo livro. Para o próximo autor. Para o próximo filme. Para a próxima modinha. Porque te odiar e te amar é uma moda que eles *vão* superar. Todo mundo vai deixar essa experiência para trás, menos você. O que vai acontecer é que você vai ficar presa nela para sempre, porque ela é sua. É sua vida, seu nome, sua paixão. E você precisa controlar o que se permite absorver, porque o que você absorve determina o que consegue pôr para fora.

Ele faz uma pausa para que as palavras assentem. Enquanto isso, faz movimentos circulares com o polegar no dorso da minha mão em um ritmo suave e reconfortante.

Uma calma estranha me invade. Uma sensação de ser mesmo compreendida, algo que Shephard quase nunca me proporciona.

— Obrigada.

É a única palavra que consigo dizer sem chorar.

As palavras de Saint não são apenas um elogio; elas me fazem sentir o que sempre quis, mas que jamais havia sentido porque nunca tinham me dito algo assim antes. Ele valida meus sentimentos em vez de os desconsiderar. Não me diz que eu deveria apenas ficar grata por ter uma carreira. Faz com que eu sinta que meu dilema interno é real e que sou forte o bastante para superá-lo.

— Você sabe que não precisa de mim, né? — diz ele, mais em tom de afirmação do que de interrogação. — Você escreveu um monte de livros antes de eu aparecer na sua vida. E acredito que você terminaria esse livro mesmo que não tivesse me conhecido. Acho até que sou mais uma distração do que uma inspiração.

Balanço a cabeça.

— Agora preciso discordar.

Saint afasta a mão, mas o calor dela permanece na minha pele. Ele aponta para o meu prato de novo, com um sorrisinho encorajador nos lábios.

— Precisa comer. Depois você volta ao trabalho.

Ergo o garfo, e desta vez o cheiro da comida não me incomoda. Ele parece… revigorante. Dou uma garfada. Os sabores explodem na língua. A lasanha está bem temperada, gostosa, muito reconfortante. Está perfeita.

Quando terminamos de jantar, o que restava da luz do crepúsculo já esvaeceu, e a iluminação quente das lâmpadas se espalha pelo chalé. A travessa com metade da lasanha está entre nós dois, um resquício da refeição. Mais importante ainda, a tensão acumulada durante dias diminuiu, substituída por um discreto senso de propósito, uma leveza estranha e crescente. Ele me fez sentir incrivelmente bem, valorizada. Não como uma conquista sexual, e sim como artista e pessoa.

Saint se levanta e recolhe os pratos da mesa.

— Eu arrumo tudo — digo e tomo os pratos dele.

Quando chego à pia, ouço os sons que indicam que Saint está juntando suas coisas. Eu me viro, triste ao observá-lo se preparar para ir embora.

Ele se dirige à porta enquanto guarda o celular no bolso.

— Amanhã eu te mando uma mensagem.

— Você vai embora? — pergunto, indo até ele.

Saint faz que sim, mas enrosca o braço na minha cintura quando me aproximo.

— Vou. Você tem um livro para terminar esta semana.

Não quero que ele vá embora. Saint se aproxima, e, por uma fração de segundo, me preparo para um beijo intenso. No entanto, os lábios pressionam minha testa de um jeito suave, delicado e casto.

— Durma bem, Petra — sussurra, sua voz parecendo um afago. — E escreva como se não houvesse amanhã.

Quando ele abre a porta para sair, o vento faz meu cabelo balançar em torno do rosto. A temperatura caiu vários graus, e a copa das árvores chacoalha. Eu o observo ir até o carro com pressa, e o céu se acende com um relâmpago bem no momento em que Saint abre a porta.

Há uma tempestade a caminho.

Vinte

A tempestade chegou.

O nome dela é Mari.

O guarda-chuva entrou antes dela, mas agora o vento bate nos seus cachos cor de laranja, que rodopiam, enquanto nós duas empurramos a porta para fechá-la. A direção do vento está contra o chalé, o que faz a tempestade parecer pior do que é.

Já faz dois dias que ele uiva e ruge, mas amo de paixão esse tempo. Nada me deixa mais disposta a escrever do que uma tempestade das boas.

— Nossa! — Mari se sacode para se secar um pouco. — Está ventando pra dedéu — diz ela enquanto tira as botas.

— Ninguém mais usa essa expressão.

Pego uma colher na gaveta para tomar o iogurte que acabo de abrir.

— Qual expressão? — pergunta Mari enquanto se larga numa cadeira à mesa.

— *Pra dedéu*.

— Ai, me deixa. Tenho sessenta anos.

— Que hoje são os novos trinta.

— Então você é o quê, uma recém-nascida?

Dou uma risada bem na hora em que uma ligação faz meu celular vibrar. Ponho a colher na boca, pego o celular e atendo assim que vejo que é Saint. Tiro a colher da boca.

— Oi — digo com animação.

— Vou passar aí hoje — avisa ele, a voz familiar e autoritária.

Não é uma pergunta, não é um pedido educado — é apenas uma constatação de sua intenção.

— Quando?

Sinto as bochechas esquentarem.

— Eu saio às seis.

— Quer que eu prepare alguma comida?

Percebo a curiosidade de Mari enquanto ela presta atenção na parte da conversa que consegue ouvir.

— Se você quiser — responde ele.

Sinto um teste sutil nas suas palavras. Como se ele estivesse pensando: *quem seremos esta noite?*

— Qual é a sua comida predileta? — pergunto e torço para que seja algo que eu saiba fazer.

Um instante de silêncio, depois uma risadinha.

— O que quer que você goste de cozinhar, Reya.

Eu me empolgava ao ouvir esse nome, mas agora ele me faz franzir o cenho. É uma afirmação da fantasia, um convite sutil para entrarmos mais a fundo no nosso jogo, quando hoje eu queria que ele fosse só Saint mesmo. Que seja, contanto que ele venha.

— Pode deixar que eu preparo algo, Cam — digo num tom provocador, esquecendo que Mari está ouvindo.

Misericórdia, agora ela vai achar que estou transando com *três* homens.

— Será que posso dormir aí? — pergunta ele.

— Acho que podemos providenciar isso.

— Ótimo. — Antes de encerrar a ligação, quando estou prestes a me despedir, ele chama: — Ei, Reya?

Fico sem ar ao ouvir seu sussurro grave.

— Sim, Cam? — respondo, o nome do personagem escapando no automático dos meus lábios como um eco.

— Eu te amo.

As palavras são suaves, convincentes, e, embora eu saiba que ele está apenas fingindo ser um personagem, em uma interpretação do papel que criei para ele, parece que Saint disse isso *para mim*. Um lado meu instintivo e irracional acredita nisso, anseia por isso.

Um calor inegável se espalha do meu pescoço até minha testa.

— Eu também te amo — sussurro depressa, a mentira parecendo mais real do que qualquer verdade que eu disse nos últimos dias.

A ligação se encerra de repente, e não consigo olhar Mari nos olhos. Apenas ponho o celular na mesa e tomo uma colherada de iogurte. Sinto que ela está me encarando.

— Alguém vai vir pra cá? — pergunta ela.

Assinto.

— Saint.

— Meu bem, você percebeu que o chamou pelo nome errado, né? Duas vezes.

— É um apelido. Você adora um apelido, não?

— Eu achava que o apelido dele era *Saint*. Uma pessoa não pode ter dois apelidos.

— Ele pode fazer o que quiser.

— Você está atacada hoje — diz ela e tira o iogurte da minha mão.

Mari também pega minha colher e toma um pouco. Enrugo o nariz.

— Ecaaa.

— Vai por mim, já tomei coisa bem pior — rebate ela e toma mais. — O que vai preparar para ele?

Eu já tinha esquecido.

— Merda. Sei lá. Preciso passar no mercado.

— Tenho uma receita de um frango que ele vai adorar. É boa pra dedéu, Petra. *Pra dedéu*. Está me ouvindo? *Pra dedéu*, porra.

Dou uma risada.

— Pode me mandar.

Acho que eu também vou sentir saudade da Mari quando for embora.

•

No caminho do mercado, passo por um posto de gasolina. É pequeno e velho, com placas meio apagadas e só uma bomba de combustível. O tipo de lugar que passa despercebido, mas hoje ele chamou minha atenção. Estou em busca de algum jornal local. Algo que me conecte a essa cidade estranha e isolada. É melhor eu aproveitar para encher logo o tanque antes de voltar a Sacramento daqui a alguns dias.

Entro no posto, estaciono o carro e saio, sentindo quando as gotas de chuva tocam minha pele. Corro para a loja de conveniência antes de abastecer, o sino da porta tinindo quando entro no local pouco iluminado. O cheiro de café velho me atinge quando me aproximo do balcão, à procura de algum jornal local nas prateleiras. Nem sei se vendem jornais aqui. A cidade é tão pequena que eu não ficaria surpresa se não vendessem.

Eu queria ler sobre o incidente que aconteceu na noite em que Saint apareceu lá no chalé. Na noite em que tudo mudou. Ainda me lembro dela, como se fosse cena de um filme que fico revendo na minha mente. Pensei em incluí-la no livro, misturando-a com a narrativa para conferir a sensação de realismo que só experiências reais são capazes de proporcionar.

Costumo mudar muitas cenas na fase de reescrita do livro e me sinto tentada a reformular a cena em que Cam e Reya se conhecem. Queria que ela refletisse melhor o que de fato aconteceu entre Saint e eu. Talvez isso acrescentasse mais profundidade, visceralidade, que gerasse mais conexão com os leitores.

A essa altura, tenho quase certeza de que Saint vai terminar de ler o livro, levando em consideração que ele já leu metade da primeira versão. É mais um motivo para inserir nas páginas situações que vivemos.

Nunca escrevi nada sabendo, de forma tão consciente, que a pessoa que me inspirou acabaria lendo. No entanto, também jamais escrevi inspirada em alguém de verdade.

Enfim encontro a prateleira de jornais perto do caixa. Só tem um jornal além do *USA Today*, e, pelas datas no cabeçalho, parece que só sai uma edição dele por mês. Como a cidade é bem pequena, faz sentido.

Folheio as páginas enquanto dou uma olhada nas manchetes, mas não encontro nada que mencione uma perseguição policial terminada em suicídio.

Confiro o dia da edição de novo e me lembro da data em que cheguei no lago. Esse jornal foi publicado alguns dias depois da minha chegada, então era para a história ter sido publicada, mas nem depois de o folhear pela segunda vez encontro qualquer menção ao caso. Talvez eles tenham preferido não escrever nada para manter a imagem de cidade segura para os poucos turistas que a visitam.

Pensar nisso me deixa inquieta. Um acontecimento como esse devia ter virado notícia em uma cidade tão pequena. Ou talvez eu não tenha visto a matéria por estar distraída demais. Folheio as páginas mais uma vez e mantenho o olhar atento a qualquer alusão ao incidente.

Confiro a prateleira outra vez em busca de uma edição mais recente.

Levo o jornal até o balcão. O atendente é um homem careca que aparenta ter uns cinquenta anos, o rosto desgastado pelos anos que passou em pé aqui. Ele mal ergue o olhar quando ponho o jornal no balcão, ainda com os olhos fixados no caixa enquanto ele digita o preço.

— Essa é a edição mais recente?

— É.

— Você tem algum exemplar da edição do mês passado?

— Não.

Um homem de poucas palavras.

— Em que dia o jornal costuma sair? — pergunto. Talvez saia algo na próxima edição.

Ele dá de ombros com uma expressão entediada, como se a pergunta fosse banal demais.

— É Lennie quem faz a entrega, então não tenho como saber. Ou ele traz os jornais no sábado à noite, ou costuma esperar até segunda. — Ele fala como se eu devesse saber quem é Lennie, como se esse homem fosse uma espécie de lenda conhecida fora da cidade. — Por quê? Você vai aparecer nele ou algo assim?

Ele enfim me olha com certa curiosidade.

— Não. Eu queria apenas saber um pouco mais sobre a perseguição policial que aconteceu algumas semanas atrás.

Tento manter o tom de voz casual, mas há uma tensão nela, uma pitada de ansiedade que não consigo disfarçar.

O homem aperta mais alguns botões no caixa com movimentos vagarosos.

— Um dólar e 25 centavos — diz ele, sem olhar para cima. Então, como se só tivesse pensado nisso agora, acrescenta: — Que perseguição policial?

Solto cinco moedas de 25 centavos na palma de sua mão.

— Não me lembro do nome do sujeito. Foi uma perseguição policial que terminou em suicídio numa rua a uns dois quilômetros daqui — explico com a voz mais baixa, as palavras causando um gosto estranho na minha boca.

— Que rua? — Seu tom muda, uma incredulidade se infiltrando na sua voz.

— Hunter Trail — respondo, o nome da rua soando errado aos meus ouvidos, como se pertencesse à vida de outra pessoa.

O homem dá uma risada, um som grave e estrondoso.

— Se tivesse acontecido uma perseguição policial e um suicídio lá na Hunter Trail, eu saberia — diz ele e balança a cabeça como se fosse a coisa mais absurda que eu poderia ter dito.

O sino da porta da loja toca, e nós dois nos viramos para ver o cliente que está entrando. É Louie. Fico aliviada ao vê-lo. Ele vai poder me ajudar.

— Olá, Petra! — diz ele com alegria genuína. — Como anda a escrita?

O atendente, sentindo uma oportunidade de mencionar a conversa estranha que acabamos de ter, fala antes que eu possa responder:

— Louie, você ouviu falar de perseguição policial ou de suicídio nas últimas duas semanas? Mais especificamente na sua rua?

Paro e sinto um nó na garganta enquanto espero Louie responder. O olhar dele passa de mim para o atendente. Ele exibe uma expressão confusa e ri balançando a cabeça.

— Não nesta região — diz ele com uma risadinha. — Aqui não acontece nenhum suicídio desde 2014. E faz mais tempo ainda que não acontece uma perseguição policial.

As palavras me atingem como um soco na barriga. Sinto meu corpo começar a vibrar de ansiedade, a mente acelerar enquanto tento entender o que acabo de ouvir.

Como isso é possível? Eu estava lá. Vi a luz da viatura, conversei com o detetive. *Isso não pode estar acontecendo.*

Balanço a cabeça e falo com a voz fraca:

— Mas... *aconteceu*. Foi na rua da sua casa, Louie. De madrugada. Um detetive bateu à minha porta... — Não consigo concluir a frase, a mente tomada pela confusão. — Até sua esposa sabe disso.

Louie me olha dos pés à cabeça e semicerra um pouco os olhos.

— Um detetive? Não temos detetive aqui.

— Você é de Los Angeles ou algo assim? — pergunta o atendente. — É repórter?

Agora há um tom de suspeita na voz dele, como se ele estivesse me analisando, em uma tentativa de entender quem sou e por que estou fazendo essas perguntas.

— Não — digo, a voz quase inaudível. — Sou escritora... de ficção. Não sou repórter.

— Ela está hospedada no nosso chalé reformado — diz Louie com orgulho.

Minhas mãos estão trêmulas quando as enfio na bolsa e pego o celular. Sou esmagada pelo peso do medo e da confusão. Passo as fotos depressa, à procura de uma que eu estava escondendo. Algumas noites atrás, tirei uma selfie com Saint, um momento de fraqueza, um momento que eu queria lembrar. Escondi-a no celular, em uma pasta onde ninguém a encontraria.

Ergo a imagem para Louie, a mão ainda trêmula enquanto mostro a foto de Saint.

— Esse cara é policial aqui na cidade? — pergunto em tom de dúvida.

Louie pega o celular e franze a testa enquanto encara a foto. Depois de um longo momento, ele ri, um som ríspido e zombeteiro.

— Temos dois policiais que patrulham a área, e os dois bem que *gostariam* de ser iguais a esse sujeito aqui.

Sinto o sangue se esvair do meu rosto. *Não pode ser.* Em seguida, uma onda de náusea acomete meu estômago, e minha mente acelera enquanto tento assimilar o que Louie acaba de dizer.

— Não. Ele também esteve na sua casa. Ele conversou com vocês dois sobre o acidente.

Será que Mari esqueceu de mencionar que Louie tem demência ou algo assim?

Louie me encara como se fosse *eu* quem tivesse demência.

— Mostre a foto a Bill — pede ele. — Este é o posto de gasolina mais próximo do lago, então esse homem deve ter passado aqui para abastecer.

O peso da minha confusão me comprime, então é difícil me concentrar. Meu coração está acelerado, e sinto o suor começar a se formar na nuca. Ergo o celular para Bill, o atendente, desesperada para obter respostas.

— Você sabe quem é esse? — pergunto, a voz um pouco estremecida enquanto tento manter a compostura.

A fotografia de Saint na tela parece ser a única evidência tangível que tenho, o único fio que conecta tudo isso.

Bill balança a cabeça, uma expressão calma e indiferente, como se esta fosse apenas mais uma conversa banal.

— Não sei o nome dele — começa ele de maneira seca e semicerra um pouco os olhos quando observa a tela com mais atenção. — Mas já o vi. — Ele pega meu celular e seus óculos e inspeciona ainda mais a foto. — Sim, já o vi. É difícil esquecer esse rosto. É um cara altão. Tem um carro preto. Mas não sei quem é.

Ele me devolve o celular.

Eu me concentro nessas poucas informações como se elas fossem valiosíssimas, e minha mente acelera conforme tento compreender tudo.

— Onde você o viu? — pergunto e me aproximo. — Aqui?

Seguro o celular com mais firmeza, os nós dos dedos ficando brancos enquanto espero sua resposta, torcendo para que sua resposta me ajude a enfim começar a entender essa situação absurda.

Bill assente devagar e franze a testa enquanto pensa.

— Sim, se for mesmo o sujeito que eu acho que é — diz após uma pausa, como se ele próprio estivesse encaixando peças. — Ele passou aqui algumas vezes nas últimas semanas. Deve estar hospedado em uma das casas para aluguel de temporada, pois nunca o vi aqui antes — afirma ele num tom casual, mas as palavras me atingem como um soco na barriga.

É totalmente diferente do que Saint me disse, da maneira como ele descreveu a vida que levava.

— Ele pode ser um morador novo, não? — cogito, tentando entender tudo, desesperada para encontrar uma explicação. — Ele pode ter começado a trabalhar como detetive aqui recentemente — acrescento com uma voz que soa fraca até para os meus ouvidos.

Estou tentando convencer tanto a mim quanto a Bill, mas, lá no fundo, consigo sentir as rachaduras se formarem, a dúvida se infiltrar.

Se Saint começou a trabalhar aqui há pouco tempo, como é que Louie e Bill não o conhecem? Por que eles têm tanta certeza de que ele não trabalha aqui?

Louie, que está perto de nós dois, percebe a minha mudança. Franze a testa em preocupação e dá um passo para a frente. O ar entre a gente está pesado, repleto de perguntas sem resposta.

— Petra, não sei quem esse homem disse a você que é, mas garanto que ele não é da área. E com certeza não trabalha por aqui. Não como policial. Não como segurança. Nem mesmo como funcionário da Taco Bell.

— Nem tem Taco Bell aqui — comenta Bill.

— E é por isso que sei que ele não trabalha aqui — responde Louie.

A certeza em seu tom faz meu estômago embrulhar. Os olhos de Louie estão atentos, à procura de alguma explicação nos meus, mas não tenho nenhuma.

— Bill e eu sabemos tudo de todo mundo aqui da cidade — prossegue ele com a voz firme, mas não grosseira. — A não ser que a pessoa esteja apenas de férias em um dos chalés. — Suas palavras pairam no ar como uma advertência, uma verdade que não estou pronta para aceitar. — Mas sou dono da maioria, e ele não é um hóspede meu.

Se eles sabem tudo de todo mundo da cidade e não conhecem Saint, então de onde foi que Saint veio, cacete?

Balanço a cabeça, sem querer acreditar no que Louie me diz. Isso e o fato de eu ter acreditado que ele conhecia Saint, mas ele afirmar que não, faz eu questionar minha sanidade. Meu coração martela no peito, e as perguntas rodopiam cada vez mais rápidas, então é difícil raciocinar direito. Se Saint não é detetive, o que ele é?

Minha mente se concentra no passado enquanto analiso todas as nossas conversas, todos os detalhes que ele me contou de sua vida.

Como é que ele conseguiu mentir de um jeito tão convincente?

De onde foi que ele veio?

Como eu pude ser tão iludida?

Encaro Bill e Louie, a pulsação disparada, as mãos trêmulas. Como eles dois não sabem quem Saint é? Estão agindo como se Saint sequer existisse, como se o homem com quem tenho passado minhas noites fosse uma espécie de fantasma. Contudo, ele é real. Eu o beijei. Eu o toquei. Dormi ao lado dele. Saint não pode ser fruto da minha imaginação.

As perguntas começam a se empilhar uma sobre a outra, avassaladoras. Por que a perseguição policial não saiu no jornal? Aquela noite foi real — eu vi os flashes da viatura e o detetive na minha porta. Ainda consigo ver tudo aquilo na minha mente com muita nitidez.

Como algo assim aconteceria sem deixar qualquer rastro? Como Louie, que mora na mesma rua, não ficou sabendo? Como é que ele não conheceu Saint, se Mari acordou por causa do mesmo tumulto?

Tenho vontade de vomitar com tantas perguntas sem resposta, a incerteza apertando seus dedos em volta de meu pescoço.

Sem dizer mais nada, abro a porta e saio correndo no meio da tempestade. Ouço Louie me chamar com a voz cheia de preocupação, mas não me viro. Vou direto ao meu carro, as mãos trêmulas enquanto tento pegar minha chave. O som da batida da porta do carro reverbera nos meus ouvidos, mas quase não o percebo. Minha mente está tão cheia, tão caótica, que só consigo pensar em voltar ao chalé.

Não me dou ao trabalho de encher o tanque. Não consigo pensar em um futuro tão distante assim.

Só tenho um objetivo enquanto dirijo.

Mari.

Vinte e Um

— Mari! — grito o nome assim que bato a porta do carro.

Corro até o chalé, na expectativa de que ela consiga acalmar toda essa confusão girando dentro de mim. Bato à porta.

— Mari, abra a porta!

— Um instantinho!

Consigo ouvi-la andando pela casa. As tábuas de madeira rangem conforme ela se aproxima da porta. Quando Mari enfim a abre, vejo choque no seu rosto.

— Petra? — sussurra. — Você está parecendo um rato afogado. Entre, meu bem.

Ela dá um passo para o lado, mas não entro. Não confio nela nem em Louie, nem em Saint. Não confio nem mesmo em mim no momento.

— Saint — solto ofegante.

Ela ergue a sobrancelha.

— Você queimou o jantar dele? — pergunta ela.

— Não, não. Eu só preciso saber que não estou enlouquecendo. — Aponto para a rua com a cabeça. — Naquela noite… quando o homem… aqui na rua…

— Quando ele se matou? — A resposta é brusca, quase ríspida. Entretanto, dou um imenso suspiro de alívio ao perceber que ao menos ela sabe do que estou falando.

— Isso! Aquilo aconteceu, não foi?

— É óbvio que aconteceu. — Ela inclina a cabeça, a preocupação se espalhando pelo rosto. — Você está bem?

— Não. Não sei. — Começo a andar pelo alpendre dela. — Eu estava no posto de gasolina, e Louie não sabia do que eu estava falando, e não saiu nada no jornal, e eles disseram que ele não é detetive, e...

— Devagar, meu bem — diz ela, saindo para o alpendre coberto para ficar comigo. — Acho que você precisa se sentar.

Balanço a cabeça. Não tenho tempo de me sentar e bater papo com ela. Se Mari estiver prestes a confirmar que Saint de fato existe e que Louie tem demência, ainda assim vou precisar ter em mente que Saint vai lá para o chalé, e eu nem cheguei a ir ao mercado para comprar os ingredientes da receita que Mari me passou.

— Então ele é real, né? É um detetive de verdade. Eu não estou ficando louca.

Os olhos de Mari se voltam à frente de sua casa. Dá para ouvir o som de um veículo se aproximar por cima do barulho da chuva no telhado. Eu me viro, e nós duas vemos Louie parar a picape na frente da casa.

— Merda — diz Mari.

— Ele não lembra — comento e me viro de novo para Mari. — Louie não lembra que Saint veio falar com vocês sobre o que aconteceu naquela noite.

— Ele... dorme pesado. Talvez eu não o tenha acordado... — Mari sorri e dá um tapinha no meu ombro. — Belezinha. É melhor ir logo. Você vai receber visita hoje.

Louie já está do lado de fora da picape e se aproxima. Mari parece nervosa. A maneira como ela está tentando se livrar de mim me deixa inquieta. Alguém está mentindo.

— Mari? — digo.

— Mari! — exclama Louie.

— Merda — sussurra Mari.

Agora Louie está do nosso lado. Ele aponta para mim enquanto olha para Mari.

— Ela te perguntou?

— Perguntou o quê? — diz Mari.

— Sobre a perseguição policial.

— Ah. Sim.

— Mari se lembra — respondo a Louie.

— Ela se lembra do quê? — questiona Louie, ainda prestando atenção à esposa.

Mari parece bem nervosa.

— Não foi nada de mais. Algumas semanas atrás, uns policiais apareceram aqui para perguntar sobre um incidente que tinha acontecido.

— Petra disse que uma pessoa morreu. E você nem me contou?

— Mari, você me contou que dois policiais vieram aqui e conversaram com você *e* Louie sobre o acontecido.

Louie põe as mãos na cintura e inclina a cabeça para a esposa.

— No que diabos você se meteu desta vez?

— Em nada — insiste ela.

Cada centímetro de seu corpo entrega que ela está mentindo. Louie ergue as mãos como se também soubesse disso.

— Não quero nem saber. Se há um cadáver envolvido, não quero nem saber — diz ele.

— Não teve cadáver algum — retruca Mari a ele num tom defensivo. — Não era um cadáver de verdade.

Não era um cadáver de verdade?

— Teve, sim — insisto. — Você me disse que viu.

Louie segura a porta da frente e a abre, mas, antes de entrar, olha para Mari com uma expressão bastante séria.

— Vou entrar em casa. Não quero me envolver nessa história. Mas, seja ela qual for, acho bom você contar logo a verdade a essa mulher, pois precisamos do dinheiro dos aluguéis, e eu que não vou ser processado por causa de alguma armação bizarra que você inventou.

Armação?

Processado?

— Louie, espere aí! — imploro.

Contudo, ele entra em casa e bate a porta. Fico do lado de fora com Mari e sua expressão de culpa. Estou a ponto de chorar.

— Seja lá o que você não estiver me contando, diga logo — peço a Mari. — Se não me disser, vou chamar a polícia e perguntar a eles.

— E o que você perguntaria? — argumenta Mari. Depois da pergunta, ela se senta em uma das cadeiras de balanço que ficam ao lado da porta. Ela me encara, e é como se toda a sua personalidade mudasse diante dos meus olhos. — Vai perguntar se o homem com quem você está tendo um caso existe mesmo?

A facilidade com a qual despeja isso me deixa arrepiada.

— Mari, por favor. Estou muito assustada. Por favor, me conte logo de uma vez o que diabos está acontecendo.

Mari suspira e aponta para a outra cadeira de balanço.

— Sente-se aí. Isso pode demorar.

— Não quero me sentar. Quero que você conte logo.

— Sente-se que eu conto.

— Conta logo, *caralho*! — grito.

Não aguento nem mais um segundo disso!

Mari arregala os olhos depois da minha explosão.

— Está bem — diz ela. — Tá. Então…

Estou tremendo tanto que preciso cruzar os braços na frente do peito para sentir um pouco de firmeza. No entanto, não vou me sentar na cadeira dessa perturbada antes que ela me conte o que sabe.

— Peço perdão pelo que estou prestes a contar. De verdade. Mas você precisa entender o quanto fico entediada de vez em quando. Louie me tirou de Los Angeles e me trouxe para o meio do nada, e aqui não acontece nada de divertido. Eu poderia passar duas semanas inteiras nesta cadeira e ainda assim não falar com ninguém…

— Vá direto ao ponto, Mari — interrompo-a, sem aguentar nem mais um segundo da sua tagarelice.

— Tá — diz ela e bufa. — Ele me pagou.

Minha mente demora um instante para assimilar as palavras e o que elas significam.

— Quem te pagou? E por quê?

— Saint. Cam. Quem quer que ele seja. Eu o peguei no flagra aqui na rua na noite em que ele te disse que aconteceu uma perseguição policial.

Uma lágrima escorre pela minha bochecha. Enxugo-a furiosa, chateada de perceber que a tristeza está mais forte que a raiva.

— No começo, vi a luz do giroflex e achei que tinha acontecido algo de verdade. Quase acordei Louie, mas decidi apenas sair e ir até sua casa para ver com meus próprios olhos. E foi então que vi aquele sujeito. Ele estava colocando giroflexes falsos na rua. Não tinha nenhum policial de verdade. Nenhum cadáver. Apenas os giroflexes. Ele tinha alguns no carro e colocou dois numa árvore perto da sua casa.

Enfim desisto e decido me sentar. Eu me jogo na cadeira de balanço, temendo que minhas pernas não aguentem nem mais um segundo, e a ouço continuar.

— Eu o confrontei. Não tenho medo de ninguém, e ele estava se comportando de um jeito suspeito na nossa rua, então perguntei o que diabos estava fazendo. Eu o peguei no flagra. Disse que ia chamar a polícia, e foi então que ele contou tudo. Disse que te conhecia e garantiu que aquilo era apenas uma pegadinha inocente. Isso não me tranquilizou, então fiz mais perguntas. Ele me mostrou as luzes e se ofereceu para me mostrar sua identidade. Disse que estava aqui porque você é escritora e que trabalha melhor quando vivencia as coisas sobre as quais escreve. Puxa, aquilo soou como uma explicação plausível, e ele não me pareceu ameaçador. Prometi que iria esperar perto da rua até ele ir embora, para garantir que não iria te matar. Ele disse que estava aqui apenas para servir de inspiração para o seu livro. Disse que vocês tinham combinado tudo.

— Ele disse que eu sabia de tudo?

Mari assente.

— Isso. Bem, ele não entrou em detalhes sobre o quanto você sabia, mas disse que você pediu que ele te assustasse. E como já te falei antes, eu sei como é ser artista. Às vezes, a gente precisa fazer certas coisas para que a inspiração bata. Fiquei imaginando que era uma espécie de fetiche entre vocês dois. Tentei ficar na minha, mas eu não deixaria um desconhecido te matar. Eu esperei de verdade até que ele fosse embora.

Esfrego os dedos nas têmporas, tentando assimilar tudo o que ela acaba de dizer. Aquela foi a noite em que conheci Saint. Ele fingiu não saber que eu era escritora. Entretanto, se o que Mari está dizendo for verdade, se Saint já sabia quem eu era… isso quer dizer que ele mentiu esse tempo todo. Esse desconhecido tem mentido para mim e transado comigo, e não faço a mínima ideia de quem ele seja.

— Por que você não chamou a polícia? Ou *me* contou?

Estou furiosa com Mari, só que estou mais furiosa com Saint. Ou talvez comigo mesma. *Como pude ser tão burra?*

— Eu ameacei chamar a polícia. Juro. Falei para ele dar o fora da minha propriedade. Mas ele me fez uma oferta irrecusável.

— Uma oferta?

— Quando te conheci, antes mesmo daquela noite com ele, comentei com você que eu aceitava fazer qualquer papel por dinheiro. Ele me ofereceu uma grana para que eu ficasse de bico calado e simplesmente entrasse no jogo caso você me perguntasse algo a respeito.

Sinto vontade de chorar. De gritar.

— Você aceitou *dinheiro* dele? Para mentir para mim?

— Bem, sei que agora parece feio — argumenta ela. — Mas naquela noite foi empolgante. E eu não fui embora. Fiquei por perto enquanto ele estava na sua casa, e ele não demorou muito. Garanti que ele não tinha te matado antes de aceitar a grana.

— Que generosa você é — debocho em um tom zangado.

Estou tão furiosa com ela que minha cabeça está latejando.

— Ele me pagou para fingir. Pensei que uma escritora acharia divertido, então não imaginei que a história fosse te prejudicar de alguma maneira. Adoro pegadinhas, e gosto ainda mais de dinheiro, e vindo de um homem bonitão, como eu poderia recusar?

Ela me fita como se esperasse meu perdão. Minha compreensão.

— Você não tem ideia do que fez — rebato.

Mais uma lágrima escorre pelo meu rosto, e ela de fato parece arrependida.

— Foi por isso que passei na sua casa no dia seguinte — diz ela. — Eu estava me sentindo mal. Queria ver como você estava, mas parecia bem. E depois você o convidou para voltar ao chalé outras vezes. Também me contou que o beijou e parecia estar contente, então imaginei que vocês dois faziam esse tipo de coisa o tempo todo.

— Eu não...

Então me calo. Não devo explicações a ela. É ela quem me deve mil pedidos de desculpa.

— Eu não fazia ideia de que você era casada. E não é da minha conta, mas achei interessante quando seu marido chegou. E, mais uma vez, não me meti. Só passei no seu chalé porque fiquei curiosa e queria ver o que vocês três estavam fazendo lá. Seu marido não parecia conhecê-lo, e eu não sabia se isso fazia parte da encenação. Mas, como já falei, não me meti na situação.

— Quem é ele, Mari?

— Quem? Saint?

— Isso. Se ele não é um detetive de verdade, quem é ele?

Mari dá de ombros.

— Meu erro deve ter sido esse. Era para eu ter dado uma olhada melhor na identidade dele. Eu estava falando a verdade quando disse que mantenho distância das autoridades desta cidade, então eu não saberia reconhecer ninguém. Não sei nada sobre aquele sujeito, nem sei se ele é policial. Sou apenas uma espectadora inocente.

— Não, Mari, você participou disso e tem culpa, sim! — Eu me levanto, exasperada. Magoada. — Não acredito no você fez. No que você *permitiu*. Foi algo... cruel. Cruel e perigoso. Você deveria estar envergonhada, de verdade.

Eu me sinto tão burra. Tão traída. Enxugo o restante das lágrimas com minha camisa.

— Se serve de consolo, estou arrependida. Espero que não tenha se magoado, ou pelo menos que ninguém tenha se aproveitado de você.

Não consigo mais ficar aqui com ela. Quero colocar juízo na cabeça dela.

— Você deixou um estranho entrar no meu chalé às cinco da *manhã*, porra! É óbvio que estou magoada! E é óbvio que teve gente que se aproveitou de mim! Ele *e* você!

— Nossa, Petra. Entendo que esteja zangada, mas você consegue me entender, não é?

— Nem tente me colocar no papel de advogada do diabo. Você é uma péssima pessoa. Vai se foder, sua cretina do... dedéu!

Começo a me afastar quando ela diz:

— Não é bem assim que se fala, mas...

— Ai, *vai se foder*, Mari! — Abro a porta do meu carro. — Quero reembolso completo!

Olho para ela enquanto sigo para a rua, e Louie sai para a varanda. Eles estão discutindo.

Não é problema meu. Ainda tenho algumas horas antes de Saint chegar, então vou encaixar todas as peças que Mari não conseguiu encaixar por mim. E ainda daria tempo de fazer as malas e cair fora daqui.

Sigo direto para o meu chalé.

Preciso do meu notebook.

Vinte e Dois

Meu notebook não me ajudou em nada.

Quando pesquisei o nome Nathaniel Saint na internet, não apareceu nada que pudesse ser relacionado a esse homem. Nada mesmo. Cheguei apenas a becos sem saída: algumas referências aleatórias a obituários velhos e até informações de empresas antigas. Contudo, não há presença dele nas redes sociais, não há certidão de nascimento ou casamento. Pelo menos não para um Nathaniel Saint com menos de oitenta anos.

Ele mentiu sobre o nome. Ao menos isso já descobri.

Quando a ficha cai, sou atingida como se uma tonelada de tijolos frios e pesados desabassem em minha cabeça. Cada conversa, cada toque, cada momento que passamos juntos passam pela minha mente como um rolo de filme distorcido. Minha perna não para de balançar sob a mesa, meus nervos estão totalmente em frangalhos.

Como não percebi? Eu me sinto uma boba — deixei que ele entrasse na minha vida e provocasse um verdadeiro caos sem sequer questionar nada.

Nervosa, me levanto e começo a andar de um lado para o outro, na esperança de que me movimentar me ajude a ficar mais calma, de que, se eu continuar a me mexer, as peças do quebra-cabeças vão começar a se encaixar. No entanto, quanto mais penso, mais tudo parece desconexo. Minha mente está um turbilhão.

Se o nome dele não é Nathaniel Saint, como vou descobrir o nome verdadeiro? Como vou pesquisar a respeito de alguém que não deseja ser encontrado? Não tenho pista alguma para seguir. Não tenho qualquer informação concreta. Parecia que eu estava vivendo um sonho, sem ter a mínima ideia de que eu não sabia a verdadeira identidade daquele homem.

Vasculho a memória na tentativa de lembrar se ele chegou a me dar alguma pista. Algo que possa ser útil neste momento. Contudo, não perguntei nem o nome da esposa dele. Por que não fiz mais perguntas? Por que não insisti mais? É como se eu tivesse me jogado nessa fantasia sem nem pensar na realidade, e agora estou pagando o preço.

Espera aí. *A foto!*

Fico paralisada enquanto uma descarga de adrenalina percorre meu corpo. A selfie que tirei com ele. Quem sabe não posso usá-la. Se eu jogar a imagem no Google, talvez encontre algo que revele quem ele é.

Corro de volta ao notebook, praticamente me lançando na cadeira. Meus dedos tremem enquanto pego o celular e encontro a imagem escondida em uma pasta protegida. A imagem de nós dois juntos, ambos sorrindo, o braço dele apoiado de maneira descontraída nos meus ombros. Agora que sei que o homem nela não é quem disse ser, a foto ganha um ar sinistro. Envio depressa um e-mail a mim mesma com a fotografia, o coração acelerado quando abro a caixa de entrada. Os segundos que o e-mail leva para chegar parecem uma eternidade, mas, quando chega, clico sem hesitar.

Baixo a imagem com as mãos trêmulas e faço o upload na pesquisa de imagens do Google. Permaneço sentada, com a respiração ofegante, enquanto espero os resultados carregarem, os olhos grudados na tela. A tensão é insuportável, o embrulho no estômago piora a cada segundo que passa. Preciso que isso dê certo. Preciso de respostas. Preciso saber quem ele é.

Não consigo nada. A pesquisa de imagens do Google não funciona com rostos. *Porra.*

Eu me recosto de novo na cadeira para pensar em outras ideias enquanto encaro a tela e me sinto impotente. Depois de alguns minutos, surge um anúncio pop-up oferecendo a pesquisa mediante o pagamento de uma taxa. É a primeira vez que fico contente ao ver um pop-up.

Clico nele no mesmo instante, preencho as informações no site e pago a taxa, ciente de que deve ser um golpe e que minha identidade está prestes a ser roubada. Entretanto, aceito me arriscar no site suspeito para descobrir a verdade.

Várias imagens surgem na tela, e eu as analiso com atenção, mas Saint não está em nenhuma. Todos são homens com características parecidas com as dele — estrutura óssea similar, barbas semelhantes —, mas nenhum é ele. Continuo a rolar e rolar a tela, cada vez mais frustrada, a esperança diminuindo a cada resultado falso. Parece que todo clique é mais um beco sem saída, mais um passo dentro desse labirinto de mentiras.

Então, de repente, vejo uma foto que faz meu coração palpitar.

A foto de alguém igual a ele.

Meu batimento acelera, as mãos estão suadas enquanto passo o cursor por cima da imagem. Estou amedrontada demais para clicar, mas estou desesperada demais para não fazê-lo. *Por favor, que seja ele*, penso, minha mente repetindo as palavras como um mantra. *Por favor, que seja ele.*

Com a respiração entrecortada, clico na foto. Ela me leva a um perfil no Facebook, mas é fechado. A maioria das informações não está disponível, mas o nome está. *Eric Kingston.* Encaro o nome com a mente a mil, as letras se mesclando enquanto tento assimilar o que vejo. A única informação disponível ao público são as fotos de perfil — que confirmam, sem sombra de dúvida, que esse é o homem que venho chamando de Saint.

Saint é Eric Kingston.

Quem é Eric Kingston?

Não há biografia nem foto de capa; o nome e essas fotos são tudo o consigo ver do perfil dele. Que tipo de homem faz tudo isso para esconder quem é de verdade? Meu dedo fica suspenso sobre o mouse, com vontade de clicar para ver a lista de amigos, descobrir algo mais, mas não há no que clicar. Está tudo oculto por causa do perfil fechado. Só o que tenho são seu rosto e um nome que nunca ouvi antes.

A realidade da situação é esmagadora. Fecho os olhos e solto o ar, ofegante, na tentativa de me acalmar, mas não adianta. As perguntas giram ao meu redor como uma tempestade implacável e voraz. Quem é Eric Kingston e o que ele quer de mim?

Fecho o perfil privado do Facebook e levo o cursor às abas abertas do navegador. Preciso de respostas e só vou parar quando encontrá-las. Sem hesitar, abro o Google. Digito o nome depressa. *Eric Kingston.* Clico em pesquisar, a respiração presa enquanto os vários resultados da busca aparecem.

Passo os resultados, atenta aos nomes e às descrições, à espera de que algo chame minha atenção. Estou me sentindo uma detetive encaixando pistas, mas sinto como se cada passo adiante vai revelar uma verdade que não tenho certeza se desejo saber. Quero descobrir, mas tenho medo.

Enfim encontro um link que direciona a um perfil do Instagram com esse nome, e meu coração palpita quando clico nele. No entanto, quando a página carrega, minha esperança morre quase que de imediato. *Fechado*. De novo.

Solto um palavrão em voz baixa e me recosto na cadeira de novo, impotente, sentindo uma onda de frustração me invadir. É como se toda porta que abro se fechasse antes que eu pudesse dar uma olhada no que há atrás dela.

Só que então algo no perfil do Instagram chama minha atenção. Há outro sobrenome: *Merrell*. Isso é novidade. É mais uma peça do quebra-cabeças, mais uma migalha na trilha que vai me levar à verdadeira identidade dele.

Eric Merrell Kingston.

Repito o nome mentalmente, decorando-o, sentindo uma mistura de ansiedade e determinação. Meu coração bate mais forte quando percebo o quanto estou chegando mais a fundo. Pego a carteira e me atrapalho na hora de tirar o cartão de crédito outra vez. Só há uma maneira de descobrir a verdade: consultar seus antecedentes criminais. Não posso depender apenas das redes sociais. Preciso de informações mais concretas, algo que me proporcione mais do que uma foto de perfil ou alguns detalhes vagos.

Abro um site de consulta de antecedentes criminais, do tipo que promete um relatório completo se você pagar. Não sei o que espero, mas sei que preciso ir até o fim. Não posso interromper a busca agora, não depois de tudo o que descobri. Minha perna está superagitada debaixo da mesa enquanto aguardo os resultados carregarem, cada segundo parecendo uma eternidade.

Quando a página enfim carrega, os resultados são tantos que me sinto sobrecarregada. *Existem muitos Eric Kingston.* Corro o olhar pela tela a fim de conferir a enxurrada de nomes e perfis. Cada um deles me parece uma possibilidade, mas nenhum exibe a foto do homem com quem me envolvi. Passo a tela de resultado em resultado, mais frustrada a cada segundo que passa. E então eu encontro. Um deles exibe o sobrenome *Merrell* também.

É ele.

Clico no perfil com tanta força que talvez tenha quebrado meu mouse. Meu coração para enquanto a página carrega. Prendo a respiração, sentindo que tudo que procuro será revelado por esse clique. Quando a página carrega, vejo que é um perfil do LinkedIn.

O currículo aparece então. Está tudo aqui, dividido em pequenas seções, cada item revelando algo mais sobre o homem com quem tenho dormido. Permaneço na página conforme olho depressa os detalhes. Ele não é detetive. Não possui nenhuma relação com a polícia.

Ele é a porra de um *roteirista*.

Fico sem reação, perplexa, digerindo a informação. Ele supostamente já trabalhou em vários filmes, alguns dos quais já ouvi falar. Minha mente dispara.

Desço mais a página conforme leio o restante do currículo. Contudo, não há nada que aponte que ele é detetive. Não há menção à polícia ou indício de que já trabalhou nessa área.

Meu cérebro se esforça para compreender essas informações conflitantes.

Talvez ele seja um policial infiltrado, não? Parece improvável, mas, a essa altura, estou ávida por obter uma explicação. Talvez ele tenha me dito um nome falso por não poder usar o verdadeiro.

Talvez esteja participando de uma operação secreta, talvez a perseguição policial e o suicídio não tenham saído no jornal porque são informações confidenciais. Talvez tenha achado melhor que o público não soubesse por se tratar de um tema delicado demais. Isso explicaria seu jeito misterioso.

Não, se fosse isso, não faria sentido ele pagar Mari. Nem pôr giroflexes falsos perto do chalé. Um policial infiltrado não faria uma coisa dessas.

Percebo que estou apelando para qualquer explicação. Toda teoria me parece improvável, mas não consigo parar de pensar mais a fundo nelas. *Preciso entender esta situação.* Enquanto der para tentar encaixar as peças, é o que vou fazer.

No que foi que eu me meti?

Abro uma nova aba e sinto um nó na garganta diante da informação que surge para mim. Eis um número de telefone de Eric Kingston, bem nítido no fundo branco da página. Abro o contato de Saint no celular, as mãos trêmulas enquanto comparo os números.

Desvio o olhar da tela do notebook para a do celular repetidas vezes, desejando que não seja o mesmo número, rezando para que seja apenas uma coincidência bizarra. No entanto, não é o caso. *É o mesmo número.*

Ao perceber isso, sinto um golpe no peito que tira todo o ar dos meus pulmões. Meu celular escorrega e cai no chão com um baque, mas mal percebo o barulho. Eu me levanto tão depressa que a cadeira quase tomba para trás. Apanho o celular no chão e o guardo no bolso traseiro, depois dou dois passos para longe do computador, como se a tela brilhante tivesse virado uma ameaça repentina, como se a verdade que me encara pudesse me ferir fisicamente. O cômodo gira, meus pensamentos rodopiando em círculos frenéticos.

Por que ele mentiria para mim sobre quem é?

Não faz sentido. Nada disso faz sentido. Se ele é roteirista, está ligado a alguma pessoa que conheço? Ele tem algo a ver com a adaptação que eu preferiria que nunca tivesse acontecido? Ele tem alguma relação com Allister Cara-de-Cu?

Como é que ele sabia que eu estava aqui? Como sabia, antes de me conhecer, que deveria dizer a Mari que estávamos envolvidos no meu processo de escrita? Na minha cabeça *eu* tinha tido a ideia, e só *depois* o conhecido.

Revisito todas as lembranças, à procura de pistas, de sinais que não percebi — de sinais de que esse homem não é quem alegou ser. Contudo, só me resta a confusão, uma névoa espessa de perguntas sem resposta encobrindo meus pensamentos.

Eu me viro de novo para a tela, vasculhando as informações com o olhar. Aqui diz que o endereço dele é em Los Angeles. *Los Angeles*. A horas de distância daqui, bem longe da cidadezinha onde ele disse que morava. Meu estômago embrulha. *Por que ele fingiria morar aqui?*

A essa altura, não estou mais nem aí para a resposta. Só quero uma coisa: dar o fora daqui. Sinto o pânico, denso e sufocante, e minha única certeza é que não posso passar nem mais um minuto aqui. Sinto que estou presa em um pesadelo do qual não consigo acordar. As paredes do chalé parecem se fechar ao meu redor com um silêncio sufocante.

Preciso ir embora.

Agora mesmo.

A adrenalina percorre minhas veias enquanto corro até o quarto. Nem paro para pensar na melhor maneira de juntar minhas coisas. Simplesmente ajo, os movimentos frenéticos e desesperados. Puxo a mala de debaixo da cama. Eu me atrapalho com o zíper. Não tenho tempo para ser metódica. Não me dou ao trabalho de dobrar nada. Abro o armário, encho o braço de roupas e as jogo na mala sem nem pensar duas vezes. Camisas, calças jeans, sapatos, tudo de uma vez, numa mistura caótica.

Abro depressa as gavetas da cômoda e as esvazio em segundos, adicionando mais roupas à zona que já criei. Os tecidos se comprimem sob o peso dos meus artigos de higiene depois que os jogo em cima deles. Xampu, sabonete facial, pasta de dente, tudo cai dentro da mala na maior bagunça.

Durante todo esse tempo de arrumação da mala, senti lágrimas querendo escapar. Agora estou chorando, com soluços baixos, mas descontrolados, a realidade da situação me esmagando e fazendo meu corpo tremer. O peso de tudo que fiz, de tudo que deixei acontecer, parece-me insuportável.

Como pude ser tão imprudente? Como pude ser tão iludida?

Enxugo as lágrimas com raiva, mas elas continuam a escorrer enquanto tento raciocinar com lucidez. Minhas mãos tremem tanto que quase não consigo tirar o carregador da tomada. O cabo escorrega e cai no chão com um som ruidoso, e seguro o choro enquanto o ponho na mala. Estou com um aperto no peito, com a respiração acelerada, e parece que vou desmoronar de vez. *Como pude ser tão descuidada?*

A pergunta ecoa na minha cabeça repetidas vezes, mas não tenho tempo de pensar nela. Não tenho tempo de pensar em nada do que fiz nas últimas semanas... Nas mentiras, na traição. É demais. Pego a chave do carro em cima da cômoda, sentindo o metal frio na palma da mão.

Sei que estou deixando metade das coisas espalhadas pelo chalé, mas não me importo. A única coisa que importa é sair daqui. Todos os meus instintos me dizem para fugir, para me afastar o máximo possível deste lugar. Sinto as batidas do coração nos ouvidos enquanto corro para a porta do quarto, a respiração ofegante.

Vou até a cozinha, a mente rodopiando, ainda sentindo pânico nas veias. *E então eu grito.*

O som instintivo irrompe da garganta, mas não muda em nada a cena diante de mim. Saint nem sequer reage. Ele não se vira ao ouvir minha voz, não faz nada. Está parado na frente da mesa, os ombros largos tensos, de costas para mim, encarando a tela do notebook. A mesma tela que, momentos atrás, me revelou a verdade sobre ele.

Meu coração dá um pulo quando percebo o que ele deve estar vendo.

Dou um passo para trás, assustada, recuando por instinto até a porta do quarto, os pensamentos caóticos enquanto tento pensar numa maneira de escapar. Fito a janela. Será que consigo chegar lá antes que ele me alcance? Ela não está tão longe, mas tem a cama na frente. Não sei se eu conseguiria sair com a rapidez necessária. As únicas outras saídas são a porta da frente e a dos fundos, e nos dois casos eu precisaria passar por Saint.

Sinto o terror aumentar no meu peito, o que torna mais difícil respirar. Levo as mãos até a boca para conter o berro que ameaça escapar. Não posso deixá-lo ouvir meu medo, mas meu corpo me trai com uma tremedeira descontrolada a cada vez que respiro.

Saint passa um instante parado, mas então estende a mão devagar, de modo deliberado, e a posiciona em cima do notebook. Ele o fecha com delicadeza, e o clique reverbera no silêncio fatal do chalé. Parece algo definitivo, como se uma porta tivesse batido e acabado com todas as esperanças que eu tinha de sair daqui sem que ele percebesse.

Ele começa a se virar com movimentos agonizantemente lentos, como se saboreasse cada segundo antes de estar de frente para mim. As batidas do meu coração continuam a ressoar nos meus ouvidos enquanto dou outro passo para trás, me aproximando mais alguns centímetros do quarto. Quando ele enfim me olha, seus olhos não encontram os meus. Em vez disso, eles se fixam na minha mala. Sua mandíbula se enrijece, os músculos de seu rosto se contraem quando ele assimila o significado da mala. Ele cerra os punhos nas laterais do corpo e balança a cabeça devagar, de maneira deliberada.

— Você vai embora? — pergunta ele, a voz baixa e controlada, mas consigo ouvir algo mais sombrio por trás.

O tom não é de curiosidade. É uma acusação, repleta de incredulidade e de algo bem mais extremo.

Seu olhar me pressiona, mas não consigo encará-lo. Tento pôr minhas palavras para fora, mas elas saem como um sussurro quase inaudível devido às fortes batidas do meu coração.

— Você não é detetive.

A acusação paira no ar entre nós dois, soterrada pelo peso de tudo o que descobri. Por um instante, Saint não diz nada. Ele não tenta negar nem explicar. Em vez disso, ergue o olhar da mala para o meu rosto com uma expressão indecifrável. O silêncio se prolonga, denso e sufocante, e, quanto mais tempo ele dura, mais apavorada fico. Eu preferiria que ele gritasse comigo, que me repreendesse, tudo menos esse olhar gélido e silencioso.

O olhar dele atravessa o espaço entre nós como o de um predador que avalia sua presa. O rosto continua inexpressivo, e o corpo, irritantemente parado, mas algo em seus olhos faz até meus ossos congelarem. Uma quietude mais penetrante do que qualquer palavra, como se ele estivesse calculando o próximo movimento, decidindo o que fazer agora que a verdade veio à tona.

Tento dar mais um passo para trás, mas é como se minhas pernas tivessem virado chumbo, estão imóveis. Fui emboscada, e nós dois sabemos disso. Não sei o que dizer nem como amenizar a tensão. Nenhuma palavra inteligente me ocorre. O silêncio entre nós é mais alto do que o meu grito, mais alto do que todos os sons que já ouvi.

E então:

— Por que você me pesquisou? — Ele dá um pequeno passo até mim e semicerra um pouco os olhos. — Por que precisou se intrometer?

Minha garganta está desidratada, e engulo em seco na tentativa de encontrar a voz.

— Você mentiu pra mim. — Fico com vergonha de como minha voz soa amedrontada. — Você mentiu a respeito de tudo. Eu precisava saber.

A expressão dele não muda, mas nos olhos surge um brilho. Ele dá outro passo para perto de mim, e eu recuo por instinto e me recosto no batente da porta. Sinto a madeira fria na pele, e uma nova onda de pânico se espalha por mim quando percebo que estou encurralada.

— Você precisava saber? — pergunta ele, o desdém escorrendo da voz. — E o que exatamente você achou que iria descobrir? — Ele dá outro passo à frente, diminuindo o espaço entre nós, sua presença se agigantando como uma sombra em cima de mim. — Você achou que saber a verdade iria mudar algo?

Balanço a cabeça e ofego depressa.

— O que vai fazer agora? Contar ao seu *marido*?

Minha mente grita para que eu corra, faça algo — qualquer coisa —, mas meu corpo não coopera. Estou paralisada, presa neste momento, sem nenhuma saída. Sinto lágrimas se formarem, mas pisco para contê-las, sem querer que ele veja o quanto estou assustada.

— Você... — Engulo em seco, é difícil conseguir falar por causa do medo. Minha voz treme quando me obrigo a fazer a pergunta que arranhava minha garganta desde que o vi parado ali. — Você vai me machucar?

Ele balança a cabeça na mesma hora, uma expressão de incredulidade, quase como se estivesse ofendido.

— Hã? Não.

Ele me responde como se a pergunta fosse ridícula, como se eu tivesse entendido a situação de um jeito completamente errado. Como é que ele pode achar minha reação de agora ridícula? *Como é que ele não percebe o quanto isso é apavorante?* Estou no meio de um pesadelo, e o homem que eu achava que conhecia é um total desconhecido. Não faço a *mínima* ideia de quem ele seja.

Seu nome, seu trabalho, sua vida, era tudo mentira. Agora não tenho para onde ir e percebo com temor o quanto ele está perto de mim.

Ponho a mão no bolso de trás e torço para que eu consiga desbloquear o celular sem que ele perceba. Eu me atrapalho, os dedos escorregadios de suor, quando tento lembrar que botão devo apertar para ligar para a emergência. Ele não pode ver o que estou fazendo. É como se eu estivesse me equilibrando na beira de um penhasco. Basta um gesto errado para que tudo seja arruinado.

Dou outro passo para trás, afastando-me da porta e entrando no quarto, tentando aumentar a distância entre nós, mas parece ser em vão.

— Por que mentiu para mim?

Minha voz falha na última palavra com uma mistura de raiva e medo. Preciso de respostas, mas, acima de tudo, preciso que ele mantenha a distância. Para ganhar tempo.

Em vez disso, ele dá um passo para a frente, chegando bem perto outra vez. Com uma expressão irritantemente calma, ele diz:

— Era isso que você queria, Petra.

A audácia dessa frase me atinge como um tapa. Não consigo evitar ficar furiosa com a resposta, e meu medo é temporariamente afogado por uma onda de ira.

— *Era isso que eu queria?* — repito, incrédula. — Eu nem sabia que você existia antes de você bater aqui no chalé bancando o detetive! — Minha voz se ergue mais a cada palavra, a frustração transbordando. — Eu sei que não aconteceu nada na rua naquela noite. Você mentiu a respeito de tudo e disse a Mari que estava aqui para me ajudar a escrever. Como é que você sabia que era para dizer isso?

As acusações e as perguntas saem depressa, cada uma mais desesperada do que a anterior.

Ele inclina um pouco a cabeça e semicerra os olhos, como se estivesse calculando o quanto deve revelar. É um gesto aterrorizante, e sua postura calma deixa tudo ainda mais surreal.

— Você não se lembra do que disse duas noites antes de eu aparecer aqui? — pergunta ele, com uma suavidade sombria na voz.

Do que eu disse? Do que ele está falando? Minha mente tenta compreender a pergunta, em vão.

A confusão deve estar bem nítida no meu rosto, pois ele dá mais um passo para perto de mim, olhando no fundo dos meus olhos e diz:

— Na live. — Seu tom é cauteloso, como se ele estivesse explicando algo simples a uma criança. — Você disse que queria vivenciar o que escreve. Disse que o personagem do livro era um policial. Eu *trouxe* isso até você.

As palavras são pesadas e desconcertantes. *Isso não faz sentido.* Tento digerir o que ele diz, mas as peças não se encaixam. Se ele apareceu aqui bancando o policial por causa da live... isso significa que sabia quem eu era antes mesmo de vir ao chalé pela primeira vez. *Ele estava na live? Dois dias antes de eu o conhecer?*

E isso significa que... ele é um seguidor? Ele está no meu grupo privado?

Meu estômago embrulha quando percebo que esse encontro não foi por acaso. Foi um plano dele. Estava de olho em mim há não sei quanto tempo. *Desde quando que ele me acompanha na internet?* Esse pensamento deixa minha pele toda arrepiada.

Continuo com a mão no bolso de trás, tentando a todo custo discar o número da polícia sem olhar para o celular. Continuo a falar num tom quase inaudível, torcendo para que ele não preste tanta atenção no braço que está para trás.

— Desde quando você me acompanha?

Preciso fazê-lo continuar a falar, preciso ganhar mais tempo.

— Desde o começo. — Seu tom é casual, como se ele estivesse falando do tempo, mas as palavras fazem um calafrio percorrer minhas costas. — Já te falei que vi todas as suas lives. Só não mencionei que eu as vi ao vivo.

Tapo a boca com a mão, assimilando o horror do que ele acaba de dizer. Faz anos que ele está de olho em mim, e eu achando que ele tinha acabado de me conhecer. Levo a mão até o peito a fim de acalmar a respiração, mas o medo é avassalador.

— Você é casado, pelo menos? — pergunto em voz baixa, como se temesse a resposta.

Ele balança a cabeça com um sorrisinho irônico.

— Casamento não é pra mim.

A simplicidade dele ao responder me faz sentir muito ingênua, como se eu devesse ter percebido que ele não estava sendo honesto. As mentiras sobre o casamento, a infertilidade, foram apenas mais uma camada na farsa criada por ele, mais uma maneira de me manipular. Ele armou toda uma tramoia, e eu caí feito um patinho.

Percebo no segundo em que acontece. Seu olhar desce até meu braço, o que eu estava tentando esconder atrás de mim. Vejo no rosto dele o momento em que a ficha cai, e sinto um frio no estômago. *Ele sabe.*

Sem nem pensar, eu me viro e corro para o banheiro. Ouço seus movimentos atrás de mim, seus passos acelerando quando ele percebe o que estou tentando fazer. Eu me atrapalho com a porta do banheiro. Meu corpo inteiro treme, mas preciso trancá-la. Preciso fazer a ligação antes que ele me alcance.

Entretanto, não consigo.

Assim que minha mão alcança o metal frio da maçaneta, a mão de Saint agarra meu braço com força. A intensidade quase me faz levantar, e, antes que eu possa reagir, ele me puxa para trás, o ar escapando dos meus pulmões num rápido ofego. Parece que meu coração vai explodir quando, horrorizada, observo-o arrancar o celular da minha mão. O tempo desacelera, a adrenalina fluindo nas minhas veias, e ele olha para a tela sem que eu possa fazer nada. Seu rosto se contrai de raiva quando ele vê o número da polícia já no aparelho, com a ligação por fazer.

Cheguei tão perto...

— Eu não fiz nada errado, Petra! — exclama ele com a voz intensa, repleta de fúria, enquanto arremessa o celular para trás de si com descaso.

Eu me contraio ao ouvir o som do aparelho bater na parede. Em seguida, ele empurra meus ombros com tanta força que tropeço e caio na cama. Tento com todas as forças me aproximar da cabeceira para me afastar dele o máximo possível. Minha mente grita para que eu continue a me mexer, para que eu encontre uma saída, mas estou encurralada.

Saint para diante da cama, os punhos cerrados nas laterais do corpo, o maxilar contraído. Seu olhar é irreconhecível, uma mistura de decepção e fúria.

— E o que você diria quando eles chegassem aqui, hein? — Sua voz está zombeteira, transbordando desdém. — Que eu interpretei bem demais o meu papel?

— Você estava *se passando por policial*! — grito com a voz trêmula de raiva e medo.

Cada palavra é como um veneno na minha língua. Sinto a raiva fervilhar dentro de mim e se mesclar ao terror, e o gesto faz meu corpo tremer sem parar.

Saint ergue as mãos para o alto, exasperado, e solta uma risada amarga.

— Você *quis* que eu fizesse isso! — Sua voz se ergue, exalando frustração, enquanto ele me lança um olhar fulminante. — Suas lives respondendo a perguntas são como um convite para entrar na sua vida! Faz anos que conta aos leitores o nome do lago para onde vem. Você avisa o mundo inteiro quando está aqui sozinha. Até me respondeu quando perguntei se você estaria disposta a fazer algo assim. Você falou: "Eu faria de tudo para ser uma escritora mais confiante. Uma escritora *melhor*."

Quando a ficha cai, é como se eu levasse um murro bem no meio da garganta. *Meu Deus do céu.* Meu coração acelera, e eu o encaro de olhos arregalados. Foi ele quem fez aquela pergunta? *Ele achou que eu estava pedindo por isso?*

Perceber o quanto ele está delirando me deixa enjoada.

— Aquilo não foi um convite para aparecer aqui e mentir para mim — rebato com rispidez, a voz falhando enquanto tento conter as lágrimas.

Quero gritar, mas minha voz sai fraca, esmagada pelo peso da constatações de até que ponto ele levou essa fantasia.

Os olhos de Saint ficam mais sombrios. Seu tom se torna seco, quase indiferente, quando ele diz:

— Nós dois estávamos mentindo, Petra. Você não é inocente nesta história.

Balanço a cabeça, o corpo rígido de raiva.

— Você me atacou de madrugada! — exclamo para ele enquanto agarro a colcha debaixo de mim, os nós dos dedos brancos de tensão.

— Você *pediu*! — grita ele, sua voz ressoando pelo chalé, ecoando pelas paredes como uma acusação.

Balanço a cabeça com firmeza, o corpo inteiro trêmulo de raiva. *Ele não vai jogar a culpa em mim.* Eu não pedi por isso. O fato de eu ter dito em uma live que eu queria experiência não foi um convite para ele de fato me localizar e encenar uma fantasia perturbadora que inventou.

— Você fingiu ser alguém que não é — acuso entre dentes, mal conseguindo controlar a voz.

— Assim. Como. Você — diz ele, a voz fria e inexpressiva, sem nenhum tom de desculpa, sem nenhuma indicação de que ele percebe a insanidade do que fez.

Saint me olha como se fôssemos iguais, como se meu desejo por autenticidade na minha escrita justificasse suas ações.

— Pare de dizer que eu te pedi para fazer isso! — digo, a voz rouca devido a tensão. Com as mãos estremecidas, agarro a cama com mais força a fim de me firmar, de me acalmar, mas sinto que estou desmoronando. — O que nós concordamos que iríamos fazer juntos é diferente do que você decidiu fazer por conta própria.

— Será mesmo? — A voz dele é como gelo, inabalável. Ele dá um passo para a frente e semicerra os olhos como se me desafiasse.

— Eu nunca menti pra você, Saint! — grito, as palavras desesperadas, querendo retomar algum controle dessa situação que só piora. — Você sabia quem eu era antes mesmo de chegar aqui! — Minha voz falha de novo, mas não estou nem aí. Preciso que ele entenda que não é a mesma coisa, que ele passou do limite.

Ele põe a mão na nuca, a frustração aumentando, o rosto contraído de raiva.

— Você não mentiu? Petra, você é *casada, porra*! — ruge ele, a voz cheia de acusação enquanto dá três passos longos, aproximando-se de mim. Por instinto, eu me arrasto para o outro lado da cama a fim de manter alguma distância entre nós dois, sentindo a pulsação latejar no pescoço. — Você é *esposa* e *mãe* — retruca ele, as palavras tão afiadas quanto uma lâmina —, e nenhum de seus leitores sabe disso. *Eu* não sabia disso. Você finge ser quem não é *todo santo dia*!

As palavras me ferem profundamente e atingem a parte da minha alma que mantenho privada, as pessoas que tive o cuidado de manter separadas da minha imagem pública.

Sinto a ferroada das palavras, mas me recuso a deixar que ele distorça a situação. Não vou permitir que ele me faça sentir culpa por algo que não tem nada a ver com o que ele fez.

— Não é a mesma coisa — sussurro, a voz entrecortada, os olhos arregalados de medo e raiva.

Contudo, mesmo falando assim, sinto o peso da acusação me esmagar, me obrigando a me questionar, mesmo que apenas por uma fração de segundo.

Agora ele está bem na beirada da cama, bem maior do que eu, os olhos escuros e indecifráveis. Estou com a sensação de que algo terrível está prestes a acontecer. Estou encurralada, e nós dois sabemos disso.

Saio da cama com cautela, meus pés sobre o piso gelado enquanto tento abrir alguma distância entre nós. Agora estamos em lados opostos da cama, uma barreira temporária entre a gente, mas não é uma proteção real. Meu coração dispara enquanto me esforço para encontrar uma saída, mas todo caminho me leva de volta à mesma conclusão: eu não consigo ser mais rápida do que ele.

— Não dá pra entender por que tento manter minha vida pessoal discreta? — Minha voz falha quando falo, mas há desespero nela. — Veja o que aconteceu quando revelei só algumas informações.

Minhas palavras pairam no ar, mas não parecem abalá-lo. Ele começa a se mover devagar, com determinação, dando a volta na cama como um predador que se aproxima da presa. Minha pulsação acelera quando percebo que a cama não é mais uma barreira; é apenas uma divisória frágil e insignificante entre nós dois.

Bato as costas na parede, a superfície fria me fixando nesta realidade aterrorizante. *Não tenho para onde ir*. E agora ele está bem na minha frente, me intimidando com essa mesma calma irritante.

Minha boca está tão seca que mal consigo engolir, a palma das mãos úmida de suor. Eu me sinto como um animal encurralado, indefeso, impotente. Sei que ele é bem mais forte fisicamente — ele já provou isso quando me agarrou com bastante facilidade. Eu me obrigo a continuar olhando para ele, embora todo o meu ser queira que eu desvie a vista, que eu me encolha até virar um nada.

— Não somos diferentes, Petra — alega ele com a voz mais suave, quase persuasiva, como se ele estivesse tentando me fazer acreditar nisso. Sua altura me faz sentir ainda menor, ainda mais vulnerável. Ele desce o tom de sua voz ainda mais, como um sussurro tentador. — Você precisava de inspiração. Eu te inspirei de maneiras que você jamais conseguiria ter imaginado nessa sua cabecinha aí.

Ele se aproxima, seu hálito morno na minha orelha, e sinto a pele arrepiar com esta proximidade.

— E você *amou* — sussurra ele no meu ouvido, as palavras transbordando de satisfação. — De nada.

O quarto parece encolher, as paredes diminuindo enquanto fecho os olhos, tentando ignorar a realidade de sua presença tão próxima à minha. No entanto, não tenho como escapar. Ainda consigo senti-lo, sentir seu hálito roçando minha bochecha, seu corpo tão perto que chega sufocar. Uma lágrima escorre pelo canto do meu olho, e mordo a bochecha para não cair no choro. Sinto o caminho lento e cauteloso da lágrima escorrer pelo meu rosto até chegar no queixo.

Eu me contraio quando sinto seu dedo enxugar a lágrima, um toque íntimo e invasivo. Sinto uma nova onda de repulsa no corpo inteiro. Ele não recuou, não me deu nem sequer uma nesga de espaço para respirar. Continuo tremendo, mas me obrigo a parar, a demonstrar o mínimo de medo possível.

Não sei se estou segura. *Não me sinto segura.* Contudo, também não sei se o plano dele é me machucar fisicamente. Há uma ambiguidade apavorante em sua atitude, como se ele estivesse fazendo um jogo cujas regras só ele conhece. Entretanto, saber que ele não é casado — que mentiu a respeito de tudo sobre si — mudou toda a situação. Os riscos não são os mesmos. Ele não tem nada a perder se nosso caso for descoberto. Nada.

Já eu? *Eu tenho tudo a perder.*

Perceber isso me abala. Meu casamento, minha família, minha vida, tudo pode ser arruinado.

Achei que eu estivesse num momento ruim antes de chegar aqui, mas, depois das terríveis decisões que tomei nas últimas semanas, as coisas pioraram. Não cheguei apenas no fundo do poço; comecei a cavar a rocha no fundo e agora estou me afundando no manto terrestre e me aproximando do núcleo da Terra. Estou caindo mais e mais.

Em meio a pensamentos descontrolados, algo brota na minha cabeça. O título para este livro. *Mulher em queda*. Porque é isso que sou. É assim que me sinto. Ele descreve com perfeição a trajetória da minha vida, que é muito provável que vai refletir a de Reya. Quero dizer, se eu sobreviver. Talvez o livro nem seja concluído, pois neste momento não sei se estou segura ou ferrada.

Engulo um doloroso nó na garganta enquanto me obrigo a olhá-lo nos olhos. Não sei se ele está curtindo o poder que tem sobre mim ou se está tão perdido nessa fantasia perturbadora quanto eu.

— Você vai contar ao meu marido? — pergunto, quase num sussurro, o peso do medo nas palavras.

É a única coisa que me arruinaria por completo, que destruiria tudo o que me esforcei tanto para proteger. Se ele contar a Shephard, é o fim de tudo.

Ele parece quase se ofender com a pergunta e franze a testa como se fosse incapaz de se rebaixar a esse ponto.

— Acha mesmo que eu faria isso com você? — Sua voz está ríspida, quase raivosa, como se ele não conseguisse acreditar que fui capaz de sugerir isso. No entanto, não consigo confiar nele. Não mais.

— Eu não faço ideia do que você é capaz — respondo baixinho, a verdade do que estou dizendo me atingindo com força. Eu não sei quem esse homem é.

Ele fica calado enquanto observa cada centímetro do meu rosto, como se tentasse memorizá-lo e gravar este momento na sua cabeça. Seu olhar se demora na minha boca, seus lábios se abrem de modo sutil, e, por uma fração de segundo, eu me lembro do gosto. Dá vontade de cuspir. De apagá-lo da minha memória. Quero tirar da cabeça todas as lembranças do seu toque e da sua boca.

Saint se inclina para a frente, só um pouco, e ergue a mão para que seus dedos toquem meu lábio inferior trêmulo, um gesto quase carinhoso. É como se ele quisesse me beijar de novo, e é inacreditável que, neste momento, ele consiga cogitar isso.

— Eu sou capaz de fazer muitas coisas — diz ele com suavidade, a voz repleta de intenção. — Mas te destruir não é uma delas.

Mas você me destruiu.

Estou me esforçando para controlar minhas reações, para manter o rosto inexpressivo e o corpo parado, mas começo a achar que talvez eu vá conseguir sair deste chalé com vida. Só preciso manter a calma.

— Me faça um favor, Petra — pede ele com a voz mais baixa, quase num sussurro. — Quando terminar o livro, dedique-o a Saint, pois foi te comendo que ele tirou essa história de você.

A frase me atinge como um tapa, e eu ofego — uma reação visceral, instintiva. Contudo, não ofego de medo. Não, é algo bem mais sombrio, bem mais perturbador. Ofego porque não era para eu sentir o que estou sentindo agora, mas meu corpo tem uma reação oposta à da minha mente.

Minha razão grita para que eu me proteja e saia correndo. Entretanto, meus nervos e o calor que cresce na minha barriga anseiam pelo oposto. Meu corpo ainda quer o toque dele, quer que ele me beije, que me coma.

Eu me odeio neste momento. Odeio me sentir como duas pessoas diferentes, em guerra uma com a outra por causa de um monstro. *Qual é o meu problema?* Por que não consigo simplesmente correr daqui? Por que não consigo empurrá-lo ou fazer algo além de ficar parada, congelada diante do seu olhar?

Deixe de ser burra, Petra! Isto não é um livro, porra.

— Quero ir embora — sussurro, minha voz quase inaudível. As palavras saem trêmulas, mais incertas do que eu gostaria. É a verdade, quero *mesmo* ir embora. Minha mente quer, ao menos.

Ele continua a encarar minha boca, tocando meus lábios com tanta leveza que sinto um arrepio descer pelas costas. Então volta o olhar ao meu, me prendendo com uma expressão tão intensa que parece enxergar o que há dentro de mim, saber exatamente que tipo de batalha meu corpo está travando contra minha consciência.

Ele ignora meu pedido, como se eu nem tivesse dito nada. Em vez disso, sem aviso, mergulha a língua na minha boca com um calor que me deixa sem ar. Esse calor se mescla ao meu terror num beijo que é metade paixão, metade desespero. Por um momento, fico presa ao beijo.

Eu *não* quero beijá-lo. Eu *não* quero ceder à atração que sinto por ele. Contudo, meu corpo me trai, meus lábios se movem contra os dele como se tivessem vontade própria. Sinto a familiar descarga de adrenalina, o desejo se espalhar, e fico assustada, como se eu não estivesse no controle das minhas ações.

Petra, você é mais inteligente do que isso. Mais forte do que isso.

Pressiono as mãos no peito dele e o afasto de mim com todas as minhas forças.

Assim que afasto as mãos, ele recua com uma vagarosidade que me parece calculada. Em seguida, dá um passo para trás, abrindo uma distância física entre nós dois que reflete a distância emocional que estou fazendo de tudo para criar. Por uma fração de segundo, quando nossos olhos se encontram, vejo em sua expressão algo que ainda não vi hoje: uma vulnerabilidade momentânea.

É quase como se ele não quisesse que eu fosse embora. Está torcendo para que eu mude de ideia, para que eu fique.

No entanto, não vou fazer isso. *Não posso.*

Ele é aloprado pra caralho.

Não desperdiço um segundo sequer. No momento em que o espaço se abre, eu me mexo. Saio de perto da parede, a pulsação disparada enquanto corro até a porta do quarto. Eu me abaixo num movimento rápido para pegar o celular no chão e o apanho sem hesitar. Sinto o peso de seu olhar em mim, mas me recuso a olhar para trás. Não quero ver o que há no seu rosto. Não quero saber se ele está prestes a me impedir.

Guardo o celular no bolso e pego o notebook na mesa; eu o agarro com força enquanto sigo direto para a porta da frente com a mala de rodinhas. Meu corpo inteiro treme, todos os músculos tensos quando estendo a mão para a maçaneta, rezando para que ele não me detenha. Abro a porta, sentindo mais adrenalina, e saio. A chuva é um choque de realidade.

Não olho para trás nem mesmo por um segundo.

Jogo a mala e o notebook no banco de trás do carro. O pânico ainda está intenso, bruto, mas agora estou fazendo tudo no automático. Eu me jogo no banco do motorista e bato a porta. Assim que entro, tranco todas as portas. O som dos cliques representa uma pequena vitória, mas ainda não estou segura. Ponho a chave na ignição e dou a partida com os dedos trêmulos.

O motor ruge, e eu não perco tempo. Engato a marcha a ré com o pé afundado no pedal. É só então que crio coragem para erguer o olhar, meu coração martelando como um tambor.

Saint está parado à porta do chalé, apoiado no portal como se fosse a coisa mais comum do mundo. Seus olhos se cravam nos meus conforme ele me observa ir embora com uma expressão que não consigo decifrar. Não demonstra perigo nem raiva. Apenas certa calma, quase resignação. Sua postura está relaxada, os braços cruzados na frente do peito, como se estivesse satisfeito só de ficar ali assistindo a tudo. Contudo, não consigo deixar de pensar que está sendo fácil demais, que estou deixando de perceber algo.

Continuo a olhar para ele enquanto saio da entrada do chalé, o coração disparado no peito. Quero garantir que ele não vai vir atrás de mim, que isso não é um jogo doentio no qual ele vai me perseguir.

Logo antes de eu girar o volante para entrar na rua, ele ergue a mão e acena, um gesto muito tranquilo, muito *normal* para um momento tão aterrorizante. É como se nossa despedida fosse algo habitual entre dois velhos amigos, como se eu não estivesse fugindo para salvar minha vida com os pulmões entupidos pelo medo.

Piso no acelerador com força total. Os pneus cantam no cascalho, e saio em disparada, afastando-me do chalé o mais rápido possível, sentindo a garganta latejar. Quanto mais dirijo, mais as lágrimas caem.

A cada metro percorrido, à medida que a distância entre meu carro e Saint aumenta, meu medo vai se dissolvendo, meu pânico se esvaindo, até eu quase me engasgar com os soluços de choro que estavam presos no peito. Passo quilômetros em prantos.

Não consigo entender o que acabou de acontecer. *Como foi que deixei as coisas chegarem a este ponto?*

Penso em Shephard. Nas minhas filhas. O rosto deles aparece na minha mente, e uma nova onda de culpa me esmaga. Como pude ser tão egoísta? Como pude colocá-los em perigo desse jeito? Esse pensamento me embrulha o estômago. *E se Saint decidir ir atrás deles?* E se minhas ações tiverem transformado minha família num alvo em meio a este jogo perturbador desse homem?

Não sei nem se ele faria algo com eles ou comigo, mas Saint não está me seguindo, então me concentro nesse fato. Minha esperança é de que sua fantasia doentia tenha acabado, de que ele esteja satisfeito com o que quer que tenha obtido de mim, de que ele não vá fazer mais nada no futuro. Contudo, essa esperança me parece frágil, como se fosse algo que estou nutrindo por puro desespero.

Dou um berro de susto quando um som estridente e agudo me arranca dos pensamentos. Meu corpo inteiro se contrai. Por uma fração de segundo, acho que é ele, que deu um jeito de me seguir, de me alcançar. Só que então percebo que é apenas meu celular.

É apenas meu celular.

Expiro devagar para tentar acalmar meu coração acelerado. Minha mão estremece quando olho para o banco do passageiro, onde o celular vibra com violência. Vejo o nome de Shephard na tela, e uma nova onda de lágrimas faz meus olhos arderem. Como pude ser tão estúpida? Como pude fazer algo tão terrível com um homem que sempre me fez bem?

Pego o celular e enxugo os olhos com o dorso da outra mão. Atendo, tentando manter a voz firme, tentando sufocar a emoção que ameaça irromper.

— Oi — digo, mas minha voz falha, um meio-termo entre um sussurro e um grito.

— Você está bem? — pergunta Shephard cheio de preocupação. A ternura do tom me fere como uma faca, e fica bem mais difícil manter a compostura.

Respiro fundo, me obrigando a conter o soluço que sobe pela garganta.

— Sim. Estou. — Minha voz parece quebradiça, como se pudesse se estilhaçar a qualquer momento. — Eu só... estou me sentindo meio mal, então estou voltando para casa. — A mentira escapa com muita facilidade, mas ela parece uma traição. Mais uma camada de enganação em cima de tudo o que já fiz.

— Ah. Está bem. — Há uma breve pausa, e noto a decepção na voz dele, mas sua preocupação comigo a mascara. — Vou contar às meninas. Elas vão adorar, mas que pena que está se sentindo mal. Quer que eu faça uma sopa para você?

Mais uma lágrima escorre pela minha bochecha quando ele diz isso. Como pude fazer algo tão terrível a um homem como ele? Com um homem que se oferece para largar tudo só para me fazer uma sopa quando estou "doente"? Não mereço sua bondade. Não o mereço. De repente, sinto um forte desejo pelo tédio. Quero tranquilidade. Prefiro a banalidade a toda essa situação de merda que estou enfrentando no momento.

— Quero — aceito, quase num sussurro. — Seria bom tomar uma sopinha. Chego daqui a umas duas horas.

— Tome cuidado — diz ele num tom gentil, repleto de amor e preocupação.

— Vou tomar. — Respiro devagar e enxugo as lágrimas de novo. — Eu te amo, Shephard.

— Também te amo — responde ele baixinho, e é como se eu tivesse levado um murro na barriga.

Desligo, mas as lágrimas não param. Quando chego a uma placa de pare, dou uma olhada ao redor para conferir se não tem algum carro atrás de mim. A rua está vazia. O mundo lá fora está quieto, sossegado, um grande contraste em relação à tempestade violenta dentro de mim. Respiro fundo a fim de tentar me acalmar enquanto desbloqueio a tela do celular. Meus dedos se movem com rapidez enquanto abro o contato de Saint.

Sem hesitar, bloqueio o número.

Solto o ar aos poucos enquanto encaro a tela. Parece um pequeno ato de rebeldia, um minúsculo passo para que seja possível retomar o controle da minha vida. No entanto, isso não basta. Bloquear o número não apaga o que aconteceu, não apaga o medo de que ele possa dar as caras de novo. Minha esperança é de que o bloqueio signifique o fim dele. *Tem que ser o fim dele.*

Tomara que essa situação e o jogo que ele estava fazendo já tenham acabado.

Eu sempre soube que devo ter medo de coisas óbvias como leões e ursos, mas esses animais já se apresentam como um perigo. O que só estou percebendo agora é que eu deveria ter tido mais medo das coisas que são capazes de *fingir* que não são perigosas.

Por favor, que ele não venha mais atrás de mim.

Vinte e Três

— Acabei — diz Shephard. Ele fecha o livro e o solta entre nós dois, causando um barulho que parece o de uma martelada num lugar silencioso.

Estamos deitados na cama, e eu estava fingindo mexer no notebook, como se estivesse dando uma olhada nos e-mails, mas não fiz nada além de encarar a tela diante de mim. Não assimilei informação alguma na última hora. Estava concentrada em cada página que Shephard virou, em cada respiração sua, enquanto ele se aproximava da última página do meu livro mais recente. O livro que eu torço para que ele nunca descubra que foi inspirado em acontecimentos reais.

Sempre há uma tensão no ar quando Shephard lê meus livros — especialmente agora, depois de tudo o que aconteceu. Quero que ele ame o que eu crio, mas, desta vez, só quero que ele não enxergue a verdade.

Shephard gosta mais de ler o livro pronto do que um manuscrito preliminar. Ele adora sentir o peso nas mãos, tem até um marca-página metálico que usa apenas nos meus romances.

Ele prefere ler o produto final, acabado, depois que já realizei todas as mudanças. Shephard conhece meus hábitos de escrita quase tão bem quanto Nora, então acha melhor que eu resolva os detalhes antes de ler a história completa. Também gosta de ver o resultado de meses de revisão e edição num livro de capa dura.

Então sempre lhe dou o primeiro exemplar umas duas semanas antes que o restante do mundo o tenha em mãos.

Nunca fiquei tão nervosa na hora de lhe entregar um livro. E a opinião dele me parece mais importante do que nunca. Talvez porque eu esteja com medo de que reconheça partes de mim em Reya. Estou com medo real de que isso vá acontecer.

— E...? — pergunto, os dedos ainda apoiados no teclado do notebook, apesar de não estar mais fingindo digitar. Minha voz trêmula revela meu nervosismo. Se tem uma coisa que admiro em Shephard, é sua sinceridade. Ele nunca pega leve nos comentários. Passei a valorizar isso ainda mais desde que deixei Saint parado à porta do chalé todos aqueles meses atrás.

A sinceridade me traz uma sensação de segurança. É disso que preciso.

Eu vinha ansiando por este momento, desejosa por ver se ele seria capaz de enxergar a verdade que escondi nas entrelinhas do livro.

Shephard faz uma pausa e vira o rosto para mim, e o silêncio se estende entre nós dois enquanto ele mede com cuidado suas palavras.

— Eu achei... — Ele passa a mão na nuca e franze a testa para se concentrar. Sinto um aperto no peito enquanto espero o que quer que ele vá dizer, os segundos são uma tortura. — Foi empolgante pra caralho, Petra. Acho que é o seu livro de que mais gostei.

As palavras me cobrem como um bálsamo, aplacando a ansiedade que me remoía havia semanas. Sinto o elogio no meu âmago, um calor se espalhar pelo meu corpo que eu não sentia fazia um bom tempo.

— Sério? — pergunto, o alívio deixando meu tom de voz mais leve, quase incrédulo. Só percebi o quanto eu precisava da aprovação dele quando a recebi.

Shephard se inclina para a frente, estende o braço para fechar o notebook com delicadeza e depois o coloca na mesa ao seu lado. Ele se movimenta com determinação, sem tirar os olhos de mim. Então, sem que eu esperasse, Shephard se ajeita e me puxa para perto com uma facilidade que faz minha pulsação acelerar. Ele se apoia num cotovelo, e afasta uma mecha de cabelo do meu rosto com a mão livre. O toque é suave, carinhoso e enche meu coração de culpa. *Como é que consigo sorrir para ele depois das coisas horríveis que fiz?*

Ele se abaixa e beija minha testa, os lábios param um instante, e depois ele se afasta o suficiente para me olhar.

— Não sei por que esse livro foi diferente — acrescenta ele, a voz baixa, quase reverencial. — Mas... sei lá. Não sei explicar sem insultar seus outros livros. — Ele faz uma pausa e sorri de modo terno enquanto observa minhas feições. — A história me pareceu *autêntica*. — Então me beija de novo, agora nos lábios, com carinho, depois recua com um sorriso travesso. — Fiquei até com tesão, pra ser sincero.

Ele leva a boca até a área logo abaixo da minha orelha e dá um leve beijo antes de sussurrar:

— Quem é Saint?

Meu mundo para de girar.

Meu Deus... no mesmo instante, as batidas tranquilas do meu coração se transformam em golpes estrondosos no peito. Fico sem ar e me obrigo a ficar parada, a não reagir rápido demais, mas sinto um pânico me arranhar por dentro.

— Quem? — consigo perguntar, a voz tão tensa que mal passa pela minha garganta.

Ele ergue a cabeça e me encara. Não há raiva nem acusação neles, é apenas uma curiosidade. *Shephard não sabe.* Ele está fazendo uma pergunta inocente, mas minha pulsação dispara mesmo assim, porque *eu* sei.

— Você dedicou o livro a alguém chamado Saint — explica ele, o canto da boca subindo num sorriso travesso.

A dedicatória.

Fecho os olhos, zangada por ter esquecido esse detalhe. Consegui compartimentalizar tanto o que aconteceu com Saint que nem me ocorreu que Shephard poderia perceber — ou se importar — com a dedicatória. Agora, no entanto, ela está bem na minha cara, me observando. Já faz seis meses desde que entreguei o livro para a editora, e faz mais tempo ainda que escrevi aquelas palavras.

Só atendi ao último pedido de Saint porque tive medo do que ele faria se eu não obedecesse. Não quero correr o risco de irritá-lo. Ou pior ainda... de lhe dar uma razão para vir aqui. Ele já tem o endereço da minha casa, e, como não sei quase nada a seu respeito, eu nem saberia o que fazer para impedi-lo de aparecer aqui.

— Não sei quem é Saint — minto, as palavras escapando. Minha voz quase parece convincente, mas sinto a falsidade nela e uma pontada de culpa no estômago. — Fiz um concurso para os meus leitores — acrescento, esperando que a mentira soe plausível. — Decidi dedicar o livro a uma pessoa que escolhi de maneira aleatória.

Semicerro os olhos, à espera de a tensão estourar e ele me confrontar por causa da minha desonestidade. Contudo, em vez disso, ele ri, uma risada genuína e suave que faz meu corpo se retorcer por dentro.

— Que legal — comenta num tom leve. — Aposto que a pessoa vai ganhar o ano com isso.

Aposto que sim.

— Já fez a mala para a sua turnê?

— Não, vou fazer amanhã — digo, aliviada com a mudança de assunto. — Vão ser dezesseis lugares desta vez, então vou precisar levar duas malas.

— Ah, que popular — brinca ele. — Nora vai com você?

— Vai.

Abro um sorriso, mas, por dentro, parece que estou sufocada quando penso na turnê. Quando penso em ter que mentir para os leitores sobre o que inspirou o livro e precisar ser convincente. Também tenho medo de fazer essa turnê porque é a primeira que faço desde a polêmica da adaptação do filme. Não sei o que esperar, e acrescentar mentiras à divulgação me deixa ainda mais nervosa.

Só espero que as pessoas compareçam. E que elas compareçam com boas intenções.

As mentiras que tenho precisado contar têm se empilhado umas sobre as outras, ameaçando me enterrar viva. Quero dizer a verdade a Shephard, colocar tudo para fora, mas não posso. Não agora.

Nem nunca.

Shephard se aproxima para me beijar de novo, e eu deixo, movendo meus lábios entre os seus, mas minha mente está bem longe daqui. Ela está naquele chalé, com Saint parado à porta enquanto me observa ir embora. Por mais que eu queira esquecer, sei que nunca vou conseguir escapar do que aconteceu.

A mão de Shephard vai até meu seio, então afasto as coxas para lhe dar o que sei que ele quer. Depois de alguns segundos, ele já está dentro de mim.

Transamos mais agora do que antes de Saint aparecer na minha vida. Acho que parte disso é porque sinto que traí Shephard de várias maneiras, então faço amor com ele na ínfima esperança de me redimir. Se eu der a Shephard aquilo de que ele mais gosta, isso talvez anule algumas das coisas horríveis que fiz.

Entretanto, também faço mais amor com Shephard agora porque, muitas vezes, quando ele está dentro de mim, fecho os olhos e finjo que é Saint me comendo.

Por mais que eu tente evitar, meus pensamentos sempre se voltam a tudo de excitante que Saint me fez viver. Mesmo que eu nos odeie por causa do que aconteceu, não posso negar que minha atração por ele era real. As sensações que meu corpo sentiu durante os momentos íntimos com ele foram reais. E, embora eu sinta culpa e arrependimento o tempo todo, ainda sou humana. Ainda tenho fantasias ousadas que jamais contarei a ninguém. E é por isso que, quando Shephard está transando comigo, imagino que é Saint no lugar dele. Porque Shephard não consegue ler meus pensamentos. Porque eu sou humana. E, por mais que eu tenha aprendido uma grande lição na vida, posso ser quem eu quiser na minha fantasia.

E, nessa fantasia em específico, eu estou no barco com Saint no meio do lago, e é ele quem veio para cima de mim depois de terminar de ler *Mulher em queda*.

Vinte e Quatro

Hoje é o lançamento oficial de *Mulher em queda*. Já faz mais de dois anos que não lanço um romance. Em geral, os lançamentos parecem um sonho, mas esse meio que está parecendo um pesadelo.

Já passei por esse processo várias vezes, mas agora é diferente. O sucesso ou o fracasso desse livro vai pesar mais nos meus ombros, graças a toda a culpa causada pela experiência que tive durante a escrita.

Nem vou ligar se ele não for parar na lista de mais vendidos. Não estou nem aí se as pessoas vão gostar. Quero apenas sobreviver a esse primeiro evento com bate-papo. Se eu ficar emotiva e sair correndo do palco de novo, já consigo imaginar a quantidade de bolos de coco da Pepperidge Farm que vou comer na cama enquanto penso numa nova carreira.

O aperto no peito só aumenta. Consigo ouvir o burburinho das vozes fora da sala onde espero, uma lembrança de que, em breve, vou precisar enfrentar a multidão e responder a todas as perguntas que houver sobre o livro. Ou sobre qualquer coisa, na verdade.

Nora perguntou se eu queria que as perguntas fossem selecionadas, mas respondi que não. Preciso enfrentar o que quer que vá acontecer, por mais que eu me sinta vulnerável.

Nora está de pé ao meu lado, com a energia intensa e contagiante de sempre, mas hoje parece que sua autoconfiança está apenas aumentando minha ansiedade. Ela me olha, e vejo uma preocupação momentânea nos seus olhos quando ela percebe a tempestade de emoções dentro de mim. Sempre consegui esconder meu nervosismo de qualquer pessoa, mas não dela.

— Você já fez isso mil vezes — começa ela num tom tranquilizador. — Todas aquelas pessoas lá fora estão aqui porque se animaram com a *sua* presença.

— E se isso não for verdade? E se tiver gente aqui com más intenções, querendo gravar um vídeo em que faço papel de boba só para viralizar, como aconteceu no último bate-papo de que participei?

Nora segura minhas duas mãos.

— Ei — diz ela num sussurro. — Você já viralizou. Já fez papel de boba. Agora é tarde demais para se preocupar com isso.

A resposta me faz rir.

— Você tem razão. Tem toda a razão.

A gerente da livraria enfim chama meu nome, uma indicação de que é hora de entrar no palco. Nora pega meu celular e minha bolsa e abre um sorriso reconfortante.

— Você consegue, Petra. Vai ser moleza.

Deixo-a nos bastidores e saio de trás das cortinas, o coração batendo forte enquanto me obrigo a sorrir. A voz da gerente ecoa de maneira sutil nos meus ouvidos enquanto ela diz que é um prazer me receber e o quanto eles estão alegres com a presença de tanta gente. Contudo, só consigo me concentrar no mar de rostos e no fato de que eles são muitos.

Tem gente demais. Fico congelada por alguns segundos, surpresa com a quantidade de pessoas. *Elas vieram mesmo.* E talvez o sorriso no meu rosto seja real.

Respiro fundo, as pernas um pouco bambas enquanto continuo a atravessar o palco, e o brilho dos holofotes lá no alto praticamente não esquenta o frio cada vez maior na minha barriga.

Aceno para a multidão e me acomodo na cadeira, encostando as mãos nas coxas enquanto tento me acalmar. A gerente continua a falar, citando meus livros best-sellers, mas parece que estou longe, como se estivesse vendo a cena de debaixo da água. Fico mexendo na ponta do braço da cadeira enquanto me preparo para a inevitável enxurrada de perguntas, ciente de que é nesse momento que me torno vulnerável de verdade.

Quando a gerente encerra a apresentação, ela instrui:

— Quem tiver alguma pergunta, é só erguer a mão que Francis leva o microfone.

As pessoas começam a erguer as mãos na mesma hora. Francis vai depressa até uma delas. É uma mulher que parece ter a minha idade, com uma camiseta estampada com uma pilha de livros. Outras mulheres na sua fileira cochicham para ela, um sinal de que talvez estejam em grupo.

Ela enfim faz contato visual comigo e parece estar sentindo o mesmo nervosismo que eu.

— Talvez seja uma pergunta constrangedora — diz ela. — Mas é a primeira vez em dois anos que você participa de um bate-papo. Desde a adaptação.

— Lá vem... — comento, rindo constrangida.

A mulher prossegue:

— Eu sei, é o tema polêmico. Mas você nunca falou dele, e todos nós estamos morrendo de curiosidade de saber por que você concordou com a decisão de tirar Caleb do filme. Poderia falar sobre isso?

Há um discreto burburinho, mas, para a minha surpresa, ele não me incomoda. A pergunta não me incomoda. Ela é inevitável se eu planejo continuar a escrever mais livros, e é melhor resolver isso logo de uma vez.

— Sim. Bem, não que eu *queira* falar disso, mas acho que os leitores merecem uma explicação.

Mais um burburinho se espalha. Alguns aplausos animados.

— A verdade é: eu sou uma escritora. Eu escrevo livros. E, quando esses livros são adaptados, é um processo que demora anos e envolve dezenas de pessoas. E não estou acostumada ao mundo do cinema, ele é bem diferente do meu. Nem considero aquele mundo como parte da minha carreira, pois não sou diretora, produtora nem mesmo roteirista. Sinto que eles são especialistas naquele ramo, então, quando a ideia deles para a adaptação foi diferente do que eu queria ver na tela, e do que eu queria que todos vocês vissem, acabei confiando neles por achar que eles saberiam fazer um filme melhor. Porque eu não era especialista naquela área. É óbvio que dei minha opinião, mas, sempre que lutei para manter Caleb no filme, senti certa resistência.

Algumas pessoas resmungam na plateia.

— Pera aí — prossigo. — Não estou culpando ninguém. Sim, Allister, o produtor, tinha uma concepção diferente da minha. Naquele momento o projeto era dele, e ele decidiu mudar o enredo junto de muitas outras pessoas. É um risco que o autor corre ao vender os direitos de adaptação de um livro.

Outra mulher já está com o microfone, e ela logo emenda com a pergunta anterior:

— Mas por que você negou que tinha participado da decisão? Todos nós vimos as mensagens.

Sinto um calor subindo pelo pescoço. No entanto, eu sabia que isso era inevitável, então respondo com total franqueza:

— Sendo bem sincera? Fiz a postagem dizendo que a decisão não foi minha porque não foi mesmo. Se dependesse de mim, eu teria sido fiel ao livro. Mas perdi a confiança. Eu desisti e cedi quando deveria ter lutado mais por Caleb. E a culpa disso é exclusivamente minha. Peço que me desculpem por isso. Porra, se serve de consolo, eu mesma sou Time Caleb.

A plateia começa a aplaudir na mesma hora. Sinto um alívio imediato diante dessa reação, apesar de saber que, quando esse bate-papo for parar na internet, vai haver uma chuva de opiniões a respeito do que acabo de dizer. Contudo, é bom enfim dizer o que eu queria sem jogar a culpa em ninguém. Não que Allister tenha feito isso, mas, por mim, ele pode continuar a participar de podcasts e me chamar de difícil o quanto quiser. Porque a verdade é que eu vou *mesmo* dar trabalho se houver outra adaptação. Vou lutar com unhas e dentes para manter a história que os leitores apoiam e não me incomodo de ter a reputação que Allister está espalhando por aí. Talvez seja até melhor assim. Prefiro me orgulhar das minhas adaptações a ver que elas nem sequer se parecem com a história original.

A mulher que fez a pergunta me agradece, mas faz uma pausa antes de entregar o microfone a outra pessoa. Ela o aproxima da boca e diz:

— Você era mais ativa na internet, depois desapareceu por um tempo. A gente achou que você tinha desistido. Só queria mesmo te agradecer por não ter desistido.

— Mas eu *desisti* — digo depressa, interrompendo os aplausos. As pessoas têm reações variadas. Vejo confusão em alguns rostos. — Bem, sei que não foi uma pergunta, e obrigada por ter dito isso, mas eu gostaria de enfatizar que eu desisti de verdade.

Endireito a postura na cadeira, me preparando para continuar a responder. Não sei como expressar o que quero dizer nem sei se devo. Parece vulnerabilidade demais desabafar com um monte de desconhecidos, mas, sem esse monte de desconhecidos, eu não estaria aqui. Então falo com franqueza:

— Eu gostaria de poder dizer que sou mais casca-grossa porque trabalho nessa área, mas não é verdade. Às vezes, a negatividade é avassaladora demais, e tudo o que consigo fazer é me esconder dela. E, sim, li livros de autoajuda, tentei ignorar, tentei fazer terapia, tentei de tudo. Mas continuo reagindo a certas coisas que leio, e às vezes preciso passar um tempo sem ter contato com essas reações. Acho normal não conseguir fazer pouco caso das coisas e deixar que elas se infiltrem um tiquinho no coração. Não me incomodo de admitir que não tenho esse tipo de resiliência. Dou as caras quando tenho capacidade mental para isso e interajo quando tenho estabilidade emocional. Mas minha saúde mental é algo precioso para mim, e, por mais que as pessoas me aconselhem, ninguém nunca me disse nada que me impedisse de sentir a dor de uma crítica aqui ou ali. E tenho certeza de que vou continuar a desistir ao longo da vida. Mas, contanto que eu recomece, acho aceitável ser uma humana que falha.

Quando termino de falar, há mais uma barulhenta salva de palmas. A mulher que fez a pergunta me agradece e entrega o microfone à próxima moça da fila. Olho para a lateral do palco e vejo Nora de pé, me observando com uma expressão de orgulho. Ela faz um joinha, e seu gesto tranquilizador me deixa um pouco mais à vontade.

— Eu também ia perguntar do filme, mas acho que você já falou disso — diz a próxima moça. A plateia ri do comentário. — Antes de tudo, eu amo seus livros. Meu nome é Christian, sou uma grande fã sua. Meu clube do livro inteiro está aqui. — Ela aponta para um grupo de mulheres, todas com camisetas iguais.

Aproveito o momento sem falar para pegar a garrafa de água ao lado da minha cadeira. Olho de volta para a moça bem na hora em que ela faz sua pergunta:

— Eu queria saber se você tem algum conselho para quem deseja ser escritor.

Assinto enquanto desenrosco a tampa da garrafa. Enquanto a aproximo da boca para dar um gole, eu paro. No começo, é apenas um vislumbre de reconhecimento, um rosto na plateia que me atrai como uma força gravitacional.

Só que então eu congelo.

Meus olhos se cravam nele. Em Saint. Ele está sentado algumas fileiras atrás da mulher com o microfone. O ambiente ao meu redor parece encolher num instante, como se o ar aqui dentro tivesse acabado. Ele ergue a mão enquanto me encara. Ele quer o microfone.

Todos estão em silêncio, à espera de que eu responda à pergunta que acaba de ser feita. *Qual foi a pergunta mesmo?*

— Google — digo, a voz tensa. — O Google é seu melhor amigo. Todas as perguntas sobre escrita já foram respondidas na internet. É só uma questão de encontrar uma resposta que te inspire.

Tomo um rápido gole de água. *Meu Deus*. Sinto que estou começando a suar enquanto ela passa o microfone para trás. Então o estende para ele. *Não*. Saint se levanta com confiança e o pega da mão dela, sua presença exigindo minha atenção, apesar de meu corpo inteiro gritar para que eu desvie o olhar. Para que eu fuja.

No entanto, não posso.

Olho nos seus olhos e sinto um nó na garganta ao ver Saint. Cam. Eric. Sei lá que nome ele usa agora. Não importa, pois, neste momento, ele é todos eles e não é nenhum deles. É apenas o homem que me consertou e depois me quebrou por inteiro.

O que ele está fazendo aqui? Minha mente acelera enquanto mil perguntas enchem minha cabeça, mas nenhuma delas importa enquanto sinto o medo subir pela coluna, gélido e implacável. Seguro o braço da cadeira com mais força enquanto tento manter a compostura. Contudo, por dentro, estou desmoronando quando ele começa a falar.

— Eu só tenho uma pergunta — diz ele, a voz causando aquele turbilhão familiar sob minha pele. — De onde você tira sua inspiração?

Sua voz atravessa a névoa do meu pânico, suave e despreocupada, como se ele não estivesse sentindo o mesmo caos que provoca em mim. Ou talvez ele esteja. Nós dois sabemos que ele é um ator bem melhor do que eu.

A pergunta, inocente para qualquer outra pessoa aqui, parece ser uma adaga apontada direto para o meu peito. *De onde você tira sua inspiração?* É uma pergunta simples a que já respondi umas cem vezes, mas, vinda dele, parece um desafio, como se ele me desafiasse a revelar a verdade.

Sinto a raiva surgir, quente e voraz, borbulhando logo abaixo da superfície. Como ele se atreve a fazer isso? Depois de tudo, ele tem a cara de pau de ficar aqui, na minha frente, na frente de todo mundo, e fingir que isso é um joguinho que ainda fazemos?

Como se ele não fosse o motivo pelo qual eu tomo susto até com minha sombra?

Enrijeço a mandíbula, me obrigando a manter a calma, a dar a resposta que a plateia espera. Entretanto, o calor no meu peito só aumenta, ameaçando transbordar.

— A inspiração vem de todos os lugares — respondo, as palavras parecendo vazias na minha boca. — Da vida, das pessoas, das experiências. — As palavras parecem automáticas, ensaiadas, mas me impeço de dizer "e de você". Minha voz treme bem de leve, e me pergunto se a plateia não consegue sentir a tensão fervilhar logo abaixo da superfície. Se ela não consegue sentir que estou bem perto de surtar. — Próxima pergunta? — digo e desvio os olhos do seu sorriso, à procura desesperada de alguém que possa tirar o microfone dele.

— Tenho mais uma pergunta — solta ele.

Engulo em seco.

— Bem, não é uma pergunta. É mais um comentário. Mas... eu só queria te dizer que não consegui largar esse livro. Cada palavra me prendeu. É quase como se eu estivesse lá no mesmo lugar que você, sentindo as coisas que os personagens sentiram. É um verdadeiro talento saber fazer isso, Petra. Você é mesmo muito boa no que faz.

Algumas pessoas aplaudem, mas seu comentário foi feito tão devagar e com tanta intensidade que vejo algumas pessoas de cenho franzido, constrangidas. O sorrisinho no seu rosto prova que ele não dá a mínima para o que a plateia pensa. Ele passa o microfone adiante, e fico imóvel, paralisada sob o holofote.

Minha visão embaça, a raiva se infiltrando no espaço ao meu redor, mas engulo em seco e me obrigo a manter a compostura. Eu consigo fazer isso. Nem a pau que vou deixá-lo arruinar este evento como eu mesma arruinei meu bate-papo da última vez.

Contudo, aquilo foi antes de eu saber o que era raiva de verdade. Minha raiva é o que me faz enfrentar a hora seguinte, apesar de ser uma das mais difíceis da minha vida.

•

Assim que o bate-papo chega ao fim, vou direto à sala de antes, onde tento me recompor para a sessão de autógrafos. Nora não está aqui, o que acho bom. Ela enxergaria os sentimentos que estou tentando controlar. Demoro vários minutos para me acalmar, tomar água e retocar a maquiagem, pois parece que acabei de ver um fantasma.

Quando enfim crio coragem de sair, vejo Saint no meio da fila para pegar autógrafo, com o livro na mão. Ele já está me olhando antes mesmo de eu fazer contato visual, como se estivesse encarando a porta, desejoso de ver se eu de fato sairia e terminaria o meu trabalho, apesar de sua presença aqui.

Será que ele terminou mesmo de ler o livro? Será que ontem ele ficou acordado até meia-noite, esperando para baixar o e-book? Cuja história tem um pedaço dele em cada capítulo, cada frase, cada palavra? Ele passou a noite insone lendo o livro que não existiria sem ele, sem o que ele fez comigo, sem o puro caos que foi nossa experiência naquele chalé?

Minha pulsação acelera, e me obrigo a me mexer, a andar até a mesa onde vou dar os autógrafos, como se eu não estivesse prestes a desmoronar. A caneta parece pesada na minha mão enquanto cumprimento o primeiro leitor da fila.

Cumprimento cada pessoa com calma na tentativa de adiar o momento inevitável em que ele vai alcançar a mesa. Por mais que eu me esforce, meu olhar não para de se voltar para onde ele está. Saint está esperando, paciente como todos os outros, mas a presença dele é sufocante. Sinto seus olhos em mim o tempo todo, queimando minha pele.

Quando ele enfim chega à mesa, eu me sinto tonta. Não ergo o olhar quando ele diz:

— Você poderia escrever "Para Saint"?

Sua voz está suave, suave demais, como se ele estivesse no total controle da situação, como se isso não estivesse acabando comigo. *Saint*. Agora o nome parece não combinar com ele, mas não vou permitir que ele assuma o controle. Pego o livro, abro-o e escrevo: *para Eric*.

Assino meu nome e fecho o livro com força. Meu último *vai se foder*. Empurro o livro de volta, ainda me recusando a olhá-lo nos olhos.

— Não vou ter um autógrafo personalizado? — pergunta ele.

As palavras são um desafio, cheias daquele tom zombeteiro familiar. Ele está brincando comigo, como sempre fez. Sinto a raiva fervilhar de novo, intensa e quente, e desta vez não quero suprimi-la. Olho para ele com brusquidão. Pela primeira vez, deixo-o ver a raiva, a frustração, a mágoa que carrego há tanto tempo.

Como é que ele se atreve a vir aqui e fingir que isso é apenas um encontro casual? Que ele é apenas mais um leitor? Como ele se atreve a dar as caras aqui?

Pego o livro e passo a mão depressa pela página, a caneta pressionando o papel com força enquanto escrevo: *Um absoluto, total e completo desconhecido. Que você tenha a vida que merece.*

Quero que minhas palavras sejam como um tapa no rosto, mas ele sorri. Seu sorriso presunçoso me irrita como unhas arranhando uma lousa. Ele se aproxima, e sua voz vira um sussurro baixo que só eu consigo ouvir:

— Obrigado pela dedicatória.

Eu me recuso a dizer "de nada" enquanto ele espera minha reação. Não lhe dou nada. Olho para trás dele e gesticulo para que a próxima pessoa da fila se aproxime, em uma indicação de que a vez dele acabou e que pode ir embora.

Observo-o pelo canto do olho enquanto ele se dirige para a saída.

Já vai tarde.

Logo antes de ele chegar à porta, vejo-o se virar, e seu sorriso aumenta, mas não para mim. Ele está sorrindo para outra coisa. Ou outra pessoa. Saint ergue a mão e acena para que alguém se aproxime.

Sinto um alívio momentâneo ao ver que ele está prestando atenção em outra pessoa, e não em mim.

Começo a desviar o olhar, mas então algo me faz erguê-lo de novo. Por que ele conversaria com alguém aqui? Quem é que ele conheceria?

Ele falou da gente para alguém?

Espicho o pescoço para o lado do leitor na minha frente a fim de constatar para quem ele acenou. Vejo uma pessoa se aproximar enquanto ele vai até ela.

Nora.

Ela está sorrindo para ele com uma animação que provoca um frio na minha barriga. A última coisa que eu quero é que Saint foda a cabeça dela também.

Eles continuam a se aproximar um do outro, e faço tudo o que posso para ver por que Saint está tentando falar com Nora, mas duas outras pessoas se aproximam e bloqueiam minha visão. Sou obrigada a dar atenção a elas, mas não consigo deixar de sentir uma imensa vontade de gritar o nome de Nora, de alertar para que fique longe dele, antes que se deixe levar por aquele sorriso e por aquele falso charme.

Nem a pau que vou deixar que ele faça com ela o que fez comigo.

Um pensamento assustador me avassala. *E se eu não tiver sido a primeira escritora com quem ele fez isso?* E se isso não tiver acontecido apenas comigo? E se ele já tiver feito isso com várias escritoras? Ele parece ser capaz de fazer esse tipo de coisa, e, pelo que estou vendo, seu plano agora é manipular minha melhor amiga. Se ele viu todos os meus vídeos, também viu todos os de Nora.

Como foi que não previ que ele seria capaz de fazer isso?

Sorrio para fotos enquanto procuro por Nora, mas os perdi de vista. Autografo mais livros enquanto procuro por Saint. Procuro por sinais dos dois enquanto termino de falar com os últimos leitores, culpada por não estar dando atenção total a eles. Contudo, precisei usar toda a minha força de vontade para não correr daqui e salvar Nora daquele monstro.

Quando a última pessoa da fila enfim vai embora, a gerente se aproxima com dois funcionários e uma pilha de livros para eu autografar.

— Posso fazer uma pausa primeiro? — pergunto.

— Lógico — diz a gerente.

Vou direto para a saída. Ignoro meu nome quando um leitor o chama. Eu não faria isso em nenhuma outra circunstância, mas estou começando a me preocupar com Nora. Só consigo pensar nisso, mesmo que minhas ações desde que o vi acenar para ela possam parecer grosseiras para muita gente.

Não tenho tempo de me preocupar com as mágoas dos outros enquanto saio para procurá-la.

Quase choro quando enfim a vejo. Ela está segura. Está de costas para mim, apoiada num carro, de conversa com ele.

Saint me vê primeiro.

Ele endireita a postura e se afasta do carro no qual estava encostado. Nora se vira e abre seu sorriso de sempre, mas está com cara de quem foi pega no flagra flertando com um homem casado.

Ele não é casado, amiga. Longe disso.

— Você já terminou? — pergunta Nora. Sua voz está alegre, mas também… apressada. Ela se aproxima como se quisesse me levar lá para dentro, sem nem sequer me apresentar ao seu novo amigo.

Saint cerra a mandíbula enquanto me encara. Nora vê que estou de olho em Saint, então interrompe seus passos e para constrangida entre mim e ele. Então põe as mãos nos bolsos. Isso a faz parecer… culpada.

De repente, Saint também expressa culpa.

Por que parece que os dois estão escondendo algo de mim? Será que já aconteceu algo entre eles? Cheguei tarde demais?

Eu me aproximo dos dois, hesitante.

— O que está acontecendo aqui? — pergunto, olhando para os dois, à espera de que algum deles fale.

Saint e Nora se entreolham com uma expressão que indica que compartilham algum segredo.

Minha cabeça está girando.

— Você o conhece? — insisto. Então volto minha atenção a ele. — Fique longe dela.

— *Petra* — intervém Nora, parecendo chocada com minha raiva.

Não lhe dou tempo para achar que estou exagerando. Ela não faz ideia do que ele é capaz. Na verdade, era para minha reação ser *ainda pior*.

— Fique longe dela — repito para ele.

Saint ergue as mãos num gesto de paz e recua.

— Petra — diz Nora de novo. — Por que está agindo desse jeito?

— Ele está mentindo para você sobre quem ele é. Não confie nele. Tudo o que ele disser é mentira.

Nora não reage como eu esperava. Em vez disso, ela e Saint se entreolham com cumplicidade de novo, mas agora constrangidos. Nora cruza os braços na frente do peito e olha para a calçada.

Fico à espera de algum deles se explicar, mas ninguém diz nada. Nora acaba erguendo o olhar, no qual vejo um nível de traição que nunca vi em nenhum outro humano.

— Eric é um amigo de longa data.

As palavras parecem ecos reverberando em torno do meu coração. Ele é... *o quê?*

É como se meu mundo ficasse cinza. Todos os possíveis significados de suas palavras me golpeiam, vindo de todas as direções.

— Petra... — diz Saint a fim de me tranquilizar. Ou Eric. Quem quer que seja esse merda dá um passo para a frente, mas ergo a mão.

— Não chegue perto de mim — digo a ele. E a Nora: — De que merda você está falando?

Nora suspira, e olha para a livraria atrás de mim. Tem pessoas por perto, mas elas não estão próximas o bastante para ouvir nossa conversa.

Ela abaixa a voz e diz quase num sussurro:

— Você estava *emperrada*, Petra. Eu estava tentando ajudar. — Sua voz suplica por perdão, mas ainda não sei o que foi que ela fez que precisa de perdão.

Como Nora, minha melhor amiga no mundo inteiro, está envolvida no que aconteceu entre Saint e eu?

Ela prossegue:

— Eric e eu... — Ela balança a mão para ele. — Naquela noite, depois que nossa live acabou, eu e ele conversamos pela internet. Brincamos que seria bom se ele pudesse te ajudar a superar seu bloqueio criativo. E você parecia estar desesperada por inspiração.

Não acredito no que estou ouvindo.

Todas as emoções que senti quando achei que a ideia era só de Saint são amplificadas. Sinto lágrimas ardendo em meus olhos.

— Isso não é verdade — digo com uma pontada de esperança. — Você está de sacanagem, né? Se você o conhece, por que nunca o mencionou?

— Eu não o via desde a universidade — responde ela. — Desde então, a gente manteve a amizade pela internet. Você não conhece todas as pessoas da minha vida. — Ela parece estar na defensiva, mas apenas eu tenho o direito de me sentir na defensiva aqui. Ou zangada. Ou traída.

Não era para eles dois sentirem nada além da mais extrema vergonha.

— Mas… — Não consigo compreender. Nora… Saint. Os dois? — Você é *minha melhor amiga* — digo enquanto me aproximo. — Se o que está dizendo é verdade, se mandou seu *amigo* para me inspirar, você colocou meu casamento em risco de propósito! Você *me* colocou em risco!

Parte da culpa na expressão de Nora se transforma em confusão. Ela olha para Saint e depois para mim.

— Não acho que fiz isso — diz ela. — Só pedi para ele aparecer de farda no seu chalé para que você pudesse dar um rosto ao seu personagem. — Ela balança a cabeça e olha para nós dois. — Ele concordou em fazer uma pergunta e depois ir embora. Aconteceu… — Ela olha para Saint com seriedade. — Aconteceu algo mais? — Parece que ela enfim está começando a ficar preocupada *comigo*, e não só com a descoberta da farsa.

— Não aconteceu nada — diz ele a Nora. Então me encara com sinceridade nos olhos. — Eu não contei *nada* a ela, Petra. — O argumento dito depressa, como se quisesse me ajudar.

Estou chocada. Preciso de tempo para digerir isso, mas não sei como vai ser possível se a pessoa que eu sempre procuro quando preciso conversar é a pessoa *sobre a qual* eu preciso conversar.

Ela traiu completamente minha confiança e agora sabe que aconteceram coisas que não lhe contei — coisas importantes.

— Não é da minha conta — diz Nora. — Mas, Petra, me desculpe. Não sei o que rolou entre vocês dois. Ele me disse que vocês só conversaram por alguns minutos, mas juro que é nisso que vou acreditar. Para sempre. *Por favor*, me perdoe. Eu realmente só estava tentando te ajudar. Eu ia te contar no dia seguinte, mas ele implorou que eu não contasse. E, quando falei com você, você falou como se aquilo tivesse te ajudado, então... eu simplesmente deixei pra lá.

— Eu passei menos de cinco minutos lá — diz Saint a Nora a fim de me ajudar de novo. Ele continua querendo proteger nosso segredo, apesar de o deles dois já ter sido revelado. — E depois fui embora. Não aconteceu nada, só fiquei me sentindo mal por ter assustado ela.

Não consigo nem me sentir grata por sua tentativa de me proteger, pois estou furiosa. Estou envergonhada. Eu me sinto traída, confusa e humilhada, e agora estou chorando e tentando enxugar as lágrimas com as mãos.

Pelo menos dessa vez eu deixei para chorar depois do evento.

Minha posição vulnerável obriga Nora a dar um passo para a frente e, por instinto, tentar me consolar, mas a afasto. Nós três ficamos parados e calados enquanto tento assimilar tudo o que acabo de descobrir.

Nora pediu que ele fosse lá? Minha melhor amiga?

Quando enfim me recomponho o suficiente para conseguir falar, ergo o queixo e olho para Saint.

— Eu gostaria de falar a sós com você.

Nora entende a indireta. Assente e volta para a livraria.

O que ele quer comigo? Por que não foi embora depois do que aconteceu e me deixou em paz? E agora minha melhor amiga está envolvida nisso?

Espero até ficarmos sozinhos antes de falar de novo.

— Por que você está aqui? — pergunto com rispidez.

— Eu vim para que você autografasse meu livro — responde ele com tranquilidade, em uma tentativa vã de amenizar a tensão. Não rio, então ele enfim endireita a postura e me olha com sinceridade. — Eu queria te ver.

Agora há dor na voz dele. Nesse momento, parece que ele enfim está sendo honesto. Eu aproveito, pois preciso saber quanta raiva devo sentir da minha melhor amiga.

— Preciso saber a verdade. O que Nora sabe?

— Nada — afirma ele com segurança. — Ela está falando a verdade. A gente nem se fala tanto assim. Foi coincidência aquela noite da live ser uma das noites em que conversamos. Estávamos falando do seu bloqueio criativo, e ela sabia que eu estava perto de você. Ela brincou que seria ótimo se eu pudesse passar no seu chalé e te inspirar. Bem, no começo foi brincadeira, mas... — Ele para de falar por um momento. — Fui eu quem a convenceu de que era uma boa ideia. Eu queria te conhecer. E, depois que te conheci, fiquei curioso. *Mais* do que curioso. Então continuei tudo sem falar para ela.

Enxugo outra lágrima com a mão trêmula. Meu choro desperta na sua expressão uma culpa que nunca vi antes. Ele se aproxima ainda mais de mim, tão perto que as lembranças vêm à tona durante um segundo intenso.

— Nunca foi minha intenção te assustar. Nem trair sua confiança. Eu me senti atraído por você e deixei a situação ir longe demais. Peço desculpas. De verdade. — Ele ergue a mão e segura meu cotovelo com delicadeza, abaixando a cabeça para que eu seja obrigada a olhá-lo nos olhos. — *Desculpe.*

Eu o encaro, todos os momentos que passamos juntos rodopiando dentro de mim. Foi um pedido de desculpa após o outro, mas a enganação foi longe demais. Chegou perto demais do meu lar. De Shephard. O homem que quase destruí.

Devo muito mais de mim a Shephard do que a esposa que tenho sido.

— Quero que você vá embora. E nunca mais quero te ver.

Ele assente. Contudo, diz:

— Se vale de algo, eu faria tudo de novo sem nem pensar duas vezes.

Saint até faria, mas Saint não tem o que eu tenho em casa. Tiro sua mão do meu braço e, com o máximo de resignação possível, respondo apenas:

— *Eu* não.

Eu me viro e me dirijo à livraria sem me despedir de Saint, mas é evidente que isso foi uma despedida. Nem sequer olho para trás para ver sua expressão e o observar ir embora. Entro direto na livraria e nem olho para Nora, que está parada, aguardando, na esperança de receber alguma atenção minha. Me recuso a falar com ela.

Vou até a mesa onde deixaram uma pilha organizada de livros, prontos para receberem meu autógrafo. Autografo cada um no automático, e, apesar de querer dar um murro bem na cara de Nora, ela fica de pé ao meu lado e vai colocando cada livro autografado em outra pilha.

Nora e eu estamos hospedadas no mesmo hotel, e a editora chamou um carro para nos levar de volta, mas pelo menos não estamos no mesmo quarto. Acho que eu a esganaria enquanto ela estivesse dormindo.

Depois de autografar o último livro, agradeço aos funcionários e me dirijo para a saída. Enquanto saio da livraria e vou para o SUV que nos espera com Nora logo atrás de mim, ouço-a sussurrar:

— Desculpe.

Entro no carro, mas tudo o que consigo fazer, depois que nos sentamos no banco traseiro e saímos em direção ao hotel, é ficar calada e olhar pela janela, me sentindo traída e me segurando para não chorar.

É mais do que provável que isso tenha destruído para sempre a confiança que eu tinha na nossa amizade, mas Nora não é culpada por eu ter permitido as coisas chegarem até onde chegaram. Ela não tinha o objetivo de me fazer trair meu marido.

Estou percebendo que fui perfeitamente capaz de fazer isso com ou sem a ajuda dela.

Meu Deus, esta é a pior noite da minha vida.

Vinte e Cinco

Esta continua sendo a pior noite da minha vida.

Não consigo dormir desde que voltamos ao hotel algumas horas atrás. Ainda não sei o que sentir, mesmo após horas me virando de um lado para o outro na cama enquanto reflito sobre cada segundo dos últimos dois anos, sobre o livro, minha amizade, meu casamento e cada mentira que Saint me contou.

Nem sei se vou conseguir ficar com raiva de Nora para sempre, pois sei que as intenções dela em relação à minha carreira eram boas. Contudo, por enquanto, preciso que ela sinta minha raiva a ponto de pelo menos perder o sono.

Tenho certeza de que, para Nora, era para ter sido apenas um estímulo inofensivo. Ela achou que seu amigo de longa data iria apenas passar no chalé, bater à minha porta e me fazer uma simples pergunta, e que sua aparência despertaria em mim a vontade de escrever.

Entretanto, ela despertou muito mais do que isso.

Sei que vou acabar por perdoá-la, mas isso vai demorar. Só espero que ela nunca me pergunte o que aconteceu entre Saint e eu. Não me sinto à vontade para contar nossa história, mas é um alívio saber que Saint não revelou até onde ele levou as coisas.

Até que ponto *nós* levamos as coisas.

Meu Deus. Os pensamentos se emaranham no meu cérebro, e meu peito está repleto de emoções.

Puxo o notebook para perto de mim a fim de parar de pensar em tudo o que aconteceu nessa noite. Faço a única coisa que sei que, como escritora, não devo fazer.

Abro a página do meu livro no Goodreads.

Começo a dar uma olhada em todas as resenhas deixadas hoje sobre *Mulher em queda*. Não costumo fazer isso no dia do lançamento — na verdade, sempre tento evitar esse comportamento —, mas com esse livro é diferente. *Esse livro é pessoal.* Sinto que preciso ler todas as resenhas sobre ele, pois boa parte nasceu da minha experiência. E, por algum motivo, preciso saber o que as pessoas estão achando do relacionamento entre Cam e Reya.

A cada resenha, sinto como se houvesse uma lupa em cima da minha alma. Cada comentário sobre Cam mexe comigo.

> Ele era tão atraente.
> Tão protetor.
> Quero um Cam na minha vida.

Ah, se esses leitores soubessem…

Tento imaginá-lo — Eric — folheando as páginas, reconhecendo as partes que refletem nossos momentos juntos e se aproximando do fim do livro. Sei que ele disse que foi o melhor livro que já escrevi, mas continuo querendo saber se ele o terminou. Não sei por que ligo para isso. Ele decerto agiu como se tivesse lido tudo, mas, a essa altura, sei que é um excelente ator.

No entanto, não é possível que ele não tenha lido tudo. Saint deve ter devorado o livro mais rápido do que Shephard. Acho que é por isso que estou vendo as resenhas uma por uma, olhando cada nome de usuário, tentando encontrar alguma pista de que as palavras que leio pertencem a ele. Se ele teve coragem de aparecer no evento, aposto que deixou uma resenha.

Fico descendo a tela e examino com minúcia as resenhas durante uma hora, mas nada chama minha atenção, nada indica que alguma palavra que estou lendo foi escrita por ele.

É melhor eu esquecer isso.

É melhor eu esquecer *ele*.

Tomara que hoje de fato tenha sido a última vez que o vi. O livro foi lançado, eu amo meu marido, estou muito arrependida e preciso seguir em frente.

Quando estou prestes a fechar o notebook e tentar tirar da minha cabeça para sempre os pensamentos invasivos sobre Saint, recebo a notificação de um e-mail. O som brusco rompe a quietude.

Clico na notificação e, assim que leio o assunto do e-mail, sinto um calor costumeiro descer pelo meu peito e se fixar como chumbo dentro do meu estômago.

Confirmação de reserva.

Espera. Reserva de quê?

O e-mail é da empresa que costumo usar para alugar os chalés, mas não é uma reserva para o chalé de Louie e Mari. É para o chalé de onde dá para ver o pôr do sol. O que eu queria ter alugado da última vez.

Abro o e-mail e dou uma rápida olhada, meu coração acelerando devido à confusão e ao pavor. É o e-mail padrão de confirmação — educado, profissional, trivial. Contudo, o conteúdo dele não é nada trivial.

O chalé foi reservado no meu nome por vinte e um dias, a começar na sexta-feira da semana seguinte ao término da turnê. Meus dedos tremem enquanto rolo a tela até a parte do pagamento. Vejo que tudo já está pago.

Eu nunca fiz essa reserva.

Eu nunca *faria* essa reserva.

Depois do que aconteceu com Saint, prometi que nunca mais pisaria naquela cidade. Então, como isso está acontecendo? Um calafrio percorre minhas costas enquanto encaro a tela. Tenho certeza absoluta de que não fiz a reserva.

Estou tentando entender tudo quando recebo a notificação de outro e-mail. Desta vez, é de um e-mail que não conheço. Clico nele, ainda com o coração batendo forte, o medo e a curiosidade guerreando dentro de mim.

A mensagem é curta. Curta demais.

Tudo o que diz é:

Acho que chegou a hora de começarmos a trabalhar no seu próximo livro, Petra.

Agradecimentos

Já faz mais de três anos que não publico um livro. Três anos que não me sento com personagens e tento entender seus problemas e seus sucessos. Eu de fato não sabia se voltaria a escrever, mas as histórias tendem a nos encontrar quando mais precisamos delas.

Mulher em queda nasceu de um conto que escrevi chamado "Saint", publicado originalmente na antologia *One More Step*. Aquela história ficou na minha cabeça por muito tempo depois que a escrevi, mas eu precisava me afastar um pouco antes de mergulhar nela de novo. Este livro é resultado de um processo de escrita que costuma ser lento e às vezes doloroso, mas que termina sendo sanativo.

Aos meus leitores, obrigada pela paciência, por ainda estarem aqui e por continuarem a acreditar nas minhas histórias mesmo quando eu não estava publicando no ritmo a que vocês estão acostumados. A gentileza de vocês durante essa época foi mais importante para mim do que vocês imaginam.

À minha incrível agente Jane Dystel: eu não estaria aqui sem você.

À minha maravilhosa editora Anh Schluep: este livro existe por causa da sua paciência inabalável. Obrigada por sua confiança e suas orientações.

A todos da Amazon Publishing, obrigada por terem dado um lar a esta história e por terem continuado a me apoiar com tanta atenção e tanto carinho.

A Tarryn Fisher: você sabe.

Ao meu marido e meus filhos, obrigada por terem colocado minha paz e felicidade acima de todo o restante.

Às minhas irmãs e minha mãe, o apoio de vocês foi constante e incondicional. É uma imensa sorte ter vocês todas ao meu lado.

E a todos os meus amigos, *Mulher em queda* é sobre encontrar seu caminho de volta, mesmo quando a pessoa não se sente necessariamente perdida. Obrigada por terem me dado tempo e espaço para fazer exatamente isso.

Colleen

Este livro foi composto na tipografia Adobe Garamond Pro, em corpo 12/15,4, e impresso em papel off-white no Sistema Cameron da Divisão Gráfica da Distribuidora Record.